I0646834

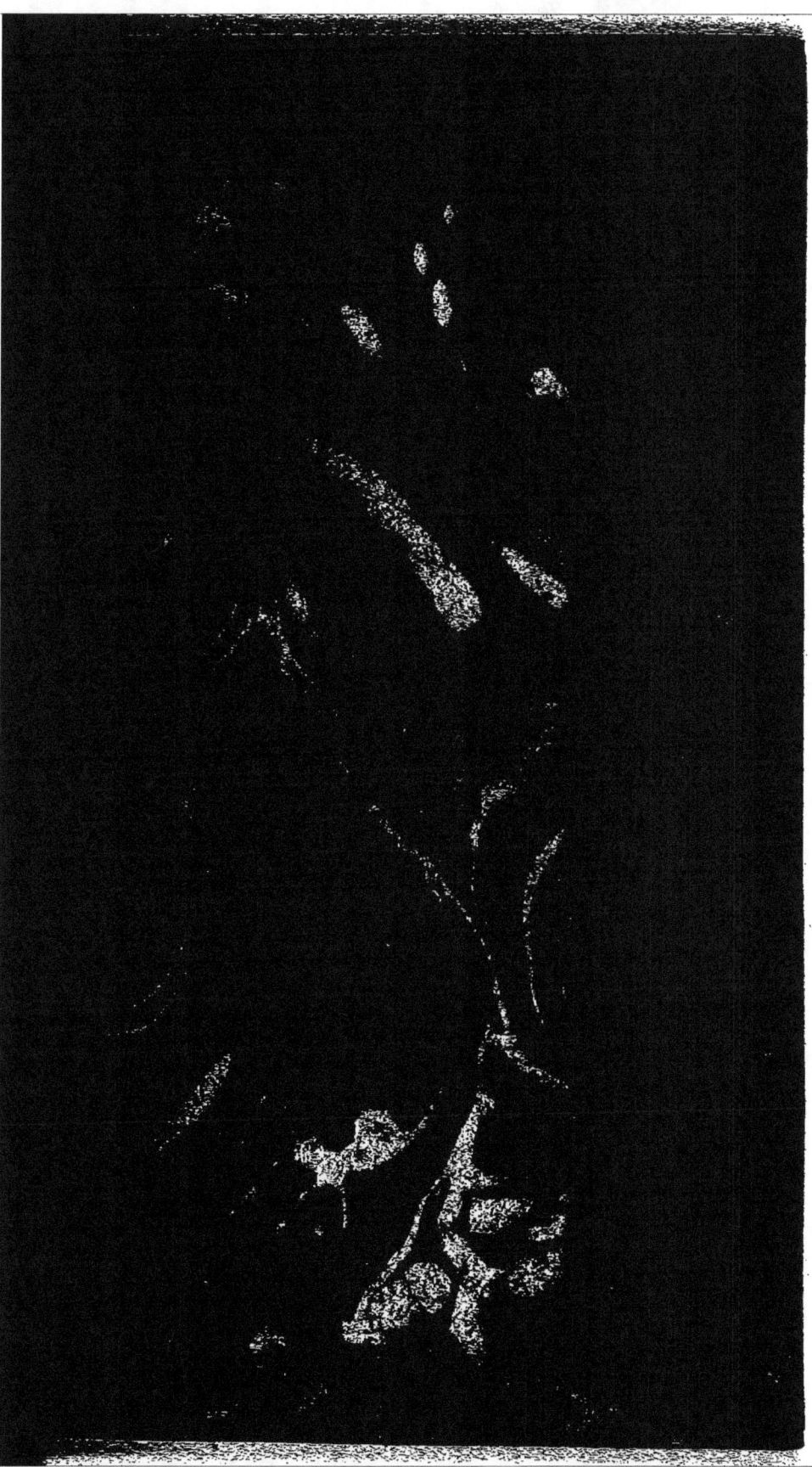

jurispr. N.º 1185. A.

CHOIX

DE NOUVELLES

CAUSES CÉLEBRES,

AVEC LES JUGEMENS

QUI LES ONT DÉCIDÉES.

CHOIX

DE NOUVELLES

CAUSES CÉLEBRES,

AVEC LES JUGEMENS

QUI LES ONT DÉCIDÉES,

Extraites du Journal des Causes célebres,
depuis son origine jusques & compris
l'année 1782.

PAR M. DES ESSARTS,
Avocat, Membre de plusieurs Académies.

TOME SECOND.

A PARIS,

Chez MOUTARD, Imprimeur-Libraire de la
REINE, de MADAME, & de Madame Comtesse
d'ARTOIS, rue des Mathurins, Hôtel de Cluni.

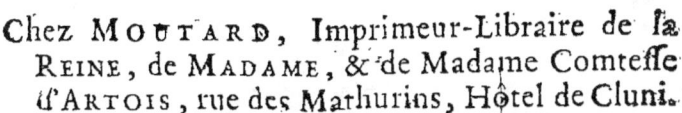

M. DCC. LXXXV.

Avec Approbation, & Privilége du Roi.

AVERTISSEMENT

DU LIBRAIRE.

LES Collections du Journal des Caufes célebres étant épuifées, les Volumes de ce Choix les remplaceront. Au lieu de faire une réimpreffion difpendieufe, on a préféré de donner un extrait : ainfi, en joignant à ce Recueil les années qui ont paru depuis 1782, & qu'on trouvera au Bureau du Journal des Caufes célebres, chez M. des Effarts, rue Dauphine, Hôtel de Moui, on aura l'avantage de réunir ce qu'il y a de plus intéreffant dans les cent douze Volumes qui ont été publiés avant cette époque, avec la fuite de cet Ouvrage périodique.

CHOIX
DE CAUSES
CÉLEBRES.

LES Chevaliers de Malte font-ils ca-
pables de recevoir des legs parti-
culiers de meubles ?

LA queſtion eſt importante, & les
faits de la Cauſe étoient ſimples.

La veuve du ſieur Varnier, Greffier en chef des Requêtes de l'Hôtel,
mourut au mois de Septembre 1763.
Il ſe trouva un teſtament olographe,
qu'elle avoit fait le 20 Septembre 1761,
& par une de ſes diſpoſitions, elle avoit

Tome II.　　　　　　　　　　A

légué au Chevalier de Refleguier une douzaine d'afliettes, une cafetiere, une écuelle couverte, & une bouilloire, le tout d'argent, avec des rideaux de taffetas cramoifi, un paravent, deux paires de draps neufs, un lit de toile, compofé de rideaux, courtepointe, foubaffement, bois & ciel, matelas & couverture, une tapifferie de drap de foie, trois glaces, un petit fecrétaire, des bras de cheminée & un feu doré, quatre petits fauteuils, une petite table noire fervant à écrire, deux coins couverts de marbre, & l'Hiftoire Sainte de Sacy, reliée en maroquin rouge. Une autre claufe du même teftament étoit ainfi conçue : » Suppofé que M. le Commandeur de Refleguier foit abfent à ma mort, je veux que les meubles que je lui laiffe, foient remis par l'exécuteur de mon teftament, à madame de Sireat «.

Les différentes pieces d'argenterie comprifes au legs dont il s'agiffoit, avoient une valeur de 1745 liv. 15 fous, & les autres objets avoient été prifés, fauf la crue, à 1020, le tout fuivant l'inventaire fait des effets de la teftatrice.

Les héritiers de la teftatrice penferent que le Chevalier de Refleguier
n'étoit pas fondé à exiger qu'ils exécu-
taffent le teftament à fon égard.

L'Ordre de Malte intervint dans la
Caufe. Il ne prétendoit point aux droits
de fuccéder & de reprendre les biens
de la fociété à titre héréditaire & univerfel ; il convenoit que l'intérêt de
l'Etat & la loi de fes vœux lui avoient
interdit cette faculté, qui fuppofe une
joüiffance pleine & parfaite de tous les
effets civils : mais le droit de fuccéder
à la fimple capacité de recevoir quelques legs de meubles, ont entre eux
une diftance immenfe. Le premier feroit un droit coactif, impérieux, indé-
pendant de la volonté des Citoyens,
qui agiroit fans ceffe contre eux, malgré eux, qui porteroit peu à peu les
biens des plus riches familles dans un
feul Ordre, & rendroit à la fin l'ifle
de Malte fouveraine propriétaire de
tous nos biens. Un pareil droit ne peut
convenir à des Religieux, quels que
puiffent être leurs priviléges & leurs
fervices. Mais la faculté de recevoir
des legs mobiliers ne fuppofe qu'une
étincelle de vie civile ; elle eft toute

paſſive dans celui qui en profite ; elle
ne force perſonne à donner ; elle eſt
précaire & dépendante du bien d'autrui:
bornée de tous côtés, elle porte ſur les
objets les moins importans de la propriété. Eſt-ce-là un torrent dangereux
qui menace d'entraîner à Malte les
richeſſes & les biens de l'Etat ? Ce ne
ſera jamais qu'un ruiſſeau foible, incapable d'alarmer, ſans ceſſe interrompu,
circulant dans l'Etat même, & rentrant
preſque toujours dans la ſource d'où il
eſt ſorti ; encore la libéralité, qui en
feroit le principe unique, n'eſt qu'une
affection rare & foible, qui a beſoin du
concours de pluſieurs circonſtances pour
être excitée, & qui eſt toujours balan-
cée par mille autres penchans plus forts
& bien plus ordinaires.

L'Ordre de Malte renferme une
double inſtitution, & préſente un double caractere ; il eſt à la fois religieux
& militaire ; c'eſt un état compoſé de
deux profeſſions, en apparence les plus
incompatibles, & il n'eſt pas aiſé de
déterminer laquelle eſt la dominante.
Miro quodam ac ſingulari modo vi-
vunt , diſoit Saint Bernard, *adeo ut*
penè dubitem quin potius cenſeam

appellandos Monachos an Milites. La vocation militaire n'est point une qualité accidentelle ajoutée à la vocation religieuse, sans y tenir essentiellement. Ce quatrieme vœu est, comme les trois autres, de l'essence du Chevalier de Malte. C'est ce dernier vœu qui est le but important & principal de leur établissement ; ils ne se font Religieux que pour être meilleurs Soldats : leur vœu d'obéissance réguliere est le serment de leur engagement militaire : ils ne renoncent au mariage que pour épouser la Religion & la Patrie ; ils ne promettent de rester pauvres, que pour combattre avec plus de courage ; ils ne quittent la Société, que pour y rentrer transformés en Guerriers. L'acte & l'instant de leur profession ne sont qu'un passage de l'état civil à l'état militaire. Le caractere Religieux disparoît, sans être anéanti, dès qu'il est contracté ; celui de Guerrier est le seul qui reste visible & attire par-tout nos regards & notre admiration. Ce double caractere doit naturellement introduire à leur égard des différences & des distinctions qui n'auront point lieu pour les simples Religieux. C'est sous cette

A iij

double vûe qu'il faut les confidérer.
Si on les fépare, ce n'eft plus un Chevalier de Malte qu'on aura jugé, mais
un être imaginaire, & qui ne lui ref-
femble point.

La profeſſion religieuſe & le vœu de
pauvreté ne font point par eux-mêmes
incompatibles avec la poſſeſſion des
biens de la terre : ce n'eft que le ferment d'un détachement intérieur de ces
biens, & dont l'homme eft comptable
à Dieu qui a reçu fa promeſſe. Il n'en
réfulte point dans l'homme une incapacité phyſique & abſolue de poſſéder
ces biens, & même l'incapacité civile
des Religieux n'a point exiſté de tout
temps, comme elle n'eft point non
plus univerſelle : il fut un temps où ils
ont fuccédé, il eft des Etats où ils fuccedent encore. L'homme, en fe vouant
à Dieu, ne mérite point d'être puni
de ce facrifice, & de perdre aucun de
fes droits naturels ; & il eft toujours
certain que, fi ce vœu entraînoit par fa
nature des conféquences de cette efpece, il n'en eft aucune dont l'Eglife
& l'Etat ne puſſent difpenfer.

Ainfi la Loi qui prive les Religieux
des effets civils, eft une Loi purement

positive, fondée sur l'intérêt de l'Etat, qui peut l'anéantir, l'étendre, la refferrer suivant cet intérêt, & selon ses rapports avec chacun des Ordres religieux qui se forment dans son enceinte. La Société, laissant à Dieu le soin de récompenser ceux de ses sujets qui se séparent d'elle pour se donner à lui, s'est acquittée de tout ce qu'elle leur doit à cet égard, en leur assurant la subsistance, la protection & la paix.

C'est à elle à examiner ensuite de quelle utilité sociale les membres sont au Corps politique, quelle mise civile ils apportent dans la masse commune du Gouvernement, & à régler sur cette proportion le retour qu'elle leur doit en biens, en droits, en récompenses civiles. S'ils ne lui donnent rien comme Citoyens, elle ne doit rien leur rendre à ce titre ; s'ils lui rapportent une partie de cette valeur, elle peut leur rendre une partie des effets civils : elle pourroit les leur rendre tous, s'ils avancoient tous les secours, faisoient toutes les fonctions, portoient toutes les charges qui sont communes aux Citoyens. Ce n'est donc point un paradoxe, mais une vérité toute simple, qu'il pourroit

A iv

dans un Etat, & même dans la France, exister un Ordre religieux tel, qu'il jouît de tous les effets civils, tandis que tous les autres en seroient privés, parce que l'intérêt politique de l'Etat, la mesure & la qualité des services de ses sujets Religieux ou libres, font la règle naturelle de leur exclusion ou de leur participation aux droits de la Société, qui ne se gouverne point par des principes abstraits & métaphysiques, mais qui se reglent sur les rapports des membres au corps, de la partie au tout, & sur l'échange réciproque des avantages & des services mutuels.

Il n'en est pas de la mort civile comme de la mort naturelle ; celle-ci n'admet point de plus ou de moins ; elle est, ou bien elle n'est pas, & elle est la même pour tous : l'autre est une fiction politique, qui est divisible & peut avoir plusieurs degrés. Ainsi, chez les Romains, les Vestales étoient, dans les premiers temps, mortes civilement pour les successions *par intestat*, & ne l'étoient pas pour les successions testamentaires, auxquelles elles étoient admises.

Rien n'empêche de même que les

Religieux de Malte ne foient, comme les autres, morts civilement pour une partie des effets civils, & ne le foient pas pour une autre partie de ces effets.

Or il faut convenir que les Chevaliers de Malte jouiffent, dans l'état civil, de priviléges & de droits interdits à tous les autres Religieux.

Ce ne font point ici des graces arbitrairement accordées ou retirées, felon que l'imagination des Juges s'échauffe ou fe refroidit fur l'idée de la prééminence de cet Ordre, & de l'importance de fes fervices; ce font des diftinctions civiles, décidées & conftantes, fondées fur la nature & les qualités conftitutives de cet Ordre.

1°. Droit d'efter en Jugement pour leurs intérêts & biens perfonnels, fans l'intervention ni l'autorifation de l'Ordre.

2°. Droit légitime & perfonnel d'avoir un pécule auffi ancien que l'Ordre, & attaché à fon inftitution.

3°. Capacité de contracter avec leur famille, avec les Citoyens, de difpofer à leur gré, pendant leur vie, des biens qu'ils poffedent, & qui ne font pas les biens de l'Ordre.

A v

4°. Droit de fe réferver, avant leur profeffion, l'ufufruit, ou des penfions fur les biens dont ils abandonnent la propriété.

5°. La capacité de tefter & de difpofer, à leur mort, du quint de leur pécule.

Les Religieux de Malte font foumis à la même Loi que les autres Religieux, quant aux droits de fuccéder; leur incapacité de rien recueillir, foit en propriété, foit en ufufruit, à titre héréditaire & fucceffif, eft une maxime de notre Droit public & de notre Jurifprudence.

Mais cette incapacité s'étend-elle jufqu'aux legs? Il eft deux efpeces de legs dont ils font incapables; ce font les legs d'immeubles, & les legs quelconques à titre univerfel & fucceffif.

C'eft une exception à la regle même, que les Religieux profès, même ceux dont le vœu de pauvreté eft le plus rigoureux, font capables de legs modiques, de penfions ou de meubles, toutes les fois que ces legs peuvent fe rapporter aux alimens, à l'entretien, au logement, befoins de la vie naturelle, que la mort civile n'a point anéantie,

& même à l'inftruction, qui n'eft pas de la même néceffité.

Si, à l'égard des legs particuliers & fimples, il refte à tous les Religieux une foible étincelle de la vie civile; fi l'incapacité de fuccéder n'emporte point pour eux celle de recevoir des legs particuliers, les Chevaliers de Malte devoient-ils en être les feuls exceptés? Qu'on compare leurs befoins avec ceux des autres Religieux : ceux-ci font & doivent être nourris, vêtus, logés par la Maifon qui les reçoit; là retraite eft leur devoir; la méditation & la priere, leurs emplois; l'abftinence & les privations, leurs vertus; le monde & l'argent, leurs corrupteurs; ils n'ont plus fur la terre d'autre domicile que le lieu folitaire où ils fe font attachés. Les liens naturels fe font rompus pour eux, à la fuite des liens civils; ils n'ont plus d'amis à former, à fervir, à récompenfer; la reconnoiffance & la générofité font devenues pour eux fans objet & fans occafion; ils n'ont plus rien à demander, ni à la fortune, ni à la Société, ni aux hommes; la Religion & Dieu, voilà leurs amis, leur fotiété, leur héritage.

A vj

Cet état isolé de perfection & de paix n'est point celui des Chevaliers de Malte ; il leur est même interdit par la nature de leur établissement, & du quatrieme vœu, qui est l'objet des trois autres. Du sein des plus riches familles, ils courent embrasser la pauvreté religieuse ; mais ils n'en peuvent conserver que l'esprit au milieu de la Société où ils sont obligés de vivre. L'Ordre ne les associe d'abord qu'à sa gloire ; il ne trouvent autour d'eux que des besoins & des obligations dispendieuses, dont il faut qu'ils prévoient, qu'ils rassemblent, qu'ils réparent les ressources. Le temps & leurs services leur présentent, il est vrai, dans l'avenir, des récompenses qui leur promettent une subsistance honorable. » Soyez » des Héros, leur a-t-on dit, & vous » les obtiendrez : faut-il vous payer » d'avance sur les biens des familles « ? Mais les Héros ne combattent point toujours ; le champ de la gloire n'est pas toujours ouvert au courage ; il faut en trouver l'occasion, il faut vivre en l'attendant ; il faut qu'ils vivent dans le siecle, dans les villes, qu'ils y gerent leurs affaires, qu'ils y soutiennent leurs intérêts, qu'ils y partagent les accidens de la condition humaine & civile, sans avoir dans l'industrie les mêmes moyens de ressource que les autres Citoyens ; qu'ils y paroissent sous des dehors qui ne choquent ni la Société, ni la noblesse de leur état ; leur état n'est point de mendier des secours, de les attendre de la compassion publique, & ils ne demandent point ici les biens des familles. Voyons-nous qu'ils assiégent les mourans, qu'ils surprennent leurs dernieres volontés ? Entendons-nous les Citoyens s'en plaindre dans les Tribunaux ? Mais est-il défendu aux Citoyens de les avoir pour amis ? Ne peuvent-ils leur marquer leur reconnoissance, leur estime, par quelque secours généreux, par quelques bienfaits d'une volonté libre ?

Les autres Religieux seroient entiérement exclus de cet avantage, qu'une foule de considérations particulieres devroient encore en faire une exception pour les Chevaliers de Malte ; mais les autres en jouissent.

Qu'on compare ensuite leurs services; sans doute, aux yeux de la Religion, la dignité des autres Ordres ne le céde.

point à celle de l'Ordre de Malte :
mais c'eſt par les yeux de l'État qu'il
faut voir & juger ici les uns & les
autres. Dieu eſt aſſez magnifique pour
récompenſer ceux qui ont fait vœu de
ne ſervir que lui ; & l'État ne leur doit,
à la rigueur , que les moyens de fa-
voriſer cette grande vocation. Ce n'eſt
qu'à ceux qui ſervent la Patrie , la Société dans l'ordre civil , que la Patrie ,
la Société doivent & peuvent rendre
une partie des diſtinctions , des récom-
penſes civiles. Or , à ce titre , l'Ordre
de Malte étoit le ſeul qui eût droit
d'y prétendre.

Les ſervices militaires & la valeur
ſeroient-ils devenus parmi nous des vertus inutiles & ſans conſidération ? Les
fils de famille étoient frappés par le
Droit Romain , de la même incapacité ,
qui interdit parmi nous les Religieux.
Rome , qui les avoit tous enveloppés
dans la rigueur d'une ſervitude civile ,
ne crut point choquer ſes Loix ni ſes
intérêts , en accordant une exception
aux fils de famille qui la ſervoient dans
ſes armées ; elle leur permit de diſpoſer
de leur pécule , pendant le temps qu'ils
ſeroient dans le ſervice ; elle étendit ,

par forme de récompenfe, ce privilége aux vétérans qui étoient las de vaincre pour elle.

Ils étoient encore capables d'être l'objet des difpofitions d'autrui, même pour les employer à leur profit-perfonnel, & cela chez un Peuple où la Loi de l'incapacité civile fut la plus rigoureufe & la plus defpotique.

Les Chevaliers de Malte ne font-ils pas vis-à-vis des autres Religieux, ce qu'étoient les fils de famille foldats vis-à-vis des autres qui n'étoient que Citoyens ? Cette reffemblance n'eft pas auffi éloignée qu'on pourroit d'abord le penfer : elle eft exacte, en ce qu'ils peuvent, comme les foldats Romains, être l'objet des difpofitions d'autrui, & qu'ils font capables de dominations particulieres : elle l'eft, en ce que, comme eux, la Loi leur a laiffé le privilége d'exercer, en mourant, une partie du droit de Citoyen, & de léguer la cinquieme partie de leur mobilier : rayon de liberté civile, que la Patrie reconnoiffante a affocié à la gloire de ces Guerriers mourans.

Et c'eft la Société même qui recueille le fruit de ce privilége qu'elle leur re-

fufe. Par-là , une portion de leur mobilier & de leur argent reflue dans fon
fein , au lieu que tout ce qui eft donné
aux autres Religieux , eft perdu pour
elle.

Nulles alarmes à craindre pour l'intérêt de la Société : il y a même entre
elle & les Chevaliers de Malte , une
raifon de réciprocité qui légitime de
plus en plus le droit de recevoir des
Citoyens quelques libéralités paffageres ,
bornées , & qui n'intéreffent point les
propriétés de l'Etat. Si la Société leur
donne , ils rendent à la Société , & pendant leur vie , & au moment de la
mort : pendant leur vie, où ils peuvent
difpofer de leurs biens perfonnels à leur
gré ; à leur mort , où ils peuvent léguer
le quint de leurs meubles ; & ces tef-
tamens ne font point des exceptions
rares & peu dignes de confidérations.
Sans rappeler ici les preuves multipliées
qui atteftent cette vérité , fans détailler
la valeur de ces legs , qui font fouvent
confidérables , il fuffit de remarquer
que le confentement du Grand-Maître
étant accordé dès qu'il eft demandé , il
n'eft point de Chevalier qui n'en doive
ufer , quand la mort ne la pas furpris : un

Ordre eſt un être métaphyſique, qui ne peut être l'objet de l'affection particuliere des individus ; & le Chevalier ne manque pas d'avoir des ſervices à récompenſer, des bienfaicteurs, des amis qu'il prefere à l'Ordre dont la mort le ſépare.

Sur ces motifs, le Grand-Conſeil ordonna l'exécution du teſtament de la veuve Varnier, & la délivrance du legs au ſieur de Reſſeguier.

SUPPRESSION D'ÉTAT.

LE premier Octobre 1747, un Officier arrive au couvent des Filles de la Croix de la ville de Roye, en Picardie, avec une petite fille, qu'il mit en penſion dans le couvent, & s'en revint à Paris. Elle fut inſcrite ſur les regiſtres de la Communauté, ſous le nom de *Roſe*, ſans autre dénomination.

On lui donna la meilleure éducation. Elle avoit des Maîtres de Danſe, de Clavecin, de Muſique, & beaucoup plus d'argent pour ſes menus plaiſirs, que les autres penſionnaires.

D'où venoit cette petite fille, & quelle étoit l'étendue de ſes connoiſſances? parloit-elle françois? ſon langage n'étoit-il qu'un jargon groſſier? a-t-elle parlé du pays d'où elle venoit, du lieu où elle avoit été élevée? a-t-elle nommé ſes pere & mere? a-t-elle paru en avoir connoiſſance? en un mot, étoit-elle inſtruite d'une aventure qui lui fût arrivée? Un certificat ſigné de toutes les Religieuſes, va répondre à ces queſtions.

Certificat des Filles de la Croix.

» Par-devant les Notaires, font com-
» parues Sœur Françoife Gaudard, Su-
» périeure de la Communauté des Filles
» de la Société de la Croix, établie en
» cette ville de Roye; Sœur Margue-
» rite-Jeanne Fromant, Affiftante; Sœur
» Marguerite Violette, Dépofitaire ;
» Sœur Marguerite le Sueur, Sœur Gau-
» lier, Sœur Marthe Engranmere, Sœur
» Therefe Delizieux, Sœur Louife-
» Marie-Magdeleine-Jacob Dufrenay,
» toutes Filles de ladite Société de la
» Croix, demeurantes à Roye.

» Lefquelles ont certifié & attefté à
» tous qu'il appartiendra, qu'il a tou-
» jours été payé par le fieur Nugues,
» deux cents livres par année à ladite
» Communauté, pour la penfion & en-
» tretien de la demoifelle Rofe, pen-
» dant le temps qu'elle a demeuré en
» ladite Communauté, en ce non com-
» pris les Maîtres de Mufique, Danfe &
» Clavecin que ladite demoifelle Rofe
» a eus; que ladite fomme de deux
» cents livres eft la penfion ordinaire
» des plus jeunes demoifelles que l'on

» met en ladite Communauté ; que ,
» dans le temps que ladite demoifelle
» Rofe a été mife dans ladite Com-
» munauté , elle parloit françois ; que ,
» pendant le temps qu'elle a été en la-
» dite Communauté, on ne lui a jamais
» entendu parler ni de pere ni de mere ,
» ni nommer Bernard de Flandre &
» Rofe Sion, ni aucun autre parent,
» non plus que du pays d'où elle ve-
» noit, paroiffant n'avoir aucune con-
» noiffance à cet égard ; atteftent, en
» outre, lefdites comparantes , que, fi
» dans un certificat délivré au fieur Nu-
» gues, il a été mis que ladite demoi-
» felle Rofe avoit fept à huit ans quand
» elle eft entrée en ladite Commu-
» nauté, ce n'a été que par conjecture,
» ladite demoifelle Rofe pouvant avoir
» moins ; de tout quoi lefdites compa-
» rantes ont dit avoir une parfaite con-
» noiffance, & ont requis acte, octroyé,
» pour fervir & valoir en temps & lieux,
» & à qui il appartiendra, ce que de
» raifon. Fait & paffé à Roye, en la
» chambre de la Croix où fe travaillent
» les affaires de ladite Communauté,
» l'an mil fept cent foixante-un, le qua-
» torze Septembre après midi, & ont

» lesdites comparantes signé avec nous,
» Notaires (a) «.

Rose est demeurée à Roye jusqu'en 1754, c'est-à-dire, l'espace de sept ans, &, pendant tout ce temps, elle n'a eu de relations qu'avec le sieur Nugues, qui l'avoit déposée dans le couvent, & payoit sa pension.

Sortie du couvent en 1754, elle a été mise chez une dame Parizeau, qui demeuroit à Paris, rue Saint-Jacques.

Cette femme prend la qualité de Raccommodeuse de dentelles; mais Rose, disoit son Défenseur, n'a point été mise chez elle pour apprendre son métier: cela eût été trop opposé à l'éducation qui lui avoit été donnée.

La femme Parizeau atteste qu'elle n'est entrée chez elle qu'en qualité de pensionnaire, & que les petits ouvrages qu'elle faisoit n'étoient que pour l'occuper, comme une personne de son âge. Voici le certificat qu'elle a donné :

» Aujourd'hui est comparue par-
» devant les Conseillers du Roi, No-
» taires au Châtelet de Paris, soussignés,

_____

(a) Ces faits seront développés dans la suite.

» demoiselle Louise Longuet, veuve
» du sieur Jean-Baptiste Parizeau, Bour-
» geois de Paris, y demeurant, rue Ma-
» zarine, Paroisse Saint Sulpice.

» Laquelle, par ces présentes, dé-
» clare qu'en l'année 1754, le 2 Mai,
» M. le Chevalier Nugues a fait prier
» la demoiselle comparante par la Sœur
» Gaudard, Supérieure de la Commu-
» nauté des Filles de la Croix de Roye,
» en Picardie, de prendre chez elle
» une jeune personne, qu'il a dit avoir
» été élevée dans ladite Communauté,
» que l'on appeloit alors *la demoiselle*
» *Rose,* moyennant une pension de trois
» cents livres; qu'ayant consenti à la
» proposition, la demoiselle Rose est
» entrée chez elle, en qualité de pen-
» sionnaire, ledit jour 2 Mai 1754,
» & y est restée jusqu'au 10 Octobre
» 1755, pendant lequel temps ledit
» sieur Nugues est venu voir ladite de-
» moiselle Rose, ce qui a donné lieu à
» ladite demoiselle comparante de croire
» qu'elle étoit la fille naturelle dudit
» sieur Nugues, ou que c'étoit un dé-
» pôt que l'on lui avoit confié, & dont
» il prenoit soin.

» Déclare pareillement ladite demoi-

» felle comparante, que ladite demoi-
» felle Rose ne lui a point été donnée
» pour lui apprendre aucun métier ;
» qu'elle n'étoit que penfionnaire chez
» elle, & que les petits ouvrages qu'elle
» faifoit, n'étoient que pour occuper
» ladite demoifelle Rose, comme une
» perfonne de fon âge, & qu'elle a
» toujours eu lieu d'être fatisfaite de
» fa conduite, ce que ladite demoifelle
» comparante certifie véritable, & a
» requis lefdits Notaires fouffignés de lui
» donner acte de tout ce que deffus ; ce
» qu'ils lui ont octroyé, pour lui fervir &
» valoir ce que de raifon, & à qui il
» appartiendra. Fait à Paris, le 27 Juin
» 1761 «.

Ce certificat, qui est fortifié du témoignage de la demoifelle Gaudry,
Maîtreffe Couturiere, donne lieu de
demander tout naturellement quelles
étoient donc les vûes du fieur Nugues
fur la jeune Rose ?

Elevée avec foin dans un couvent,
avec des Maîtres de Danfe & de Mufique, elle est placée enfuite chez des
Maîtreffes ouvrieres ; mais ce n'est point
pour y apprendre un métier. L'on paye
fa penfion ; elle ne doit s'occuper que

de légers ouvrages, & le fieur Nugues vient la voir fréquemment. Eft-elle fa fille? Qui eft-elle? que lui eft-elle? Faifons taire les réflexions, & continuons la narration.

Rofe eft fortie de chez la dame Parifeau en 1755.

Le fieur Nugues l'a conduite, dans fon caroffe, à onze heures du foir, chez la demoifelle Gaudry, Maîtreffe Couturiere, rue du Pont-aux-Choux.

En la remettant à cette femme, il lui dit qu'elle étoit fa fille, & qu'il la lui recommandoit à ce titre.

Elle trouva, chez la dame Gaudry, une jeune perfonne, à peu près du même âge, qu'on lui dit être fa fœur.

Elle avoit été confiée, quelque temps auparavant, à la demoifelle Gaudry par le fieur Nugues, qui lui avoit dit également qu'elle étoit fa fille : elle étoit connue fous le nom de *Bourmarie*.

La demoifelle Gaudry, qui avoit reçu Rofe en qualité de penfionnaire, craignit, quelque temps après, d'être inquiétée par fa Communauté ; elle exigea du fieur Nugues un brevet, &, le 10 Septembre 1755, il en fut paffé un par-devant Notaires.

Dans

Dans ce brevet, la demoiselle Rose est qualifiée *Rose Uncy*.

Le sieur Nugues a souscrit cette piece, & Rose l'a signée elle-même du nom de *Rose Uncy*.

Voilà donc le nom de famille de Rose. Elle est en possession de ce nom depuis 1755 ; c'est son dernier état.

L'on a oublié de dire que, lorsque la demoiselle Uncy entra chez la dame Gaudry, elle étoit habillée comme l'auroit été la propre fille du sieur Nugues ; elle avoit plusieurs robes de soie avec des garnitures ; elle portoit des fleurs dans ses cheveux, & autres ajustemens.

Le sieur Nugues, qui avoit été voir la demoiselle Uncy pendant qu'elle étoit chez la dame Parizeau, vint la voir, ainsi que sa sœur Bourmarie, chez la dame Gaudry.

Il les envoyoit chercher de temps en temps par un domestique de confiance ; il leur témoignoit une amitié sans bornes ; il les appeloit ses filles ; elles l'appeloient leur pere ; en un mot, il leur prodiguoit les noms les plus tendres.

La dame Gaudry, qui avoit plus d'expérience que les demoiselles Uncy & Bourmarie, conçut quelque inquié-

Tome II.   B

tude des attentions marquées du fieur Nugues; elle lui en parla; il ne déféra point à fes remontrances : mais s'étant perfuadée de plus en plus qu'il étoit dangereux de laiffer aller feules, chez un Militaire qui n'étoit point marié, deux jeunes perfonnes qui devenoient de jour en jour plus intéreffantes, elle s'y oppofa abfolument.

La demoifelle Bourmarie eft décédée en 1757; la demoifelle Uncy lui a fur-vécu, & elle a fait, en perdant fa camarade, une perte irréparable. Ces deux jeunes perfonnes, unies par tant de rapports, fe fervoient de confolation l'une à l'autre; elles n'avoient jamais goûté la douceur d'embraffer une mere; mais du moins elles fe croyoient fœurs; & fi leur deftinée leur faifoit répandre des larmes, elles fe les effuyoient réci-proquement : en un mot, elles tenoient à quelque chofe dans le monde, & le nom de fœur rempliffoit ce vuide af-freux qui environne ceux qui ne tien-nent à perfonne.

Le fieur Nugues auroit-il conçu quel-que efpérance de ce que la demoifelle Uncy fe trouvoit ifolée & fans fecours? Les périls ont-ils redoublé? On ne fe

permettra aucune conjecture sur cet article; mais il est certain que le sieur
Nugues a tout à coup abandonné la demoiselle Uncy, & qu'il faut qu'un sentiment bien vif ait donné lieu à ce
délaissement; car il a été si complet,
qu'elle a été obligée de vendre jusqu'au lit que le sieur Nugues lui avoit
donné.

Le sieur Nugues, pressé de donner
la raison d'une conduite si étrange, a
dit que c'étoit pour l'engager à travailler, & qu'il avoit reçu des plaintes de
toutes les Maîtresses chez lesquelles il
avoit mis la demoiselle Uncy.

Mais elle n'a demeuré que chez la
dame Parizeau & chez la dame Gaudry.
La dame Parizeau atteste, dans son certificat, qu'elle a toujours eu lieu d'être
satisfaite de sa conduite. La dame Gaudry lui a rendu la même justice, &
elle a ajouté qu'elle n'en avoit jamais
porté de plainte à M. Nugues.

Il y a donc eu un autre motif secret; mais, encore une fois, quel que
soit ce motif, la demoiselle Uncy a si
peu démérité, que ç'a été la propre
famille du sieur Nugues, qui, sensible
à sa situation, lui a tendu les bras &

B ij

lui a procuré les secours dont elle avoit besoin.

Les parens du sieur Nugues ont fait alors ce que le sieur Nugues auroit dû faire lui-même ; ils ont cherché à procurer un établissement à la demoiselle Uncy, & ils ont sollicité un emploi pour un jeune homme avec lequel on projetoit de la marier.

Pour faire ce mariage, il falloit un extrait baptistaire : la demoiselle Uncy écrivit au sieur Nugues, pour le supplier de le lui procurer. Voici sa lettre :

» M O N S I E U R,

» J'ai eu l'honneur de vous marquer, dans mes précédentes, que M. d'Harvelay, touché du triste état dans lequel je suis réduite, avoit la bonté de solliciter un emploi pour un jeune homme qui offroit de m'épouser à cette condition : graces à Dieu, ses démarches ont réussi ; MM. les Munitionnaires des vivres viennent d'accorder cet emploi, à compter du premier Janvier de l'année prochaine. Il sera solide, parce que c'est dans leurs bureaux de Paris, & pour les vivres de garnisons ; & comme le jeune homme a du talent, de la conduite, & une belle écriture, il a l'espérance de s'avancer, & d'avoir un fort honnête & tranquille; mais comme il ne doit point jouir de cet emploi avant que de m'épouser, il faut nécessairement que je sois mariée d'ici à ce temps-là. Il dépend uniquement de vous, Monsieur, de me procurer les papiers dont j'ai besoin. Il me faut un *extrait baptistaire en regle* ; & si, comme *je m'en étois flattée*, je n'ai pas le bonheur de vous appartenir, je vous supplie de me procurer le consentement de mes parens : ils ne refuseront pas de vous l'accorder, puisqu'*ils vous ont confié leur enfant; & je pourrois essuyer des refus & des longueurs, si je* m'adressois moi-même à eux ; en *supposant que vouliez me les faire connoître.* Vous voyez, Monsieur, par ce que j'ai eu l'honneur de vous dire, qu'il est très-important pour moi de profiter promptement de la circonstance heureuse dans laquelle je me trouve. Si mon mariage étoit retardé, mille circonstances imprévues pourroient détruire mes projets & me replonger dans la plus affreuse misere, dont je ne pour-

rois fortir que par le déshonneur &
l'infamie. Je vous prie de m'accorder
ma demande le plus promptement qu'il
vous fera poffible , & de joindre cette
nouvelle grace aux foins que vous avez
bien voulu prendre de mon enfance ;
j'en conferverai une reconnoiffance éternelle. Si j'ai pu vous déplaire , je vous
en demande pardon : ma jeuneffe m'a
pu faire faire des fautes ; *mais mon
cœur a toujours été pour vous plein
d'attachement & de reconnoiffance ;* je
chercherai toute ma vie à vous en convaincre , ainfi que du refpect avec lequel j'ai l'honneur d'être , Monfieur ,
V*. Signé* Uncy.

Cette lettre refta fans réponfe , & on
fit dire à celle qui l'avoit écrite , les
chofes les plus dures.

Elle crut alors devoir recourir à la
Juftice. Le 15 Décembre 1760 , elle
préfenta une Requête à M. le Lieutenant-Civil , & conclut à ce que le fieur
Nugues eût à la reconnoître pour fa
fille légitime , ou naturelle ; dans ce
dernier cas , qu'il fût condamné à lui
payer une penfion de 2000 livres , ou à
lui faire connoître fes véritables pere &

mere, qui devoient se nommer *Uncy*, puisqu'ils lui en avoient fait porter le nom, sinon qu'il seroit condamné en 50000 livres de dommages & intérêts.

On vit alors paroître deux nouveaux personnages, qui vinrent au secours du sieur Nugues ; savoir, Bernard de Flandre, soldat déserteur, & Rose Sion, Blanchisseuse d'armée, demeurans dans le village de Lezenne, sous la domination de la Reine de Hongrie. Ils réclamerent Rose comme leur fille, & la sommerent de les reconnoître pour ses pere & mere.

Pour appuyer cette demande, ils firent paroître un extrait baptistaire de 1740, par lequel ils prétendirent prouver qu'il leur étoit né une fille, sous le nom d'*Anne-Rose-Josephe de Flandre*. Mais on leur dit que cette piece, bien loin de leur être favorable, militoit contre leurs réclamations, puisque la demoiselle Uncy n'avoit jamais porté le nom de *Flandre*, & qu'elle avoit une possession d'état contraire à celui qu'on vouloit lui donner, en lui appliquant cet acte.

Mais, pour établir qu'il concernoit

B iv

la demoiselle Uncy, on préfenta trois lettres, dont on prétendoit que deux étoient écrites par Rofe Sion, femme de Flandre, & adreffées au fieur Nugues. Elles contenoient des détails dont on prétendoit tirer de grandes inductions contre la demoiselle Uncy.

Mais l'affectation du ftyle ayant donné lieu d'en fufpecter la vérité, le Défenfeur de la demoiselle-Uncy requit qu'elles fuffent dépofées entre les mains du Greffier, pour en conftater le faux. Ce dépôt fut ordonné; &, depuis, l'on fut obligé de reconnoître qu'elles n'étoient point de l'écriture de la femme de Flandre, quoique foufcrités du nom de *Rofe Sion*. Ces lettres devoient faire l'objet d'une inftruction criminelle, qui fut ordonnée par la Sentence définitive.

La troifieme lettre étoit écrite par la Sœur Gaudard, Supérieure du couvent de Roye, fous la date du 11 Mars 1761.

Pour rendre fenfible la fauffeté de cette lettre, il faut favoir que la Sœur Gaudard avoit délivré précédemment un certificat au fieur Nugues, conçu en ces termes : » Je certifie qu'il n'a jamais

» paru ni pere ni mere à mademoiselle
» Rose, tout le temps qu'elle a été dans
» notre maison ; mais cette année 1761,
» au commencement d'Avril , est venu
» une femme qui m'a dit être la mere
» de Rose , & qu'elle alloit la chercher
» à Paris «.

À l'époque du mois d'Avril 1761,
il y avoit déjà cinq mois que la demoiselle Uncy étoit en procès avec le sieur
Nugues ; ainsi la démarche de la femme
de Flandre ne pouvoit être d'aucune
considération. L'on a cru qu'il falloit lui
donner une époque antérieure , & l'on
a surpris de la Sœur Gaudard la lettre
dont nous avons parlé, & dont nous
allons rapporter les termes.

» Je peux certifier avec vérité , Ma-
» dame, que vous êtes passée à Roye à
» la fin de Décembre dernier ; que vous
» êtes venue dans notre Communauté,
» où vous avez déclaré être la mere de
» Rose ; que vous m'en avez donné des
» preuves par les lettres que vous m'a-
» vez montrées de M. de Nugues à
» l'occasion de votre fille. Les lettres
» seules de ce Monsieur doivent prou-
» ver qu'elle est votre enfant, & qu'elle

B v

» ne provient point de M. de Nugues,
» comme elle a eu la hardieſſe de le
» débiter par-tout. Je connois les bien-
» faits de M. Nugues pour elle , & ſon
» ingratitude vis-à-vis d'un tel bien-
» faiteur. Je ſerai à Paris dans le mois
» de Mai ; je logerai chez M. le Che-
» valier , Peintre , rue Bailleul , der-
» riere le Grand-Conſeil. Je ſuis, Ma-
» dame , votre ſervante, Sœur GAU-
» DARD, Fille de la Croix.

» *Roye , ce* 11 *Mars* 1761 «.

La ſuſcription de cette lettre eſt :
A Madame Roſe Sion. . . . à Paris.
• La fauſſeté de cette lettre eſt évidente. S'il ne s'eſt préſenté perſonne
avant le mois d'Avril 1761 , la femme
de Flandre n'eſt donc pas venue à la fin
de Décembre 1760 , avec des lettres du
ſieur Nugues, qui établiſſoient la pater-
nité des nommés de Flandre. Il n'eſt pas
poſſible de répondre à cet argument.

L'aigreur avec laquelle cette lettre
eſt écrite, eſt une ſeconde preuve qu'elle
a été compoſée à deſſein.

La femme Parizeau avoit , comme
on l'a vu , certifié par-devant Notaires,
le 27 Juin 1761 , que la demoiſelle

Uncy avoit été mife en penfion chez
elle ; que les vifites du fieur Nugues lui
avoient donné lieu de croire qu'elle
étoit fa fille naturelle, ou un dépôt
qui lui avoit été confié, & qu'elle avoit
toujours été contente de fa conduite.
Ce certificat étoit, fans doute, un fort
préjugé contre le fyftême du fieur Nugues : il fut combattu par deux autres
de la même femme.

Dans l'un, elle déclaroit » que c'étoit
» elle qui avoit exigé du fieur Nugues
» qu'il retirât la demoifelle Rofe de
» chez elle, faute de quoi elle feroit
» obligée de la congédier «.

Et dans le fecond, » que la demoi-
» felle Uncy lui avoit dit qu'elle étoit
» née en Flandres ; qu'elle avoit été
» élevée avec des payfans, & qu'elle y
» accompagnoit les gardeurs de vaches
» & de dindons, &c. «.

Il ne falloit qu'oppofer à ces deux
certificats, celui qui avoit été donné
par-devant Notaires, pour en fentir la
fauffeté. Mais on s'apperçut encore
qu'ils n'étoient point écrits de la main
de la femme Parizeau : l'un des deux
étoit écrit par fon fils, & l'autre par le

B vj

Procureur du fieur Nugues, ou par un de fes Clercs.

L'on fut auffi indigné de la gravité des faits que l'on avoit fait fonfcrire à cette femme. Eft-il vraifemblable que la demoifelle Uncy, à qui, pendant fept ans qu'elle a demeuré à Roye, l'on n'a jamais entendu parler ni de fon pays, ni de fon éducation, ni de pere & mere, & dont il eft certifié qu'elle n'avoit aucune connoiffance, ait entretenu la femme Parizeau des faits rapportés dans fon certificat? L'impofture eft évidente; mais ce qui va en convaincre encore davantage, &, ce qui mérite une attention finguliere, c'eft que, quelque temps avant le Jugement, la femme Parizeau & la demoifelle Uncy s'étant rencontrées par hafard chez M. d'Ablois, Avocat du Roi, chargé de porter la parole dans la Caufe, M. l'Avocat du Roi l'interrogea pofitivement fur la queftion de favoir fi, pendant que la demoifelle Uncy étoit chez elle, elle lui avoit parlé comme connoiffant fes parens, & étant inftruite des faits qu'on lui alléguoit dans la Caufe, & elle répondit en propres termes, *qu'elle étoit honnête femme,* &

que la demoiselle *Uncy* ne lui avoit jamais rien dit qui eût trait à ces faits, & qu'elle lui avoit seulement fait entendre qu'elle se croyoit la fille de M. *Nugues.*

Cette réponse emportoit avec elle une démonstration si complette de la fausseté des certificats de la femme Parizeau, que la demoiselle Uncy n'exigeoit pas d'en être crue sur sa parole ; mais l'indication qu'elle faisoit de M. d'Ablois, mettoit ses Juges & le Public en état de s'en assurer. L'on est persuadé, disoit-elle, que ce Magistrat n'hésitera point à rendre hommage à la vérité : il a requis lui-même le dépôt des trois certificats de la femme Parizeau, & d'un quatrieme donné par son fils.

Enfin il est intervenu Sentence, après huit audiences de plaidoiries, le 29 Août 1761, par laquelle les nommés de Flandre ont été déclarés non-recevables dans leurs demandes ; le sieur Nugues a été condamné en 40000 liv. de dommages & intérêts, faute d'avoir établi l'origine de la demoiselle Rose, & de lui avoir donné connoissance de ses pere & mere ; &, faisant droit sur le réquisitoire des Gens du Roi, l'on a ordonné que les trois certificats de la femme Parizeau, celui de son fils, ensemble les deux lettres missives rapportées comme écrites par la femme de Flandre, les certificats de la Sœur Gaudard, la lettre par elle écrite à la femme de Flandre, seroient & demeureroient déposés au Greffe.

L'on a pareillement donné acte aux Gens du Roi de la plainte rendue contre le sieur François Nugues, de la supposition d'état de la personne de la mineure Rose; & en conséquence il a été dit qu'il en seroit informé.

Le sieur Nugues & le nommé de Flandre appelèrent de cette Sentence. Nous allons reprendre les faits d'après le récit qu'ils en firent au Parlement. Ils les présentèrent sous une face bien différente de celle que l'on vient de voir.

Le sieur Nugues, Chevalier de l'Ordre de Saint Louis, a servi long-temps dans le Régiment de Roussillon, Cavalerie, dont il étoit Lieutenant-Colonel. Il est aujourd'hui retiré du service, dans lequel il a passé quarante ans.

C'est, pour les personnes d'un certain

état, un goût affez raifonnable, de foulager de pauvres familles, en fe chargeant de l'éducation de leurs enfans. Non feulement un fentiment d'humanité bien placé leur infpire cette forte de bienfaifance ; plus obligés que d'autres à être Citoyens, ils y trouvent encore un motif d'intérêt public bien digne de les occuper. Sans être dans un état d'opulence, le Chevalier Nugues avoit adopté ce genre de charité préférablement à tous les autres.

Rofe a beaucoup infifté fur une fille Bourmarie, que le Chevalier Nugues élevoit dès l'âge le plus tendre, & qu'il avoit mife avec elle en apprentiffage chez la nommée Gaudry, Couturiere, où elle eft décédée. Nous irons plus loin ici, difoit le Défenfeur du fieur Nugues; & fi ce détail peut offrir quelque matiere à la malignité, c'eft aux cœurs vertueux, c'eft aux efprits droits qu'on le foumet & qu'on l'adreffe.

C'étoit dès l'année 1738, que le Chevalier Nugues avoit commencé de prendre foin de la fille Bourmarie, âgée pour lors de huit mois feulement. Le Curé d'un petit village auprès de Guife lui avoit confié cet enfant, que ſes parens avoient abandonné à la charité de la Paroiſſe. A peu près dans ce temps, un garçon de huit ans, dont le ſort n'étoit pas plus heureux que celui de cette fille, reçut du Chevalier Nugues les mêmes ſecours. Il lui a continué ſes bontés pendant l'eſpace de douze années.

Un certificat des Religieuſes de la Croix, de la ville de Roye en Picardie, nous apprend qu'en 1748, le Chevalier Nugues a placé dans leur Communauté, la fille d'un cavalier de ſon Régiment, appelée *Louiſe d'Arcy* : trois ans après, les Religieuſes elles-mêmes ont remis cette fille entre les mais de ſes parens.

A ces enfans d'un état obſcur, on pourroit en ajouter d'autres, dont la naiſſance plus diſtinguée a mérité, de la part du Chevalier Nugues, des ſecours d'un ordre différent. Mais il eſt une ſorte de malheureux qu'il n'eſt permis de ſoulager qu'avec un timide reſpect. On produiſoit un certificat d'un Gentilhomme, dont le Chevalier Nugues avoit fait élever la fille dans un couvent, & dont il avoit payé très-long-temps l'entretien & les penſions.

C'eſt ainſi que le Chevalier Nugues avoit contracté l'habitude d'exercer la charité dans un genre infiniment louable en lui-même, lorſque la mere de Roſe de Flandre eut le bonheur de s'en faire connoître, & de le toucher ſur ſon fort.

Bernard de Flandre & Roſe Sion ſe ſont mariés à Nomain en Flandre, le 10 Février 1739. L'un étoit Carrier à Lezenne, village voiſin de Lille; l'autre demeuroit à Nomain, chez ſes pere & mere. De ce mariage eſt née une fille baptiſée à Lezenne le 9 Janvier 1740, ſous le nom d'*Anne-Roſe-Joſephe de Flandre.*

Roſe Sion nourrit ſa fille, & la garda chez elle pendant dix-ſept ou dix-huit mois. A l'âge de quinze mois, ou environ, cette enfant, reſtée ſeule dans la maiſon, tomba ſur un pot de fer qui étoit devant le feu; ſes cris avertirent une voiſine, qui accourut, la releva, & lui prêta les ſecours dont elle avoit beſoin. Elle s'étoit fait une bleſſure conſidérable au deſſus du ſourcil droit, & elle en a toujours porté depuis la cicatrice, qu'elle conſerve encore.

Vers le même temps, Roſe Sion

accoucha d'un fils ; mais la fécondité de son mariage devenoit un malheur de plus pour des infortunés réduits à la derniere indigence ; ils se virent hors d'état de nourrir leur famille ; & si les pere & mere de Rose Sion, presque aussi pauvres qu'elle, n'avoient consenti à se charger de leurs petits-enfans, la misere les auroit fait périr. La jeune Rose fut conduite à Nomain, chez son aïeule, à l'âge de dix-huit mois ; son frere y fut depuis reçu comme elle, & elle y a vécu jusqu'à l'âge de huit ans.

Cependant les mêmes malheurs qui avoient séparé les pere & mere de leurs enfans, forcerent bientôt les deux époux de se quitter l'un l'autre. Bernard de Flandre prit le parti de s'engager, en qualité de soldat, dans les troupes de France, au Régiment de Vintimille ; & Rose Sion, abandonnée, sans bien & sans ressource, fut contrainte, pour subsister, de faire, à la suite des armées, le métier de Blanchisseuse.

Depuis cette époque, elle est revenue plusieurs fois voir ses pere & mere & ses deux enfans à Nomain. On ignoroit le sort de Bernard de Flandre, qui

reparut enfin chez fon beau-pere ; mais
fa famille ni fa femme ne purent fe
livrer publiquement à la joie de le voir
de retour : il avoit déferté ; il cherchoit
un afile : on ne pouvoit prendre trop
de précautions pour empêcher qu'il ne
fût découvert ; l'indifcrétion des enfans, qui n'auroient pu fe contenir fur
un fecret fi important, étoit fur-tout à
redouter. Comme ils avoient perdu de
vue leur pere dès l'âge le plus tendre,
il fut facile de leur faire accroire que
Bernard de Flandre étoit leur coufin.
C'eft le parti qu'on prit ; ils l'appelerent ainfi pendant fon féjour à Nomain;
mais le bruit confus de fon retour,
qui commençoit à fe répandre, l'obligea
de fe réfugier au village de Fournes,
& de s'y cacher, jufqu'à ce que les follicitations euffent pu lui obtenir fon
congé abfolu.

Cependant Rofe de Flandre avançoit
en âge dans la maifon de fon grand-
pere; on l'y occupoit à filer de la laine &
à garder les troupeaux, & ce fut dans ce
temps que lui arriva un léger accident,
dont la nature de cette Caufe nous oblige
de parler. Un jour qu'elle difputoit
une pomme avec fon frere, elle fe

jeta fur lui précipitamment, & reçut
un coup à la levre inférieure, du couteau qu'il tenoit à la main : la bleffure
fut guérie, mais la trace ne put s'en
effacer, & elle fubfifte encore.

La mere continuoit, à l'armée, le
métier que fa mifere l'avoit forcée de
prendre. Dans le cours de l'année 1747,
elle étoit un jour fur les remparts de la
ville de Tongres, occupée à blanchir, ou
à étendre du linge, lorfque deux Officiers s'approcherent d'elle, & lui adref-
ferent la parole. Ils l'interrogerent fur
fon état, fa fituation, fa famille. Elle
inftruifit donc ces deux Militaires de la
pauvreté à laquelle elle étoit réduite,
de l'état de fon mari, de celui de fes
deux enfans, qu'il lui étoit impoffible
d'élever, & que fes pere & mere ne
nourriffoient qu'avec peine.

La curiofité, peut-être, avoit d'abord
engagé la converfation ; bientôt la pitié
fuccéda, & l'un des deux, ému d'un
tableau fi touchant, repréfenta à l'autre,
que le fyftême de charité qu'il s'étoit fait,
de prendre foin de quelques pauvres enfans, ne pouvoit être mis en pratique dans
une occafion plus naturelle. L'exhortation fit fon effet ; &, fur ce que Rofe

Sion parut avoir de la répugnance à lui confier son fils, l'Officier proposa de se charger de l'éducation de sa fille. La jeunesse de l'enfant, & l'âge de l'Officier, la déterminerent à consentir, & lui firent accepter l'offre. Elle apprit que son bienfaiteur étoit le Chevalier Nugues, convint avec lui de se retrouver à Lille, au cabaret de Saint-Nicolas, au retour de la campagne, & le quitta avec les témoignages sinceres de la plus vive reconnoiſſance.

Le Chevalier Nugues fut fidele à sa parole : vers la fin du mois d'Octobre 1747, il se rendit à Lille, & vint au cabaret de Saint-Nicolas demander Rose Sion. La Maîtreſſe du cabaret lui dit qu'elle logeoit en effet dans sa maison quand elle étoit à Lille ; mais qu'alors elle étoit chez ses pere & mere à Nomain, & que, s'il le souhaitoit, elle la feroit avertir. Le Chevalier Nugues parut avoir envie de lui parler, & le 24 Octobre, sur l'avis de la nommée Boutigny, Cabaretiere, Rose Sion arriva à Lille ; elle y vit l'Officier, qui lui réitéra sa propoſition ; & comme elle étoit toujours réſolue à l'accepter, le Chevalier Nugues, dont le départ étoit proche, la preffa d'aller chercher fa fille à Nomain ; & lui fit don, en ce moment, de quarante-huit livres, pour fournir à l'enfant les habits qui lui étoient néceffaires.

Rofe Sion partit auffi-tôt, arriva au village de Nomain, & fit part à fes parens des offres du Chevalier Nugues, & du deffein où elle étoit d'en profiter. Ils firent d'abord quelque difficulté de confentir au départ de leur petite-fille ; foit tendreffe, foit défiance, ils ne fe déterminerent à la laiffer fortir, qu'après avoir fait de mûres réflexions fur les avantages de l'éducation qu'elle alloit recevoir, fur l'âge de l'enfant, & fur celui de fon bienfaiteur. Enfin Rofe Sion, accompagnée de Nicolas-François Sion fon frere, la conduifit fur un cheval à Lille, le 25 Octobre. A un quart de lieue de Lille, elle rencontra le Chevalier Nugues dans un carroffe de place. Elle y monta avec lui, y fit monter auffi fa fille ; le cheval fut attaché derriere, & c'eft ainfi qu'ils entrerent dans la ville, & qu'ils arriverent au cabaret de Saint-Nicolas.

Quand le Chevalier Nugues apperçut l'enfant, à la vue des habits qui la couvroient à peine, il fut touché de compassion, & croyant que l'argent qu'il avoit déjà donné ne pourroit pas suffire, il ajouta encore quarante-huit livres, qu'il remit à la mere, pour acheter à sa fille des vêtemens plus supportables. C'est à ce soin que Rose Sion & la Boutigny employerent le reste de la journée du 25 Octobre. Elles ne voulurent point abuser des bontés d'un homme si généreux; tout ce qu'elles acheterent étoit de la plus grande simplicité; à l'exception de trois ou quatre chemises & de quelques mouchoirs, la jeune Rose portoit sur elle sa garderobe entiere; on ne lui fit aucun trousseau; toutes ses nippes ne couterent pas cinquante livres: mais le Chevalier Nugues n'étoit pas homme à reprendre une partie de ses dons; il laissa le surplus à la mere.

Le jour du départ étoit fixé au lendemain 26 Octobre: Rose Sion habilla sa fille dès le matin, &, toujours accompagnée de son frere, la conduisit par la main à une médiocre distance de Lille, du côté du fauxbourg des Malades, vis-à-vis du cabaret de la Maison Rouge, où le Chevalier Nugues lui avoit donné rendez-vous. Elle attendit quelque temps, &, vers dix ou onze heures, elle le vit paroître dans sa chaise, que conduisoit son domestique. Le Chevalier Nugues reçut la jeune Rose dans sa voiture, renouvela à sa mere les assurances qu'il lui avoit données tant de fois, lui promit de mettre d'abord l'enfant dans une Communauté, & de lui faire ensuite apprendre un métier, & continua sa route vers Arras. Rose Sion suivit la chaise des yeux, & rentra dans Lille entre la tristesse & la joie.

Le Chevalier Nugues, arrivé à Roye le 30 Octobre, alla voir, le 31, la Supérieure de la Communauté des Filles de la Croix de cette ville, lui déclara qu'il avoit avec lui une jeune enfant âgée de huit ans ou environ, qu'il s'étoit chargé d'élever par charité, & convint avec elle de la mettre dans sa maison, moyennant cent cinquante livres de pension pour la nourriture & l'entretien : la Supérieure y consentit, mais sous la condition que le Chevalier Nugues commenceroit par fournir un trousseau & les nippes, dont l'enfant ne lui parut pas suffisamment pourvu. Le
Chevalier

Chevalier Nugues vit le mémoire qui en fut dressé par la Religieuse, donna l'argent, & plaça Rose dans la Communauté, le premier Novembre 1747, sous le nom de *Rose* seulement : c'étoit le nom qu'elle portoit à Nomain, ainsi qu'il est d'usage pour les enfans de la campagne, qui ne font connus ordinairement que sous l'un de leurs noms de baptême.

La Sœur Gaudard, Supérieure, lui donna d'elle-même, & sans l'agrément du Chevalier Nugues, le nom de *Rose Nugues :* son objet étoit de prévenir ou d'arrêter les questions indiscrettes des jeunes pensionnaires, qui s'étonnoient de ce que Rose ne portoit point, comme elles, de nom de famille ; mais elle a eu soin d'empêcher qu'elle ne signât ses lettres d'aucun autre nom que de celui de *Rose*, & qu'elle n'écrivît au Chevalier Nugues autrement qu'à son bienfaiteur.

Un mois s'étoit écoulé depuis l'instant où Rose Sion avoit confié sa fille au Chevalier Nugues, quand les Juges de Lezenne, surpris de sa disparition subite, crurent que leur ministère leur imposoit l'obligation de prendre, à cet

égard, des éclairciſſemens plus précis
que ceux qui leur étoient annoncés par
la voix publique. Roſe Sion fut inter-
rogée ; elle répondit ingénument la
vérité : on ne paroiſſoit pas diſpoſé à
la croire ſur ſa parole ; elle écrivit alors,
ou plutôt fit écrire au Chevalier Nugues, pour lui apprendre les difficultés
qu'elle eſſuyoit. Le 12 Décembre 1747,
il lui marqua que Roſe étoit dans un
couvent ; que ſes intentions étoient
toujours les mêmes ; qu'il eſpéroit qu'un
jour elle ſeroit en état de procurer, par
ſon travail, à ſa famille, une ſituation
plus heureuſe ; mais qu'au ſurplus, ſi
l'on exigeoit qu'elle retournât dans ſon
pays, il étoit prêt à la rendre à ſa mere.
Cette lettre calma les inquiétudes des
Officiers, & ſeroit aujourd'hui, entre les
mains de Roſe Sion, un titre déciſif,
ſi on ne la lui avoit enlevée.

Souvent Roſe Sion a fait écrire au
Chevalier Nugues, pour avoir des nouvelles de ſa fille. Le nommé Boutigny,
Cabaretier de Saint-Nicolas, qui lui
prêtoit ordinairement ſa main, a écrit
pluſieurs lettres ſans qu'elle ait reçu de
réponſe, ſi ce n'eſt au mois de Mars
1760, & au mois de Décembre de la

même année. La premiere lui apprenoit quel avoit été le fruit des soins
du Chevalier Nugues, & le salaire de
ses bontés : il instruisoit Rose Sion de
l'ingratitude & des outrages de sa fille,
& lui indiquoit la femme Gaudry, à
qui elle devoit désormais s'adresser pour
en recevoir des nouvelles. Par la derniere, le Chevalier Nugues, conser-
vant encore pour Rose de Flandre des
bontés dont elle s'étoit rendue indigne, faisoit part à sa mere d'un mariage qui se présentoit pour elle, &
s'engageoit à envoyer à Paris un extrait
baptistaire légalisé, avec son consentement & celui de son mari. Ces deux
lettres ont eu le même sort que celle
de 1747 ; les mêmes pratiques les ont
enlevées à Rose Sion, & les ont fait
disparoître.

Voilà donc la preuve écrite d'une
fille remise au Chevalier Nugues, sur
la fin de 1747. Cette fille est-elle la
même que celle qu'elle vient réclamer ?
C'est une question d'identité, que la
lettre peut décider encore ; par les dé-
signations qu'elle contient, relativement à la fille de 1747, & par la
comparaison qu'il est aisé d'en faire

C ij

avec celle qui plaide aujourd'hui. Auffi
Rofe de Flandre a-t-elle trouvé le fecret de furprendre à fa mere cette lettre
de 1747, qui eût rendu la folution du
problême trop prompte & trop facile.
Elle nous avoue ingénument qu'elle a
pris le parti de la déchirer & de la
brûler. C'eft le premier trait qui carac-
térife cette fille pleine de candeur &
de bonne foi, qui regrette avec tant
d'amertume la perte de fon état, & qui
fe fait à elle-même une violence fi pénible, lorfque, pour en recouvrer les
titres, elle eft forcée de traduire fon
bienfaiteur en Juftice.

Il n'en falloit pas davantage que cette
réponfe du Chevalier Nugues, pour tran-
quillifer les Officiers des lieux, fur le
fort de la fille Rofe : fa mere ne fut
plus inquiétée : elle refta dans le couvent de Roye.

Au refte, quel genre d'éducation
peut-elle avoir reçue dans cette maifon? Il eft facile d'en juger par les penfions qu'on y payoit pour elle : cent
cinquante livres d'abord, deux cents
livres enfuite, lorfqu'en avançant en
âge, elle exigea des Religieufes plus
de dépenfes & plus de foins. C'étoit

affez pour un bienfaiteur, c'eût été trop
peu pour un pere ; &, fans doute, fi
elle eût été fidelle à répondre à fes intentions & à celles des Dames de Roye,
elle n'auroit puifé dans leur maifon que
le goût des bonnes mœurs & l'amour
du travail pour lequel elle eft deftinée.

Cependant, fi on l'en croit, elle en
a rapporté des connoiffances étendues
de deux Arts agréables. La Mufique &
la Danfe étoient, dit-elle, fes occupa-
tions principales ; & le Chevalier Nugues n'a rien négligé pour lui procurer
toutes les graces extérieures & tous les
agrémens de la voix.

Le Chevalier Nugues, difoit fon Défenfeur, n'eft point en état de rendre
juftice à des talens qu'il ne lui a jamais
connus ; mais s'ils ont quelque chofe
de réel, c'eft aux heureufes difpofitions
qu'elle a reçues de la Nature, c'eft
fans doute aux générofités de quelque
autre protecteur plus délicat & plus raf-
finé qu'elle en eft redevable : à fon
égard, il y a trop peu contribué pour
s'en faire honneur. Un Maître attaché
à la maifon de Roye, venoit y donner
des leçons à quelques penfionnaires. Le
Chevalier Nugues, à la priere de la

C iij

Sœur Gaudard, voulut bien permettre que la fille Rose profitât de l'occasion; &, comme les talens ne sont pas chers à Roye, cette partie d'éducation brillante ne coutoit pas un écu par mois.

Aussi, dans le certificat que Rose de Flandre s'est fait donner, le 14 Septembre 1761, par les Dames de Roye, commence-t-on par annoncer, d'une maniere précise, qu'elle a *toujours* payé deux cents livres de pension; supposition démentie par le registre même du couvent, qui ne porte que cent cinquante livres pour les premieres années. À l'égard des Maîtres, on n'en parle que par une prétérition adroite : *en ce, non compris les Maîtres de Musique, de Danse, de Clavecin.* Ces Maîtres sont vraisemblablement un seul & même homme, que l'on multiplie par chacun de ses talens en particulier; mais on se garde bien de faire mention de ce qu'on lui payoit pour remplir tant de fonctions si importantes & si pénibles.

Il faut à peu près se former les mêmes idées des sommes d'argent que le Chevalier Nugues donnoit, disoit-on, à la fille Rose, pour employer à ses plaisirs. Lorsque le Chevalier Nugues envoyoit l'argent nécessaire pour sa pension, il se trouvoit quelquefois de l'excédent; la fille Rose en profitoit. Il s'est trouvé une année dans laquelle elle n'a eu que quarante sous.

Au reste, si Rose de Flandre exagere ainsi les dons qu'elle a reçus du Chevalier Nugues, ce n'est pas que les sentimens de son cœur les grossissent à ses yeux; c'est pour établir entre elle & ses pere & mere, une disproportion plus frappante; c'est pour trouver dans ce que le Chevalier Nugues a fait pour elle, un titre qui l'autorise à en exiger davantage. En elle tout est ingrat, tout est perfide, jusqu'aux témoignages de sa reconnoissance.

Rose est restée dans la Communauté de Roye pendant l'espace de sept années, c'est-à-dire, jusqu'à l'âge de quinze ans ou environ.

C'étoit le temps où, dans le système de certaines personnes, & suivant les idées dont ils ont peine à se défendre, Rose pouvoit de jour en jour sembler à son protecteur moins indifférente. Elle sort de la Croix. C'est ici le moment délicat où la critique attend le Chevalier Nugues, & il faut convenir

C iv

que, pour juger de ses intentions, il n'en est point de plus décisif.

Au mois de Mai 1754, la Sœur Gaudard, Supérieure, amene elle-même la fille Rose à Paris. Ce n'est point dans la maison du Chevalier Nugues qu'elle la conduit, c'est chez une demoiselle Parizeau, ouvriere en dentelles, dont la fille avoit été pensionnaire à Roye, & qui avoit la correspondance de la Communauté.

Un homme intéressé à inspirer à son éleve des idées moins austres que celles du couvent, auroit peu goûté sans doute la maison de la demoiselle Pariseau. Le témoignage de la Supérieure n'étoit pas naturellement celui dont il auroit été plus jaloux : cependant c'est ce qui détermine le Chevalier Nugues à placer la fille Rose chez cette Maîtresse ; il convient avec elle d'une pension de trois cents livres, tant pour la pension, que pour apprendre à la fille Rose son métier.

Mais si le Chevalier Nugues avoit satisfait à tout ce que la prudence pouvoit exiger de lui, par un choix aussi sage ; il paroît que la demoiselle Pariseau ne trouva pas dans son éleve les

qualités qu'elle avoit droit d'en attendre. Après quinze mois d'apprentiffage,
elle fit part au Chevalier Nugues de
fes mécontentemens, & de la réfolution où elle étoit de s'en défaire. Rofe
en est fortie le 15 Juillet 1755, pour
entrer auffi-tôt chez la nommée Gaudry,
Couturiere.

Dès le 10 Septembre fuivant, le
Chevalier Nugues la fit infcrire au Bureau des Maîtreffes Couturieres, en
qualité d'apprentiffe. C'étoit un premier pas néceffaire pour l'établiffement
qu'il fe propofoit de lui procurer par
la fuite.

Cependant, s'il faut en croire Rofe
de Flandre, ce brevet, dans lequel on
voit paroître pour la premiere fois le
nom d'*Oncy*, c'est-à-dire, le nom de
Sion fa mere, retourné, n'étoit qu'une
fimple formalité. Toujours fes mains dé-
licates ont dédaigné un métier auffi vil
que celui de Couturiere; elle étoit appelée à de plus hautes deftinées, &
l'intention du Chevalier Nugues n'a
jamais été qu'elle s'occupât férieufement de cette profeffion.

La femme Gaudry a eu la complaifance de tenir le même langage, dans

C v

un certificat qu'elle lui a donné. On a même remarqué que, pour fortifier de plus en plus cette idée, elle a déclaré, dans l'information faite à l'occasion de cette affaire, que le brevet d'apprentissage étoit postérieur de près de deux ans à l'entrée de la fille Rose dans sa maison. Mais que peut produire l'infidélité manifeste & mal-adroite de ce témoin ? Rose de Flandre déclare elle-même, dans sa Requête à M. le Lieutenant-Civil, qu'elle a été placée non seulement chez la demoiselle Parizeau, mais encore chez la femme Gaudry, pour y apprendre leur métier. Le brevet par-devant Notaires existe ; la date en est certaine. Que l'on commence par détruire cet acte. Jusque-là, l'héroïne de cette Cause célebre, la demoiselle Oncy, sera toujours une apprentisse Couturiere (a), comme elle sera toujours la fille de Rose Sion, tant qu'à son

_____

(a) Le Chevalier Nugues a payé huit cents livres pour les quatre années d'apprentissage de la fille Rose, chez la femme Gaudry : c'étoit à raison de deux cents livres par an. La femme Gaudry se feroit-elle contentée d'une pension aussi foible, si elle n'eût pas compté sur le travail de son apprentisse ?

acte de baptême, à la réclamation de fes pere & mere , elle n'oppofera qu'un goût décidé pour l'indépendance , & les ridicules répugnances d'un amour-propre déplacé.

Loin de lui en avoir jamais infpiré les fentimens , le Chevalier Nugues a toujours pris , au contraire , les plus fages mefures pour qu'elle mît à profit les dépenfes utiles auxquelles il vouloit bien fe prêter pour elle. Des vifites trop fréquentes qu'elle lui rendoit d'a-bord , pouvoient donner matiere à des diftractions préjudiciables à fes occupa-tions , & plus dangereufes encore à d'autres égards. Le Chevalier Nugues , pour obvier à ces inconvéniens , fit dé-fenfes à la femme Gaudry de la laiffer venir chez lui , fans en avoir une per-miffion par écrit.

Ces précautions , dictées par la pru-dence , prennent , dans la bouche de cette fille , des couleurs bien différentes. Dans la Requête à M. le Lieutenant-Civil , elle annonce la maifon de la femme Gaudry comme une prifon in-commode , à laquelle une jaloufe in-quiétude l'avoit condamnée. Le Che-valier Nugues étoit le feul qui vînt la

C vj

confoler dans fon exil , mais toujours
fous les voiles du myftere : ce n'étoit
jamais qu'à onze heures du foir qu'elle
recevoit fes vifites , & elles n'avoient ,
felon elle , d'autre motif que de lui
faire fa cour.

Quel eft fon but , en parlant ainfi
des vifites qu'elle prétend avoir reçues
du fieur Nugues , & d'une cour affidue
que la conquête la plus brillante & la
plus difficile eût à peine exigée ? Rofe
convient qu'elle eft reftée toujours inflexible & cruelle , & que , pendant
quatre années , le Chevalier Nugues
n'a jamais franchi les bornes du défir.
C'eft ainfi que , par une vanité délicate
& raffinée , elle fait honneur à fes charmes des dangers continuels qu'elle dit
avoir courus , tandis qu'elle réferve
toujours à fa vertu le mérite de la réfiftance.

Le Chevalier Nugues , difoit fon
Défenfeur , lui en a toujours épargné
la peine : & plût à Dieu qu'elle eût eu
pour elle-même autant de ménagemens
& de retenue ! Mais , quelle que fût la
fageffe de l'éducation que jufqu'alors
il lui avoit procurée , elle étoit peu
difpofée , par caractere & par goût , à

en recueillir les fruits. Déjà ses dispo-
fitions s'étoient fait connoître chez la
demoiselle Parizeau, où la Sœur Gaudard l'avoit d'abord placée. Elles ne
firent que se développer & s'accroître
pendant le séjour qu'elle fit chez la
femme Gaudry.

Lorsque le temps de son apprentissage
fut terminé, le Chevalier Nugues pro-
jeta de compléter son état, en la faisant
recevoir Maîtresse Couturiere. Mais ces
moyens d'une subsistance honnête &
facile, ne s'accordoient pas avec ses
idées; elle quitta volontairement la
femme Gaudry, sur la fin de 1759, &
quoique son origine ne pût être pour
elle un mystere, puisque jusqu'à huit
ans elle avoit été élevée dans le sein
de sa famille, elle commença dès lors
à s'annoncer dans le monde comme la
fille naturelle du Chevalier Nugues. C'est
ici l'époque & le début de ses aventures.

Est-il vrai que le Chevalier Nugues
n'ait pu, sans injustice & sans inhu-
manité, cesser alors de s'intéresser à
son sort; que, depuis cet instant, elle
n'ait coulé ses jours que dans l'amertume & la douleur, & que, pour se

procurer d'abord une fubfiftance étroite, elle ait été réduite à la néceffité de vendre le feul meuble qu'elle eût en fa poffeffion, le lit que le fieur Nugues lui avoit donné.

Si cette mifere affreufe, fi ce défef-poir avoit eu quelque chofe de réel, il eût été bien gratuit de la part de la fille Rofe. De deux profeffions que le Chevalier Nugues lui avoit fait appren-dre, pendant l'efpace de cinq années, elle pouvoit du moins en exercer une. Etoit-ce donc quelque chofe de fi défef-pérant pour la fille de Bernard de Flan-dre & de Rofe Sion, de continuer à travailler chez une Maîtreffe Coutu-rière, chez la femme Gaudry elle-même, en qualité de fille de journée? Cet expédient ne lui eût-il pas offert une reffource fimple, facile contre cet abandon fi cruel du Chevalier Nugues?

Mais, loin de manquer de retraite, depuis l'inftant de fa fortie de la mai-fon de la femme Gaudry, elle s'eft au contraire procuré fouvent le plaifir du changement & de la diverfité. Rue des Petits-Champs-Saint-Martin, dans le quartier Saint-Roch, en cinq endroits différens, rue Notre-Dame; on lui compteroit presque, depuis deux ans, autant de domiciles qu'il y a de quartiers à Paris.

Le dernier appartement qu'elle occupoit rue des Moineaux, près Saint Roch, étoit de trois cents livres. Partout elle étoit meublée décemment. Faut-il s'étonner que cette fille de goût n'ait pas cru devoir conserver long-temps le lit que le Chevalier Nugues lui avoit donné chez sa Maîtresse? il auroit figuré mal avec les meubles élégans & choisis qu'elle trouvoit sur son crédit : c'est là raison pour laquelle elle a pris le parti de s'en défaire, & c'est à quoi se réduit l'histoire si pathétique de ce lit vendu par indigence & par besoin.

En changeant de lieu, Rose avoit encore le talent de multiplier, d'une autre maniere, sa personne & son exisrence. Ici c'étoit la demoiselle Rose feulement ; là, c'étoit la demoiselle Oncy ; ailleurs, la dame de Noville, femme d'un Officier d'Infanterie.

Quelles pouvoient être les raisons secretes de ces métamorphoses, dont elle est convenue elle-même? Pourquoi, sur-tout, la demoiselle Rose veut-elle, avant le temps, devenir un perſonnage plus grave, & eſt-elle devenue tout à coup la dame de Noville? C'eſt ſur quoi, diſoit le Défenſeur du ſieur Nugues, l'on voudroit pouvoir ſe diſpenſer de tout examen. Mais quel fruit pourrions-nous eſpérer de notre diſcrétion, lorſqu'elle-même a rendu publique une piece produite pour le beſoin de la Cauſe, & deſtinée uniquement à inſtruire, dans le ſecret, la religion des Magiſtrats.

Ainſi ce n'eſt plus un myſtere aujourd'hui; cette fille, qui fait honneur à ſa vertu de l'abandon cruel qu'elle impute au Chevalier Nugues, qui, de ſon propre aveu, *donne pour baſe à ſon action la pureté de ſes mœurs;* cette fille eſt accouchée d'un enfant baptiſé ſous ſon nom, ſur la Paroiſſe Saint Roch, le 27 Janvier 1761.

C'eſt, dit-elle, une calomnie horrible. On m'a ravi mes parens & mon état, on voudroit m'arracher encore ma réputation & mon honneur: c'eſt un enfant que mes ennemis m'ont ſuppoſé. La dame Godin, Sage-Femme, a déclaré qu'elle ne m'avoit jamais vue que par ma fenêtre. D'ailleurs, on veut que je fois accouchée le 27 Janvier 1761, & le 18 Décembre précédent, j'aurois formé contre le Chevalier Nugues une demande où, pour toucher les Magiſtrats fur mon fort, je ne pouvois avoir que mon innocence & mes malheurs : cela eſt-il vraiſemblable ?

Oui, fans doute : on fait qu'une pareille conduite n'eſt pas dans les bornes de la vraiſemblance ; mais on fait en même temps qu'il eſt des prodiges de hardieſſe & d'impudence : on fait qu'il ne devroit pas être vraiſemblable que la *demoiſelle* Rofe fût accouchée ; mais on fait auſſi que rien n'eſt plus véritable ; on fait enfin qu'on a pu faire à la dame Godin beaucoup de queſtions, fans que cette femme ait violé la loi du ſecret auquel ſa profeſſion l'oblige. Mais, pour répondre en un feul mot à toutes ces difficultés, à ces défauts de vraiſemblance, laiſſons parler l'extrait de baptême lui-même.

Extrait des regiſtres de la Paroiſſe Saint-Roch à Paris.

» L'an mil fept cent foixante-un, le
» 27 Janvier, a été baptiſée, par moi

» Vicaire souffigné, Rose, née ce jour,
» fille de pere inconnu & de Rose Oncy,
» de cette Paroiffe, rue Saint-Roch. Le
» Parrain, Jean-Baptiste Trichet, Bour-
» geois de Paris, fufdite rue & Paroiffe;
» la Marraine, Elizabeth-Victoire Du-
» rand, fille de Jean Durand, défunt,
» demeurant rue & Paroiffe fufdite,
» qui a figné, *avec madame Godin,*
» *Maitreffe Sage-Femme, fufdites rue*
» *& Paroiffe, qui nous a préfenté l'en-*
» *fant.* Collationné, & figné Bouеот,
» Dépofitaire des regiftres «.

On voit que la dame Godin n'a pas
toujours gardé, fur la naiffance de cet
enfant, un filence fi profond. Elle a
fait fes déclarations au Miniftre de l'E-
glife, auquel elle les devoit. L'acte de
baptême eft revêtu de fa fignature; &,
afin de lever tous les doutes, on a
confulté les regiftres de la Paroiffe Saint-
Roch, où fe trouve, en plufieurs endroits, le feing de la dame Godin. On
peut affurer qu'il n'a point été contrefait dans l'acte de baptême, qui annonce l'exiftence d'une nouvelle Rose
Oncy.

Quel jugement faut-il donc porter

de cet acte du 27 Janvier 1761 ? C'eſt qu'il eſt, pour la fille Roſe & pour la Juſtice, la preuve juridique & légale d'un enfant qui lui eſt né. Quelles ſont les conſéquences de cet événement ? C'eſt qu'à l'ingratitude dont elle s'eſt rendue coupable envers le Chevalier Nugues, ſe joint encore un motif d'indignité perſonnelle, qui ne lui permet plus de rien eſpérer de ſes dons. Enfin, que penſer des *cris perçans* dont elle a voulu, diſoit-elle, remplir *le Palais & le Public*; de cette plainte qu'elle a rendue en diffamation, quand on lui a parlé de cet accouchement, & qu'elle a diſtribuée le lendemain avec tant de profuſion ? C'eſt que, par une démarche hardie, elle a voulu tromper les Magiſtrats & le Public, comme elle le fait depuis deux ans, en demandant ſon état, & en déchirant de ſes mains les actes qui l'établiſſent; en dénaturant l'éducation qu'elle a reçue, pour transformer le néant qui lui a donné l'être, en une origine illuſtre; en plaçant enfin tour à tour dans le cœur du Chevalier Nugues, la chaſte tendreſſe d'un pere, & les déſirs d'un raviſſeur impur.

Par Arrêt du mois de Mars 1762, la Sentence fut confirmée, excepté au chef de 40000 livres, qui furent réduites en 300 livres de rente viagere, auxquelles le Chevalier Nugues fut condamné envers la demoiselle Oncy.

PROCÈS de l'Abbé des Brosses.

PASCAL BRIGAUD DES BROSSES, de la ville de Paray en Bourgogne, dans le Charolois, fit, en 1718, à l'âge de seize ans, profession à Lyon chez les Picpus, Ordre de Saint François. Il parvint bientôt aux premieres places de son Ordre, & fut nommé Procureur-Général à Paris.

Son emploi lui donna des relations avec les Maréchaux de Barwick & de Noailles, dont il devint Confesseur, & avec M. le Comte de Maulevrier, Colonel du Régiment de Piémont. On le détermina à accepter, le 5 Mars 1734, le brevet d'Aumônier de ce Régiment.

Il s'acquitta des fonctions pénibles & dangereuses de cet emploi, avec un zele qui lui mérita les attestations les plus flatteuses de la part des Maréchaux de Noailles, d'Asfeld, de Coigny & de Montmorency, & autres Officiers, tant généraux que particuliers, sous les yeux desquels il avoit exercé son minis-tere. On voit même, par ces certificats, que le danger n'avoit point ébranlé fon zele. Il fe porta volontairement au forcement des lignes d'Etlingen, il s'y expofa depuis le commencement de l'attaque jufqu'à la fin, pour donner les fecours fpirituels aux bleffés : par le même motif, il fe tranfporta à la prife de l'ouvrage couronné de Philisbourg; il y eut fes habits percés de trois balles; un Capitaine fut tué à fes côtés, dans le temps qu'il exhortoit un Grenadier qui venoit d'être bleffé.

Le même courage & le même efprit de charité l'animerent dans la direction des hôpitaux de l'armée. Il fecouroit de fon propre argent les foldats malades, leur faifoit faire des bouillons, & leur fourniffoit les linges néceffaires, foit pour les changer, foit pour les panfer.

Tant de travaux pénibles & non interrompus altérerent fa fanté, & l'obligerent de ceffer fes fonctions. M. le Cardinal de Fleury lui-même follicita la tranflation du P. des Broffes dans le grand Ordre de Saint Benoît, où il fit profeffion le 2 Avril 1737, dans l'Abbaye de la Croix, Diocefe d'Evreux, dont le Prieur clauftral l'envoya à Paris, pour y vacquer aux affaires de ce monaſtre. De retour dans la capitale, l'Archevêque de cette ville lui donna des pouvoirs pour prêcher & confeſſer.

Suivant l'uſage où étoient encore alors les Bénédictins, de cumuler ſur la même tête pluſieurs bénéfices dont les revenus tournoient au profit de l'Ordre, Dom Bouquin, Religieux de la Congrégation de Saint Maur, en poſſédoit deux incompatibles. Il en réſigna un à Dom des Broſſes.

Les Supérieurs de cette Congrégation ne virent point ſans chagrin ſortir de leurs mains un bénéfice ſi conſidérable ; ils armerent l'autorité contre Dom des Broſſes, pour lui arracher ſa réſignation. Il réſiſta aux menaces, aux empriſonnemens, aux promeſſes, à l'exil, & ne ſe démit qu'après que ſon droit lui eut été aſſuré par une Sentence arbitrale prononcée par M. le Cardinal de la Rochefoucault & M. de Maurepas, Miniſtre, Arbitres de Dom des Broſſes, & M. l'Archevêque de Tours, & M. de Marville, alors Lieutenant-Général de Police.

Cependant M. de Berryer, ancien Conſeiller Clerc au Parlement, étoit Prieur Commendataire de Perrecy dans le Charolois, en Bourgogne, diocèſe d'Autun, & avoit introduit dans ce monaftere, occupé par des Bénédictins, une réforme très-auftere. On l'avoit perfécuté, pendant plufieurs années, pour qu'il confentît à l'union de ce prieuré à l'évêché d'Autun. Sa réfiftance lui valut différens exils, & enfin la féqueftration de fes revenus.

L'âge & les infirmités lui firent craindre qu'une mort prochaine ne laiffât la liberté de confommer cette union à ceux qui la défiroient fi fort. Il vouloit que la réforme qu'il avoit introduite fût maintenue. Sans connoître Dom des Broffes, & inftruit de la fermeté avec laquelle il avoit défendu fon Bénéfice contre la Congrégation de Saint-Maur, il lui réfigna fon prieuré de Perrecy, en l'invitant à ne jamais fouffrir qu'on portât atteinte à la réforme, & à ne jamais confentir à l'union à l'évêché d'Autun.

Ce nouveau titre lui attira de nouvelles difgraces. Le Cardinal de Fleury, Premier Miniftre, qui avoit cette union fort à cœur, fit à l'Abbé des Broffes, pour obtenir fon confentement, les offres les plus flatteufes. N'ayant pu rien obtenir par la négociation, il eut recours

cours à la rigueur, & fit enfermer des Brosses à Saint-Lazare.

Cependant l'Abbé Berryer vint à décéder; & M. l'Evêque d'Autun, feignant de croire que cette mort opéroit la vacance du Prieuré de Perrecy, y nomma Dom Bernard, Religieux de ce Prieuré. M. le Cardinal de Fleury mourut le 29 Janvier 1743.

Dès le lendemain, Dom des Brosses fut libre, &, par Arrêt du Conseil, il fut maintenu dans la possession du Prieuré de Perrecy, avec restitution de fruits & dépens.

Devenu titulaire paisible, Dom des Brosses, pour se concilier l'amitié de Dom Bernard, qui avoit été son compétiteur, le fit Prieur claustral de Perrecy, & lui donna le Prieuré des Fontaines, qui vint à vaquer.

Ces traits de bienfaisance n'appaiserent point le ressentiment de Dom Bernard. Il ne put jamais oublier que le triomphe que l'Abbé des Brosses avoit remporté sur lui, l'avoit privé des avantages dont on l'avoit flatté, en consentant à l'union tant désirée, s'il eût pu obtenir ce Bénéfice.

En 1745, l'Abbé des Brosses avoit

admis à faire profession dans le monaſtere de Perrecy, Antoine Vilette, dit
en religion *le Frere Hilarion*. Ce nouveau Religieux obtint, par la voie de
la réſignation, le Prieuré de Sigy, dé-
pendant de celui de Perrecy. Dom des
Broſſes lui en confirma le titre, & le
fit promouvoir à l'Ordre du Diaconat.
Mais, dans la ſuite, ce Supérieur ayant
jugé que les mœurs d'Hilarion n'étoient
pas analogues avec le Sacerdoce, il ne
voulut jamais conſentir qu'il y fût promu. Ce refus, que rien n'a pu vaincre,
mit dans le cœur d'Hilarion une haine
implacable contre ſon Prieur.

Cependant M. l'Evêque d'Autun n'a-
voit point perdu de vue l'idée d'unir
Perrecy à ſon Evêché. Dom des Broſſes eut ordre de ſe rendre à Paris.
Nouvelles ſollicitations, nouveaux refus. Sur ſa réſiſtance, on lui défendit
de recevoir aucun novice, & l'on chargea, d'autorité, Dom Bernard, Prieur
clauſtral, de prendre l'adminiſtration
du monaſtére. Il s'aſſocia Hilarion dans
cette adminiſtration. Enfin, après bien
des démarches, par Arrêt du Conſeil
du 9 Novembre 1751, des Broſſes fût
renvoyé dans l'adminiſtration du ſpi-

rituel & du temporel de Perrecy, & autorifé à fe faire rendre compte de celle dont les deux Religieux avoient été chargés pendant l'efpece d'interdiction qu'il avoit foufferte. Ces comptes furent une nouvelle fource de divifion entre le Prieur & ces deux Religieux. Ils n'ont jamais pu être apurés.

Se croyant enfin titulaire paifible de fon Bénéfice, ce Prieur s'occupa du foin d'y rétablir l'ordre fpirituel. Pour y réuffir, il pria les Supérieurs majeurs de fon ancien Ordre, de lui envoyer un Religieux capable de l'aider dans le rétabliffement de la régularité. Ils lui envoyerent le P. Regis Roch.

Dans le cours de fon procès, l'Abbé des Broffes avoit allégué qu'Hilarion quittoit fouvent le monaftere auquel il étoit lié par fes vœux, pour fe retirer à Sigy, qui n'eft éloigné de Perrecy que de quatre lieues, fous prétexte de réparations où il n'y en avoit point à faire. Il avoit allégué que ce Religieux menoit à Sigy une vie fcandaleufe avec des perfonnes du fexe, & enfin qu'il avoit enlevé une partie des titres de ce Prieuré. En conféquence, l'Arrêt avoit défendu à Hila-

D ij

rion de fortir du monaftere, fans une
permiffion par écrit de fon Supérieur,
& ordonné de rétablir dans les ar-
chives les titres qu'il en avoit fouf-
traits.

Quant aux mœurs d'Hilarion, l'Abbé
des Broffes ne s'étoit pas borné à des
allégations ; il avoit intercepté un paquet de lettres & de chanfons adreffées
à fon Religieux par la nommée Pinot.
Ce qui l'avoit déterminé à chercher à
fe procurer des preuves de leur correfpondance, c'eft qu'il avoit été informé
de leurs liaifons, tant à Perrecy qu'à
Toulon, & fpécialement à Sigy, où
ils avoient vécu feuls pendant huit jours.
Hilarion, convaincu de fes dérégle-
mens, demanda & obtint fon pardon.
Mais le paquet fut confervé, & Dom
des Broffes, dans le procès dont nous
rendons compte, le mit fous les yeux
du Parlement de Dijon.

Telles étoient, en général, les difpofitions refpectives des deux Adver-
faires. Il faut avouer que les préfomptions fe préfentent d'abord contre le
Frere Hilarion. L'Abbé des Broffes n'a-
voit pas befoin, pour fe débarraffer de
fon ennemi, de recourir au crime : fi

les faits qu'il lui imputoit étoient vrais, il étoit aisé à ce Supérieur de s'en défaire, en obtenant des ordres pour le faire enfermer, ou de l'envoyer dans un autre monastere, auquel il auroit payé sa pension.

Mais si, au contraire, Hilarion désiroit si ardemment d'être promu à l'Ordre de Prêtrise, que l'Abbé des Brosses lui refusoit si constamment; si la résistance de ce Prieur à l'union de son Bénéfice à l'Evêché d'Autun, a été un obstacle au désir qu'avoit ce Religieux de jouir en liberté de la pension qu'il auroit obtenue sur les revenus du monastere réuni; si la rigidité de son Supérieur étoit un obstacle au goût qu'avoit ce Religieux pour la dissipation & pour les plaisirs, comment pouvoit-il se procurer la liberté autrement qu'en écartant ce Supérieur, par une accusation qui le dépouillât du Bénéfice qui lui donnoit une supériorité si gênante?

Au mois d'Août 1759, Frere Dorothée-Charles se présenta pour entrer dans le couvent de Perrecy, en qualité d'Apothicaire : il quittoit l'hôpital de la Charité de Paris : Dom des Brosses

D iij

ignoroit qu'il fût Religieux : il lui fut adreffé en habit laïc, par le Général des Camaldules. Comme il entendoit l'Apothicairerie, le Prieur de Perrecy le reçut, & lui donna le gouvernement de la Pharmacie. Il quitta enfuite l'habit religieux, & vécut dans le monde fous le nom de *la Haie*. Frere Hilarion ne tarda pas à s'en faire un ami.

Une converfation que Dom des Broffes eut, au mois d'Octobre de la même année, avec Frere Dorothée, au fujet des poifons & de leurs antidotes, devint une des circonftances importantes de l'affaire. Dorothée, dans fa dépofition, dit » que dans le courant du mois d'Octobre, il fut chez M. l'Abbé, à la follicitation du Frere Benoît & de toute la Communauté de Perrecy, repréfenter à M. l'Abbé, que le Frere Colomban, pour lors Gardien du fruit, s'ingéroit de mettre, dans fon fruitier, de l'arfenic mêlé avec de la farine ; qu'il le pria, au nom de toute la Communauté, d'y faire vifiter auffitôt, vu le danger où il étoit lui & fes Religieux. Il fut alors indigné contre Frere Colomban, & demanda au dépofant comment cela fe pourroit qu'ils

fuffent empoifonnés par des fruits, &
comment cela fe connoîtroit. Le dépofant lui dit que les rats, marchant
fur l'humide des fruits, alloient fe
charger leurs pattes d'arfenic, &, après
en avoir mangé, venoient fur les fruits
pour éteindre le grand feu de l'arfenic,
& que ces mêmes rats laiffoient les empreintes de leurs pattes fur les fruits.
Quant aux moyens de reconnoître l'arfenic dans le corps humain, qu'il étoit
aifé de s'en appercevoir ; car l'arfenic
corrodoit les parois de l'eftomac, &
ce n'étoit pas comme l'opium, qui ne
laiffoit prefque pas de marques vifibles.
L'Abbé dit enfuite au dépofant : mais
il y a du poifon plus doux, que l'on
ne peut pas connoître. Le dépofant lui
expliqua l'effet de l'opium. Enfuite
l'Abbé lui demanda comment l'on pourroit remédier à cet accident fâcheux ;
le dépofant lui dit les remedes ; & fur-
tout l'Abbé lui demanda quels étoient
les remedes les plus prompts pour l'arfenic que le Frere Colomban avoit rifqué de leur faire prendre. Le dépofant
lui dit que l'huile & le lait feroient
le remede le plus prompt qu'on pourroit donner : & fur le champ l'Abbé

fut chez le Frere Colomban faire visite, & fit jeter dans les commodités le poison, & le gronda fort & ceux qui lui avoient vendu l'arsenic. Ajoute le déposant, que jamais il n'y a eu de poison dans la Pharmacie «.

On a prétendu que Dom des Brosses n'avoit fait toutes ces questions, que pour s'instruire dans l'art des empoisonnemens.

Il est temps de faire connoître le caractere du solitaire Hilarion. On en citoit deux traits propres à le mettre dans son jour.

Le premier est une lettre qu'il écrivit, le 9 Avril 1760, au jeune Brigaud, neveu de Dom des Brosses, qui étoit allé à Dijon travailler dans un Bureau de Finances. Elle contient le détail de toutes les ruses d'hypocrisie & de fausseté que ce Religieux avoit mises en pratique pour se procurer de la considération ; & en même temps, des exhortations au jeune homme de l'imiter. Il se peint lui-même dans cet écrit, qu'il croyoit devoir rester enseveli dans le secret, comme un homme plein d'artifices, ambitieux, intempérant, obstiné.

Il faifoit de lui-même un portrait bien différent, dans une Requête qu'il préfenta au Grand-Confeil, à l'occafion de fon oppofition à l'admiffion du Pere Regis : là, il fe place au nombre des Religieux enfevelis dans leur monaftere, voués au jeûne, à la priere & au filence. Il le répete encore, en difant, dans un autre endroit : Dom Hilarion étoit tranquillement renfermé dans le monaftere de Perrecy, au milieu de fes freres, occupé, comme eux, au jeûne & à la priere ; il ajoute encore, que fur la mauvaife adminiftration de fon Supérieur, il s'étoit contenté de gémir en fecret du defpotifme exercé par le Prieur. La timidité, l'amour de la retraite & de la tranquillité l'avoient fait acquiefcer à tout ce qu'on avoit exigé de lui. Il ne fortit, dit-il, de cet état de paix & de foumiffion, que quand il vit que l'on vouloit introduire dans la maifon un Religieux qui n'embrafferoit pas la réforme, & qui feroit gras tandis qu'il feroit maigre : la confcience ne lui permit pas de fe prêter à un fi grand défordre. C'étoit-là, fuivant lui, élever autel contre autel, introduire le fchifme dans la maifon ; c'eft pour éviter ce

D v

malheur, qu'il fe prépare aux plus grands
efforts : ni les careffes, ni les menaces
ne pourront vaincre fon oppofition; il
facrifiera tout pour empêcher un événement fi fcandaleux ; de concert avec
le Frere Cyr, qu'il met dans fon parti,
il s'oppofe, appelle comme d'abus,
obtient des défenfes de paffer outre.
Mais à quoi aboutit cet éclat ? Le Pere
Regis embraffe la réforme, adopte la
regle de la maifon.

A l'occafion de cette affaire, ce Frere
compofa contre Dom des Broffes un
Mémoire, dans lequel il le dénonçoit
au Miniftere Public du Grand-Confeil,
comme ayant commis des malverfations
de toute efpece dans fon Prieuré ; il
l'accufoit d'avoir vendu jufqu'aux clo-
ches du monaftere, & d'en avoir diverti
les fonds. Il fut confondu fur cette
accufation par des pieces authentiques,
auxquelles il avoit participé lui-même.

Frere Hilarion prétend que Dom des
Broffes eut connoiffance de ce Mémoire
au mois de Décembre 1760, & qu'il
revint de Paris à Perrecy, dans le deffein de s'en venger, & de s'en venger
par le poifon, comme le feul moyen
de fe défaire d'un homme qui répan-

doit tant d'amertume sur tous les instans de sa vie.

Mais, disoit le Frere Hilarion, il n'étoit pas aisé de mêler du poison dans ses portions ; il falloit, pour cela, que des Brosses fût seul, & écartât tous ceux qui auroient pu s'en appercevoir. C'est ce qu'il fit.

Voici comment Hilarion racontoit le fait.

Il est d'usage à Perrecy, que chaque Religieux fasse à son tour la lecture au réfectoire. Le tour de Dom Hilarion arriva le 21 Décembre 1760 : il devoit la faire le reste de la semaine. Des Brosses fit le même jour, à la cuisine, ses visites ; il vint lorsqu'il entendit sonner les Nones, qui précedent immédiatement le dîner des Religieux. Il entra au réfectoire, s'arrêta devant la place de Dom Hilarion, &, les deux mains dans son manchon, la tête penchée, il la regardoit attentivement, lorsqu'ayant apperçu le Frere Rouhette, il se retourna, & s'appuya contre la table.

Ces circonstances parurent assez singulieres au Frere Rouhette, qui étoit entré au réfectoire un moment après

D vj

lui, pour qu'il crût en devoir faire part à Dom Benoît.

Le même jour, des Broffes repaffa dans la cuifine, & y réitéra encore les défenfes qu'il avoit faites aux domeftiques, mais inutilement. Il falloit cependant écarter ces importuns. Le Pere Regis, par fon ordre, les envoya tous au bois, fous prétexte d'en rapporter du plant vif. Un jeune marmiton, nommé *Matthieu Perron*, y fut envoyé comme les autres.

Le même jour, 23 Décembre, des Broffes fortit de fa maifon fur les onze heures trois quarts. Quand les Nones fonnerent, il fe rendit à la cuifine, où il trouva Pierre Lamerre, Cuifinier, qui préparoit le dîner des Religieux, & le Frere Jean, Jardinier, qui avoit une bleffure à la jambe & fe chauffoit, en attendant qu'on lui fervît du gras dans l'arriere-cuifine.

Il eft de regle dans ce monaftere, que, durant le dîner des Religieux, le Cuifinier ne forte jamais de la cuifine. Malgré cet ufage, des Broffes commanda, & au Frere Jean qui avoit mal à la jambe, & à Pierre Lamerre Cuifinier, d'aller au jardin fi-tôt que

les Religieux seroient au réfectoire, &
pendant leur dîner, pour y examiner,
disoit-il, une haie vive qu'il avoit dessein de faire rétablir avant les fêtes de
Noël.

Il rentra ensuite au réfectoire, d'où
il revint à la cuisine, & réitéra, & au
Cuisinier & au Frere Jean, l'ordre de
se rendre au jardin.

Le Portier alloit exactement tous
les jours chercher son dîner à la cuisine, aussi-tôt que les Religieux étoient
entrés au réfectoire; des Brosses, sous
prétexte qu'il falloit balayer un corri-
dor, l'appela, & après lui en avoir
donné l'ordre, il lui demanda à quelle
heure il alloit chercher son dîner. Le
Portier lui ayant répondu qu'il y alloit
pendant le dîner des Religieux, des
Brosses lui défendit d'y aller avant que
les Religieux eussent dit les graces. Le
Portier obéit.

Pendant cette conversation entre des
Brosses & le Portier, les Religieux finis-
soient Nones. Ils vinrent ensuite au réfectoire, & immédiatement après qu'ils
furent servis, le Frere Jean & le Cuisinier se rendirent au jardin.

A l'entrée, & sur la terrasse, ils apperçurent le Curé de Perrecy, frere de des Brosses. Quand ils furent à la portée de la voix, le Curé leur demanda où étoit son frere ; ils lui répondirent qu'ils le cherchoient ; qu'il leur avoit donné ordre de les venir joindre au jardin. Ils s'arrêterent. Le Curé vint les joindre, & ils descendirent ensemble dans l'endroit où des Brosses avoit dit qu'il vouloit faire un plant vif.

Quoique, depuis la terrasse jusqu'au lieu destiné pour le plant vif, ils eussent porté leurs regards de tous côtés, ils ne l'apperçurent point. Pour le trouver, ils se séparerent : le Curé & Frere Jean allerent d'un côté, & le Cuisinier de l'autre.

Après une recherche de neuf à dix minutes environ, le Cuisinier apperçut enfin, à une certaine distance, des Brosses qui venoit du côté du couvent, d'un pas précipité. Il s'arrêta, & voyant le Curé & le Frere Jean, il leur demanda où étoit le Cuisinier, qu'il ne voyoit pas, quoiqu'il fût très-près de lui, tant il étoit troublé par l'image du crime !

Ce crime s'étoit commis dans l'intervalle de temps qui s'étoit écoulé entre les ordres que des Broffes avoit donnés au Cuifinier & au Frere Jean de l'aller attendre dans le jardin, & le temps où il s'y étoit rendu lui-même. Lorfque les Religieux pafferent de l'é-glife au réfectoire, il alla à la cuifine, d'où il avoit écarté tous les furveillans. On y avoit réfervé, fuivant l'ufage, deux portions & un potage pour le Lec-teur. Le tout étoit contenu dans deux plats & une écuelle d'étain placés de-vant le feu. Le dîner du Portier ne fe mettoit point auprès du feu, parce qu'il venoit le prendre fur la table où on le pofoit, auffi-tôt que les Religieux étoient à table. Il ne confiftoit qu'en une por-tion, & étoit dans des vafes de terre ; ainfi il ne pouvoit être confondu avec celui du Lecteur.

Dom Hilarion, qui faifoit la lecture, eft relevé par le Frere Pafchal. Il va à la cuifine prendre fes portions ; il voit des Broffes en fortir précipitamment ; il en conçoit quelques foupçons, qui redoublerent, lorfqu'arrivé à la cuifine, il ne rencontra ni domeftiques, ni mar-miton, ni même le Cuifinier. Dom Hilarion. va chercher celui-ci dans le bûcher; il ne le trouve point; il parcourt

& la cour & le cloître fans être plus heureux : enfin, après l'avoir attendu quelque temps, il l'apperçoit qui venoit du jardin. Il lui fait des reproches de ce qu'il étoit forti de fa cuifine. Lamerre s'excufe fur les ordres qu'il avoit reçus de des Broffes.

Cependant ils entrent l'un & l'autre dans la cuifine : Dom Hilarion demande fes portions : Lamerre les lui montre : elles étoient auprès du feu, chacune dans une affiette d'étain, couverte d'une autre. Dom Hilarion les découvre fucceffivement : elles fe trouvent remuées ; & en les examinant de plus près, il y apperçoit une poudre blanche ; il en demande la raifon à Lamerre, qui lui répond qu'elles n'avoient été fervies à perfonne, & que, quant à la poudre, il ignoroit qui pouvoit l'y avoir mife.

Cette converfation duroit encore quand le Frere Jean, Jardinier, entra dans la cuifine ; il regarde les portions, & s'écrie : *Ah ! mon Frere, vous êtes heureux de n'y avoir point touché.* Survient enfuite le Frere Pafchal, qui, en les voyant, s'écrie pareillement : *N'en mangez point : il faut vous faire un autre dîner.*

Dom Hilarion, en préfence du Cuifinier, du Jardinier, du Frere Pafchal,
mit les portions dans une armoire de
l'arriere-cuifine, prit la clef de l'armoire, & laiffa celle de l'arriere-cuifine
au Cuifinier.

Il fe-rendit de là au chauffoir. Cependant des Broffes paffe du jardin à
la cuifine, y trouve le Frere Pafchal,
le Frere Jean & le Cuifinier, & demande au premier fi Dom Hilarion
avoit dîné. Le Frere Pafchal lui répond qu'oui. Enfuite il examine les def-
fertes qui étoient fur la table; elles lui
paroiffent mauvaifes; il dit qu'il ne vouloit point qu'on en fervît dans la fuite
de pareilles à fes Religieux, & fortit
de la cuifine.

Pendant ce temps-là, Dom Hilarion
avoit trouvé au chauffoir Dom Bruno,
le Pere Regis, le fieur Regnier, Prêtre
& Novice, & Dom Benoît. Il n'auroit
point été prudent de s'expliquer en
préfence du Pere Regis. Lorfque ce
Pere, fuivi de Dom Bruno, fe fut
retiré, Dom Hilarion inftruifit les deux
autres de ce qui s'étoit paffé; il les
engagea à venir eux-mêmes examiner
fes portions. Comme ils alloient com-

mencer cet examen, des Broſſes revient
de nouveau, accompagné de ſon frere,
ſe préſente à la porte qui communique
de la cuiſine à l'arriere-cuiſine; il demande à Dom Benoît ce qu'il faiſoit là, & au Cuiſinier, s'il avoit été
au jardin.

Il ſe retire enſuite avec ſon frere.
Lorſqu'ils ſe furent retirés, le ſieur Regnier, Dom Benoît & Dom Hilarion
examinent les portions avec le Cuiſinier, le Jardinier & le Frere Paſchal.

Dom Benoît les prit, en leur diſant :
Vous n'en ſerez point les maîtres, les
emporta à la pharmacie, & les mit ſous
la clef.

On crut devoir s'aſſurer ſi la poudre
blanche étoit en effet du poiſon. Pour
faire une épreuve, Dom Hilarion alla
chercher un chien, & quand il s'en fut
procuré un, Dom Benoît retourna à
la pharmacie, prit la ſoupe & les pommes de terre, les porta dans la chambre
du noviciat, après avoir appelé le ſieur
Regnier, Dom Hilarion, le Cuiſinier,
le Frere Jardinier, & le Frere Paſchal ;
on fit manger au chien un peu de ſoupe
& de pommes de terre : il ſe trouva
mal. Chacun ſe retira. Dom Benoît,

qui avoit la clef de la pharmacie, où étoit reſtée la portion de haricots, prit encore la clef de la chambre du noviciat.

Le lendemain 24, Dom Benoît ſe rendit dans cette chambre après les Matines, qui finiſſent à trois heures; il vit que le chien avoit beaucoup vomi, & qu'à peine il pouvoit ſe ſoutenir; il y revint ſur les ſix heures avec Dom Hilarion & le Frere Paſchal, qui reconnurent la même choſe.

Après s'être ainſi aſſurés que le chien étoit empoiſonné, Dom Hilarion, pour conſtater encore mieux le délit, envoya chercher le ſieur Girardet, Chirurgien. Celui-ci, ne voulant point faire la viſite ſans la permiſſion de des Broſſes, alla le prévenir. Des Broſſes témoigna le plus grand étonnement, & ſe rendit, avec le ſieur Girardet, Dom Hilarion & Dom Cyr, dans la chambre du noviciat. Les vomiſſemens du chien, les glaires teintes de ſang qu'il avoit rendues par la gueule, ſon état de bouffiſſure déterminerent ce Chirurgien à aſſurer que cet animal, qui mourut en effet la nuit ſuivante, étoit empoiſonné.

Cette premiere viſite faite, le ſieur

Girardet examina la foupe & les pommes de terre ; il y trouva la poudre
blanche qui avoit été remarquée la
veille ; il en écrafa plufieurs grains
avec la lame de fon couteau ; il en
prit dans du papier , & déclara que
cette poudre étoit de l'arfenic ou du
fublimé corrofif. On alla enfuite à la
pharmacie , où étoit la portion d'haricots. Le fieur Girardet , en préfence
des mêmes perfonnes & de Dom Benoît,
reconnut que la poudre femée fur cette
portion , étoit de même nature que
celle qui avoit été femée fur les deux
autres. Des Broffes envoya auffi-tôt un
exprès au Juge de Perrecy , avec une
lettre par laquelle il le prioit de fe
rendre inceffamment au couvent , pour
affaires preffantes. Ce Juge arrive fur
les neuf heures du foir , foupe avec
des Broffes , qui lui raconte qu'il étoit
arrivé un crime affreux dans fa maifon ; qu'on avoit mis du poifon fur
les portions du Frere Hilarion ; qu'il
l'avoit envoyé chercher pour découvrir,
par la voie de l'information , les auteurs de ce crime ; que pour y parvenir , il mangeroit jufqu'aux vafes
facrés.

Le lendemain, fans fonger à conftater le corps de délit, le Juge, affifté du Procureur d'office & du Greffier, fe fait repréfenter les portions, les enferme fous la clef dans un coffre, où il applique le fcellé, & dicte au Greffier un procès-verbal, dans lequel il infere, fous le nom du Procureur d'office, un réquifitoire.

Dans cette efpece de plainte, il fit demander la preuve de trois faits. Le premier, que Dom Hilarion, qui étoit Lecteur au réfectoire le 23 Décembre, n'avoit fait lecture que pendant un quart d'heure & demi; le deuxieme, que le Frere Hilarion, au fortir du réfectoire, étoit entré dans la cuifine, où le Frere Pafchal l'avoit trouvé feul; le troifieme, que les portions avoient été faupoudrées d'une poudre blanche qui paroiffoit être du poifon.

Le Juge de Perrecy arrivé le 24, le 25 fait enfermer les portions dans un coffre. On ne fait s'il avoit préalablement conftaté la nature de la poudre blanche ; mais il refta dans une inaction totale le 26, & ne procéda à l'information que le 27 & le 28.

Comme ce Juge tenoit fa miffion &

du Prieur & du Couvent, que par conséquent il ne pouvoit connoître du crime qui lui avoit été déféré, Dom Hilarion rendit plainte par-devant le Lieutenant-Criminel de Charolles, qui lui permit de se retirer chez les Bénédictins de Paray, & commença, le 30, l'information.

Le 31, il se transporta, avec le Procureur du Roi & le Greffier, au couvent de Perrecy, pour y faire procéder à la visite & reconnoissance des portions, ainsi que du chien.

La petite cassette, dans laquelle étoient déposées les portions, étoit entre les mains du Greffier de la Justice; il les remit à celui du Bailliage. Le Lieutenant-Criminel se les fit apporter, ainsi que le chien, en présence de des Brosses, du Procureur d'office, & des sieurs Girardet & de la Boulaye, Chirurgiens.

Lorsqu'on eut fait l'ouverture de la cassette, le Procureur-Fiscal de Perrecy déclara qu'à sa diligence, il avoit été procédé à la visite & à la reconnoissance des portions, dont il avoit fait faire le dépôt au greffe de la Justice, & que le procès-verbal en avoit été dreffé. On verra dans la fuite ce que portoit ce procès-verbal.

Après ces déclarations, le Lieutenant-Criminel fe crut difpenfé de faire l'épreuve.

On procéda dans plufieurs Tribunaux à la fois, au Grand-Confeil, au Bailliage de Charolles, à l'Officialité. L'Abbé des Broffes fut décrété de prife de corps, le Frere Dorothée, & plufieurs autres.

Enfin l'inftruction étant finie, le Procureur du Roi de Charolles donna fon réquifitoire, tendant à ce que des Broffes fût déclaré atteint & convaincu de toutes les démarches rapportées plus haut, pour fe ménager un moment de folitude dans la cuifine, dont il avoit profité pour empoifonner les portions d'Hilarion ; qu'en conféquence il fût pendu & étranglé, condamné en 3000 livres de dommages envers Hilarion, &c. que Roux & Goliard fuffent, comme faux témoins, marqués des lettres G A L, & envoyés aux galeres pour trois ans, &c.

La Sentence qui intervint fur ces conclufions, le 25 Octobre 1762, déchargea des Broffes de l'accufation, fans néanmoins lui accorder ni dépens, ni dommages & intérêts.

Le Procureur du Roi avoit requis que le Curé de Perrecy, frere de l'Abbé des Broſſes, fût, comme ſuborneur des témoins, banni pour cinq ans, & condamné en 1500 livres de réparations civiles. Le chef de la Sentence qui le concerne eſt ſingulier : » Prononçant » ſur l'accuſation formée contre Lazare » Brigaud, Curé de Perrecy, nous l'a- » vons déclaré atteint & convaincu d'a- » voir fait des reproches à quelques » témoins, même dans la confeſſion, » ſur ce qu'il avoit ouï dire qu'ils » avoient dépoſé contre lui & contre » ſon frere le Prieur, & cela néanmoins » ſans aigreur & ſans ſe fâcher ; d'en » avoir ſollicité d'autres à dépoſer de » certains faits, peu intéreſſans à la vé- » rité, indifférens même, & incapables » d'atténuer les charges de l'informa- » tion ; pour réparation de quoi nous » l'avons condamné aux dépens le con- » cernant, leſquels tiendront lieu de » dommages & intérêts audit Frere » Hilarion «.

Appel de la Sentence au Parlement
de

de Dijon, & par le Procureur du Roi, & par Dom Hilarion.

On recommença une partie de la procédure ; & l'Abbé des Brosses ayant revendiqué le privilége qu'ont les Ecclésiastiques, de n'être jugés que par la Grand'Chambre & la Tournelle assemblées, ces deux Chambres rendirent, le 7 Août 1764, l'Arrêt définitif. Voici les peines qu'il prononce.

Pour les charges résultant des procédures, condamne Dom des Brosses aux galeres à perpétuité, préalablement marqué, par l'Exécuteur de la Haute-Justice, des lettres G A L, avec confiscation de biens, cent livres d'amende, & huit mille livres de dommages & intérêts envers Hilarion. Le Curé de Perrecy, son frere, contumax, aux galeres pendant trois ans, marqué des lettres G A L, & en dix livres d'amende. Le sieur Gombot, au bannissement hors du ressort, pour trois ans, & en cinquante livres d'amende. Le même Arrêt contient diverses autres condamnations & dispositions, dont il est inutile de rendre compte.

Tome II.   E

Des Broſſes obtint en Cour un ſurſis contre l'exécution de cet Arrêt. Cependant on l'exécuta quant à la flétriſſure ; & l'on ne donna d'effet au ſurſis, que quant au départ pour les galeres.

Il préſenta au Conſeil ſa Requête en caſſation, & ſubſidiairement en réviſion. Intervint Arrêt le 27 Juillet 1765, qui ordonna l'apport des charges, informations & procédures, & que les condamnés ſeroient transférés au Fort-l'Evêque.

Le Conſeil étant ſaiſi de cette affaire, les Parties expoſerent reſpectivement leurs moyens.

Le premier pas à faire, en matiere criminelle, eſt certainement de bien conſtater le corps du délit. Si le crime dénoncé à la Juſtice n'a pas été commis, elle n'a rien à venger, elle n'a rien à punir.

Or, diſoit l'Abbé des Broſſes, rien n'eſt moins prouvé que l'attentat qu'on m'a imputé, puiſque la procédure même fait voir qu'il eſt très-poſſible que les portions n'aient jamais été empoiſonnées, & que la poudre blanche ne fût pas du poiſon.

Dom des Brosses averti, comparoît, reconnoît le chien pour être le même qu'il avoit vu avec le Chirurgien Girardet, & consent à ce qu'il soit procédé à la visite & reconnoissance. Le Gréffier de Perrecy remet toute la procédure faite par le Bailli, & la remet en minute, comme il avoit été ordonné. Il remet également le petit coffre où étoient les portions : les cachets furent reconnus sains & entiers.

Le Juge commit ensuite Girardet & le sieur la Boulaye, autre Chirurgien du canton, pour faire la visite & reconnoissance des portions & du chien. A cet appareil, l'on croiroit qu'ils procéderent en effet à cette visite & reconnoissance. Voici tout ce qui se passa ; c'est le procès-verbal même que nous allons copier.

» Après avoir fait lever les scellés, en présence de tous les susnommés, nous avons trouvé, dans la cassette, une écuelle, dans laquelle il y avoit de la soupe, & deux plats d'étain, dans l'un desquels étoient des haricots fricassés, dans l'autre, quelques morceaux de pommes de terre frites ; & attendu que lesdits sieurs Girardet & la

E ij

Boulaye font ici préfens , nous avons pris & reçu leur ferment fur le faint Evangile , par lequel ils ont promis de bien & fidélement váquer auxdites vifite & reconnoiffance.

„ Et à l'inftant lefdits fieurs la Boulaye & Girardet , après avoir examiné tant lefdites portions que le chien crevé, ont déclaré ; favoir , ledit fieur Girardet , que c'eft bien le même chien qu'on lui a repréfenté & qu'on lui fit voir, le 24 du courant , dans la chambre du noviciat , où le chien avoit rendu des glaires teintes de fang par la gueule, ce qui provenoit du délabrement des membranes de l'eftomac , occafionné par le poifon ; & qu'à l'égard des portions qu'il a reconnues pour être les mêmes que celles qui lui furent repréfentées ledit jour 24 , il s'en eft expliqué dans le verbal qui fut dreffé le lendemain par le Juge des lieux «. Il veut parler de l'information & de la defcente du Bailli de Perrecy ; & dans ce verbal , il avoit fait cette déclaration importante au fujet du chien : *mais ne fait fi ce font de ces portions dont il a pu être empoifonné.* Ainfi , lorfqu'il dit qu'il le croit mort de poifon , il ne

dit point qu'il l'ait pris dans ces portions, parce qu'il ne ſait pas ſi c'eſt
par elles qu'il a été empoiſonné.

» Et ledit ſieur la Boulaye nous a
déclaré, continue le procès-verbal, qu'il
n'a rien pu connoître aux excrémens
dudit chien, attendu qu'ils étoient deſſéchés ; mais qu'il lui a parù que cet
animal étoit mort d'une mort violente,
ce qu'il a reconnu par la criſpation du
genre nerveux, & qu'il avoit les yeux
deſſéchés ; & que, quant aux portions,
il a vu un peu de poudre blanche,
mais ne ſait ſi c'eſt du poiſon, attendu
qu'il n'en a pas fait l'épreuve : ce que
leſdits ſieurs Girardet & la Boulaye ont
affirmé véritable & ſincere «.

Eſt-ce-là ce qu'on appelle avoir vé-
rifié, conſtaté le corps du délit ? c'eſt,
au contraire, avoir conſervé un acte
authentique, qui prouve que ce corps
de délit reſte plus incertain que jamais.

Les gens de l'Art s'accordent à dire
qu'il n'eſt pas poſſible, à la ſeule inſpection, de juger ſi de la poudre blanche
eſt du poiſon ; qu'il faut auparavant l'examiner & en faire l'épreuve. Comment
des Religieux, un Cuiſinier peuvent-ils

E iij

donc le décider à la premiere vue? Et ne réfulte-t-il pas de là deux conféquences décifives? la premiere, qu'ils étoient artificieufement préparés par Hilarion à croire l'empoifonnement qu'il cherchoit à fuppofer; la feconde, que s'il les y a ainfi ptéparés, c'eft une preuve évidente que c'eft lui-même qui a mis la poudre, non pour s'empoifonner, mais pour qu'elle fût fi vifible, qu'il pût faire croire, à fon afpect, tout ce qu'il jugeroit à propos.

On foutenoit, aû contraire, que rien n'étoit ni plus conftant ni mieux prouvé que le fait de la poudre blanche en queftion, & qu'elle étoit tellement compacte & graveleufe, que ni le feu, ni la fauffe des mets fur laquelle elle avoit été répandue, la preffion ni la chaleur des doigts ne purent la diffoudre.

Qu'il étoit conftant qu'un chien qui mangea une partie de ces portions, éprouva des accidens extraordinaires, femblables en tout à ceux que le poifon peut produire, & qu'enfin les accidens furent fuivis de très-près de la mort de cet animal.

Qu'il étoit également conftant que des Broffes avoit chez lui de l'arfenic.

On ne peut douter, après la lecture des dépofitions, que les portions n'aient caufé la mort au chien qui en avoit goûté.

Cette mort a été violente, & les accidens auxquels les deux Chirurgiens l'ont attribuée, font abfolument les mêmes que ceux que le poifon peut occafionner.

Le genre de mort que ce chien a fouffert, conftate donc le délit.

Un indice d'un autre genre vient encore à l'appui. Ce font les taches & les empreintes réftées fur les affiettes d'étain, produites par le contact de l'arfenic.

Le crime eft donc conftant; quelqu'un a mis du poifon dans les portions en queftion. Refte à favoir par qui il y aura été mis.

Le premier indice fe tiroit des propos que de la Haye, qu'on a vu entrer dans le couvent de Perrecy, fous le nom de *Frere Dorothée*, avoit tenus publiquement. Il étoit notoire & prouvé que ce Frere avoit répété plufieurs fois qu'il avoit préparé du poifon que lui avoit demandé fon Prieur, l'Abbé des Broffes. Enfin des Broffes lui avoit fi fort donné

E iv

lieu de foupçonner qu'il avoit des intentions funeftes, qu'il refta prouvé au procès, malgré fa dénégation poftérieure, qu'il avoit averti le frere Hilarion de fe tenir fur fes gardes.

On tiroit encore une nouvelle conjecture que des Broffes méditoit toujours le deffein de fe débarraffer de fon ennemi par la voie du poifon, de l'ordre qu'il avoit donné aux domeftiques, de ne point venir fe chauffer à la cuifine pendant le temps du dîner des Religieux, malgré la rigueur de la faifon : il fe ménageoit par-là un moment pour exécuter fon exécrable projet.

L'Abbé des Broffes répondoit, que les Religieux eux-mêmes s'étoient plaints des diftractions que leur donnoient, durant la lecture, le bruit que les valets faifoient à la cuifine, qui touchoit au réfectoire ; mais il pouvoit, fans les priver du feu, les forcer au filence.

Un troifieme indice du deffein imputé à des Broffes, étoit les douleurs aiguës qu'Hilarion avoit reffenties après avoir mangé une falade, & qui, d'après l'événement du 23, pouvoit être foupçonnée d'avoir été empoifonnée.

A ces faits, des Broffes répliquoit

que, s'il eût jeté fur la falade quelques pincées d'arfenic, il eft conftant qu'il n'eût pu le faire que très-précipitamment. Tous fes pas ont été comptés, toutes les différentes attitudes qu'il a tenues font décrites. Celui qui épluchoit fa falade, s'en feroit apperçu. Frere Hilarion, quoiqu'en garde contre toute furprife pareille, ne vit donc rien fur fa falade qui pût l'inquiéter; il l'affaifonna, la retourna, & en mangea.

Le Frere Hilarion ne dit point, à la vérité, dans fa plainte, s'il refta ou non de cette falade; mais il y a toute apparence qu'il n'en mangea que fort peu; car il expofe qu'en la mangeant, il fentit de la répugnance, qui fut augmentée par la préfence de Dom des Broffes, qui alloit & venoit de la cuifine au réfectoire, contre fon ordinaire. L'on conçoit bien qu'un homme qui ne fonge que poifon, n'aura pas été affez imprudent de continuer à manger d'un mets qu'il foupçonne devoir lui donner la mort.

» Il n'eut pas plus tôt foupé, qu'il paffa à la cuifine, & fe plaignit d'une indifpofition. Toute fa reffource fut de boire une grande quantité d'eau, pour

E v

se provoquer un vomissement : il rendit
en effet tout ce qu'il avoit pris à son
souper, & même tout ce qu'il avoit
dans le corps, puis alla se coucher. Le
lendemain, loin d'être guéri, il sentit
des mouvemens extraordinaires : il eut
toujours les mêmes symptômes que la
veille ; en sorte que, par ordonnance
du Chirurgien, le Suppliant se mit au
gras & à la tisane «.

Un vomissement tire le malade d'affaire ; & si les mêmes symptômes reviennent le lendemain, un peu de tisane & le régime au gras font tout disparoître : sont-ce donc là les effets de
l'arsenic, ce poison qui brûle les entrailles, racle les intestins, corrode les
parois de l'estomac, & fait tant d'autres
ravages effrayans ?

Mais ce Frere a été malheureux dans
le choix qu'il a fait du vomissement
causé par une salade, pour faire croire
qu'il avoit été empoisonné. La procédure prouve qu'un autre Religieux que
lui avoit eu la même indisposition, sans
en tirer de conséquence injurieuse à son
Supérieur ; & cet autre Religieux est encore Dom Cyr, qui s'étoit rendu Partie contre son Supérieur, avec Frere

Hilarion, au sujet de l'affaire du Pere
Régis.

Deux dépositions constatoient plusieurs faits importans : le premier, qu'en
effet Dom des Brosses avoit un objet
tout autre que le poison, pour faire
sortir le Cuisinier & le Jardinier de la
maison, & que réellement il leur montra le plant pour lequel il les avoit
mandés : le second, qu'il ne donna
l'ordre de quitter la cuisine qu'après
que les Religieux seroient servis : or au
nombre de ces Religieux étoit sans con-
tredit le Lecteur, & il étoit, de droit,
censé compris dans le nombre des autres. Il auroit fallu, pour que le Cuisinier eût pensé le contraire, que Dom
des Brosses l'eût excepté : il ne l'a pas
fait, & c'est la faute du Cuisinier s'il
n'a pas exécuté l'ordre de ne venir au
jardin qu'après que les Religieux seroient servis, ou après que l'on auroit
servi au réfectoire les Religieux, comme
le dit Frere Jean. Le troisieme, que les
deux témoins s'accordent à dire que
Dom Brigaud sortit de la cuisine avant
eux, qu'ils ne la quitterent qu'après
que tout fut servi, à l'exception du
Lecteur. Le Prieur ne resta donc point

feul à la cuifine; & fi, comme Frere Hilarion l'a prétendu, il y eft revenu, au lieu d'aller au jardin, il faut qu'il ait entré de nouveau dans cette cuifine; mais il n'a pu y entrer fans être apperçu de Dom Bruno, Doyen, qui, de fa place au réfectoire, voit tout ce qui va & vient à la cuifine, fans que perfonne puiffe y entrer qu'il ne l'apperçoive. Il a d'ailleurs été conftaté que la porte de cette cuifine fait beaucoup de bruit en s'ouvrant & fe refermant. Qui que ce foit n'a vu Dom des Broffes à la cuifine, depuis le moment qu'il en fortit avant le Cuifinier & le Jardinier. On trouvera impoffible que, pendant l'intervalle que le Cuifinier & Frere Jean fortirent, jufques au moment où le Lecteur vint prendre fes portions, le Prieur foit venu à cette cuifine pour empoifonner la foupe & les deux autres mets de fon Religieux.

C'étoit Frere Hilarion qui, ce jour-là 23 Décembre 1760, faifoit la lecture pendant le dîner des Religieux. Ce dîner dure environ une demi-heure. Il eft d'ufage que, lorfque le Cuifinier a dreffé les mets, ce font les Freres Convers qui les fervent; & jamais,

quoi qu'en ait dit Frere Hilarion dans
fa plainte, le Cuifinier n'a fervi à table
les Religieux. Ce fervice avoit été fait,
& les portions de deux perfonnes étoient
reftées à la cuifine, celle du Lecteur &
celle du Portier, qui, à ce que dit
Frere Hilarion lui-même, ne vint les
prendre que vers une heure, après
que tout le monde & le Lecteur eurent
dîné.

Ce Portier étoit traité comme les
Religieux, & avoit les mêmes portions
qu'eux. Il y avoit donc à la cuifine deux
fervices de portions égales & de même
nature, celles du Lecteur & celles du
Portier. C'eft un point précieux à
faifir.

La feule dépofition capable de faire
quelque impreffion, étoit celle du Portier. Cet ordre de ne point paroître à
la cuifine dans cet inftant qu'on defti-
noit au crime, pouvoit devenir fufpect :
mais on va voir, après la dépofition
même de ce témoin, quelle efpece de
confiance les Juges ont dû prendre à
fon témoignage.

Ce Portier étoit jadis mendiant à la
porte du couvent. Dans fes premieres
dépofitions, on lui parle, le même

jour, de l'empoifonnement, des ordres que Dom des Broffes avoit donnés au Cuifinier, d'aller au jardin pendant le dîner des Religieux ; & alors il ne fe rappelle point avoir reçu un pareil ordre, quoiqu'il dife, dans la derniere, avoir été très-furpris lorfqu'on le lui avoit donné. Ce n'eft que fix mois après qu'il s'en fouvient, & après avoir déclaré deux fois avec ferment à la Juftice, qu'il ne favoit rien des ordres donnés aux domeftiques de quitter la cuifine pendant le dîner des Religieux. Rien n'eft capable alors de lui rappeler fes idées, & elles ne lui viennent que lorfqu'il a concerté une dépofition avec Frere Benoît, le Cuifinier, & le fieur Regnier.

La conduite de Lamerre, Cuifinier, n'eft pas moins fufpecte. Il voit venir le Portier à une heure inufitée prendre fon dîner, lui parle des ordres fufpects qu'il dit avoir reçus, d'aller au jardin ; & Lamerre ne lui demande pas pourquoi il vient chercher fes portions fi tard. Il avoue dans la fuite, qu'il n'en parla au Portier que quelques jours après.

Il paroît que les témoins n'ont varié

dans leurs récolemens, que parce qu'ils
ne parloient point d'après la vérité, qui
eſt une ; mais qu'ils n'ont mis tant
d'incertitudes dans leurs dépoſitions ,
que parce qu'ils étoient différemment
endoctrinés , ſelon les circonſtances &
les différens aſpects que prenoient la
procédure.

Mais il faut en revenir au point
de fait. Cette poudre étoit-elle du
poiſon ? Il n'y a que cinq choſes au
procès qu'on puiſſe ſuppoſer capables
de répandre de la lumiere ſur cette
queſtion.

1°. *Le procès-verbal du Juge de Perrecy.* Mais cet acte ne conſtate pas même
qu'il y eût de la poudre ſur les portions.

2°. *Les dépoſitions des Religieux
& autres qui ont vu la poudre.* Les
uns l'ont comparée à de la farine , les
autres à du ſucre pulvériſé. Le Jardinier eſt le ſeul qui ait dit que c'étoit
du poiſon ; *& il l'avoit jugé ainſi ,
dit-il, parce qu'il en avoit diſtingué
un grain gros comme un grain de riz.*
Mais ils étoient ſi peu en état d'en
juger à la ſimple inſpection, que les

gens de l'Art eux-mêmes ne le peuvent pas difcerner.

3°. *Un chien a mangé de ces portions faupoudrées, &, environ vingt-quatre heures après il eft mort.* Le premier fait n'eft attefté que par les amis d'Hilarion. Le fecond paroît certain. Mais eft-il mort de poifon, ou du moins pour avoir mangé de ces portions? Le Chirurgien Girardet eft le feul qui a reconnu les fymptômes du poifon. La Boulaye a dit feulement, *qu'il lui paroiffoit être mort d'une mort violente:* or il y a plufieurs moyens de procurer une mort violente; & certainement Hilarion & fes amis ont eu le temps de faire mourir cet animal comme ils l'ont voulu. Les faits qui viennent d'être racontés en font la preuve.

4°. *Le Chirurgien a reconnu que cette poudre étoit de l'arfenic, ou du fublimé corrofif, en écrafant cette poudre entre fes doigts.* Mais les fieurs Petit, Dubourg & Miffa, Médecins; Couzier, Defmoret & Pin, Apothicaires, ont démontré, dans une confultation jointe au procès, que *fon expérience étoit infuffifante, & même* ridicule ; que *son incertitude entre ces deux poisons marquoit son impéritie.* Ainsi, rien de certain aux yeux de la Physique, rien de certain non plus aux yeux de la Justice. Si l'on considere ce Chirurgien comme témoin, il est seul ; si on le considere comme expert, il est seul encore : d'ailleurs, quand il a parlé & opéré, il n'étoit pas nommé par la Justice ; & quand elle l'a interrogé, il n'a rien fait ni rien dit, puisqu'il s'en est référé à ce qu'il avoit dit au procès-verbal du Juge de Perrecy, dans lequel il n'avoit rien dit.

5°. *Enfin, le rapport du sieur la Poulaye, Chirurgien expert, a-t-il donné quelques éclaircissemens sur la qualité de la poudre blanche ?* Il déclare avoir vu cette poudre : *mais il ne sait si c'est du poison, attendu qu'il n'en a point fait l'épreuve ; & à l'instant même les portions, la poudre, le chien ont été jetés dehors :* en sorte que, depuis, il a toujours été physiquement impossible de connoître si cette poudre étoit du poison. Hilarion étoit présent quand ce Chirurgien déclara qu'il ignoroit ce que c'étoit que la poudre. Il entend cette déclaration, & fait tout fupprimer. Qui empêche qu'on ne préfume qu'il redoutoit l'épreuve juridique dont le Chirurgien parloit?

Il eft donc invinciblement démontré qu'il n'y a jamais eu de corps de délit conftaté, & qu'il n'y en aura jamais.

Mais fi des Broffes étoit innocent, pourquoi avoit-il fuborné des témoins? On ne s'avife point de fuborner, lorf-qu'on eft innocent. Deux dépofans en faveur de des Broffes, Golier & Roux, étoient convaincus d'avoir dépofé faux.

Un indice plus fort contre des Brof-fes, c'étoit le défaveu que faifoit un de fes témoins de ce qu'il avoit d'a-bord avancé. Cet homme, nommé *Julien Damet*, domeftique du Curé de Perrecy, frere de des Broffes, avoit d'abord dépofé » que, le 23 Décembre » 1760, étant à travailler ce jour-là » dans le jardin du monaftere de Per-» recy, des Broffes entra un inftant » avant le dîner des Religieux, & ayant » vu un *pleffi* qu'on avoit planté trop » près du mur, fe fâcha contre le dé-» pofant, qui lui dit que ce n'étoit pas » lui qui l'avoit planté; après quoi ledit » fieur Prieur entra dans le couvent, » & qu'un inftant après, ledit fieur

» Prieur revint auprès du dépofant, avec
» le Curé de Perrecy fon frere, qui lui
» dit qu'il falloit retirer ce *pleffi* qui
» étoit trop près du mur, & enfuite
» ledit fieur Prieur & fon frere le Curé
» fe retirerent, qui eft tout ce qu'il a
» dit favoir «.

Ayant été décrété de prife de corps,
fur cette dépofition démontrée fauffe
par les précédentes, il fut interrogé le
10 Avril 1764. On lui demanda fi,
le 23 Décembre 1760, il travailloit
le matin & avant midi au jardin du
monaftere : il répond qu'il travailla
chez fon Maître, au jardin de la
Cure, jufqu'environ une heure après
midi, & qu'il n'alla au jardin du monaftere que dans l'après-midi.

» Interrogé pourquoi il n'a pas dit
» tous ces faits dans fes interrogations
» par-devant le Lieutenant-Général de
» Charolles :

» Répond que c'eft parce que le Curé
» de Perrecy l'en a empêché; que toutes
» les fois que le répondant devoit fubir
» un interrogatoire, ce Curé venoit le
» chercher chez le fieur Bernigaud, où
» il lui apprenoit ce qu'il falloit dire,
» & l'inftruifoit, comme s'il lui eût

» enseigné son catéchisme ; que lors-
» que le répondant vouloit représenter
» audit Curé que ce qu'il disoit n'étoit
» pas conforme à la vérité , ledit Curé
» le menaçoit, en lui disant qu'il lui
» donneroit du pied au cul.

　» Interrogé si le Curé ne lui avoit pas
» offert de l'argent pour déposer comme
» il a fait à Charolles :

　　» Répond qu'il lui a offert trois louis
» d'or , pour l'engager à dire qu'il avoit
» vu son frere au jardin avant le
» dîner «.

　Et pourquoi rend-il hommage à la
vérité , qu'il avoit outragée par un faux
témoignage ? *C'est que s'étant allé con-
feffer à un Religieux de Paray , & s'é-
tant accufé d'avoir déguifé la vérité
dans fa dépofition , ce Religieux ne
lui donna l'absolution que fous la promeffe qu'il lui fit de réparer fa faute
en difant la vérité.*

　Si des Broffes eût effectivement été
au jardin , auroit-il eu recours à une
voie auffi criminelle que celle de la
fubornation ?

　Le bruit de l'empoifonnement fe répandit de tous côtés. Tous les foupçons
fe réuniffoient fur des Broffes. Pour les

rejeter fur Dom Hilarion, quels moyens n'employa-t-il pas? Le premier & le plus hardi fut d'appeler les Officiers de la Juftice de Perrecy, & de faire faire le procès à Dom Hilarion. Le Bailli fe prêta à toutes fes vûes, & commença la procédure la plus monftrueufe qu'un Juge prévaricateur puiffe imaginer.

Le Commiffaire du Parlement lui remontre qu'il paroît, par le procès-verbal, que fon intention étoit d'écarter les foupçons qui paroiffoient devoir tomber fur des Broffes, en ce que l'expofé de ce procès-verbal paroît n'avoir pour objet que la preuve de trois faits relatifs audit Frere Hilarion.

Que répond ce Juge? Il convient d'avoir expofé tous ces faits dans le procès-verbal de la plainte par lui dreffé, & il déclare que, s'il les a ainfi expofés, c'eft qu'ils lui avoient été préfentés de la forte par tous les Religieux qu'il avoit interrogés avant la rédaction dudit procès-verbal.

Mais ce Juge devoit-il, pouvoit-il ignorer qu'il eft défendu à un Juge d'interroger les témoins, & que plufieurs, pour l'avoir fait, ont été févérement punis? Dans quelle vûe les interrogeoit-il ? Et pourquoi ces Religieux, qui, avant d'avoir été entendus réguliérement, chargerent, selon lui, Dom Hilarion, ont-ils fait des dépofitions toutes contraires à l'expofé de cette plainte ?

On lui demande enfuite *pourquoi, avant de procéder à l'information, il ne procéda pas à la reconnoiffance des portions, & n'en dreffa point procès-verbal.* Il répond qu'il avoit cru devoir commencer par l'information, de peur que les preuves qui en devoient réfulter ne dépériffent.

Le Commiffaire du Parlement lui répliqua, qu'il étoit bien plus à craindre que celles qui devoient réfulter de la reconnoiffance de la poudre & de la caufe de la mort du chien ne s'échappaffent en différant cette reconnoiffance, & que d'ailleurs il devoit favoir que le premier devoir du Juge qui procede en matiere criminelle, eft de conftater le corps du délit; que les Officiers du Bailliage de Charolles ne s'étant tranfportés à Perrecy que le 31 Décembre 1760, & lui y étant arrivé & y ayant dreffé fon procès-verbal le 25, il étoit étonnant qu'il eût laiffé écouler fix jours entiers fans faire procéder à la reconnoiffance, & fans faire renouveler en fa préfence l'épreuve des portions fur un chien, ou fur quelque autre animal.

Girardet, dans le procès-verbal du Lieutenant-Général de Charolles, avoit dit qu'il s'étoit expliqué fur les portions dans le procès-verbal réglé par le Juge des lieux, le 25 Décembre 1760. Le Commiffaire du Parlement demande à ce Juge ce qu'eft devenu ce procès-verbal. Il répond qu'il n'y a jamais eu d'autre procès-verbal fait le 25 Décembre 1760, que celui qui contient le réquifitoire du Procureur-Fifcal.

Le Commiffaire remontra au Juge de Perrecy, que l'information qu'il avoit faire n'ayant commencé que le 27 Décembre 1760, il n'étoit pas poffible que Girardet, dont il n'avoit eu la dépofition que le 27, eût voulu parler de cette dépofition, & qu'il faut néceffairement qu'il y ait eu un procès-verbal de reconnoiffance des portions, fait le 25 Décembre 1760, & que ce procès-verbal ait été fupprimé.

L'argument étoit preffant : auffi le Juge de Perrecy fut-il réduit à nier cette fuppreffion; &, en fe reconnoiffant coupable de négligence, à la fin de fon interrogatoire, fupplia-t-il le Parlement de croire qu'il ne l'étoit pas d'avoir voulu favorifer des Broffes, ni d'avoir rien fait contre la probité, contre l'honneur & le devoir.

Si des Broffes n'eût pas été coupable, s'il eût voulu effectivement connoître le véritable auteur du crime, il auroit laiffé un libre cours à la Juftice; &, pour perdre Dom Hilarion, il n'auroit point abufé de l'afcendant qu'il avoit fur l'efprit d'un Juge qui étoit entiérement dans fa dépendance.

A peine le Juge eft-il dépouillé de la connoiffance de l'affaire par le Lieutenant-Général de Charolles, que l'appareil d'une procédure qui s'inftruiloit par un Juge Royal, renouvelle toutes fes frayeurs. Ne pouvant plus avoir le Bailli de Perrecy pour Juge, il le prend pour confeil. *Ah ! mon cher Monfieur*, s'écrie-t-il en lui parlant, *ayez pitié de moi ; je fuis un homme perdu.*

Ce difcours fut entendu par Marie Rozier, qui en a rendu compte dans fa dépofition à Charolles, & qui l'a
foutenu

soûtenu à la confrontation. Cette ex-
preffion fi vive, fi animée, feroit-elle
échappée à des Broffes, s'il n'eût pas
été coupable ?

S'il n'eût pas été coupable, fon frere
& lui auroient-ils cherché à fuborner
des témoins? auroient-ils fait tous leurs
efforts, comme il eft prouvé au procès
qu'ils l'ont fait, pour engager Pierre
Lamerre à prendre la fuite ? Par-là ils
faifoient tomber fa dépofition; dépofition redoutable au Prieur & au Curé
de Perrecy. Cette fuite auroit fait paffer ce témoin pour un calomniateur,
ou du moins auroit privé fa dépofition
de toute fa force, en ôtant les moyens
de la confolider par le récolement & la
confrontation.

Si des Broffes n'eût pas été coupable,
le Curé de Perrecy fon frere, dans la
crainte qu'il n'y eût trop de révélans,
auroit-il fait les plus vives inftances au
Curé de Saint-Romain, chargé de publier le monitoire, pour qu'il n'en fît
la publication qu'à l'iffue de la Meffe
paroiffiale ? Auroit-on été obligé de
faire venir dans l'églife la Maréchauffée,
pour contenir le tumulte excité pour

que les affiftans n'entendiffent point la publication de ce monitoire ?

Si des Broffes n'eût point été coupable , le Curé de Perrecy , fon frere , auroit-il abufé de la confeffion , pour engager quelques témoins à dépofer à fon gré , ou pour s'informer de ce que d'autres avoient déclaré ?

Si des Broffes n'eût pas été coupable , auroit-il écrit au Comté de F..... la lettre que l'on va tranfcrire , lettre qu'il écrivit de Moret près de Fontainebleau , le lendemain du jour qu'il fut arrêté à Paris , & pendant qu'on le transféroit à Dijon ?

A Moret près Fontainebleau , ce 9 Mai 1763.

» Je m'adreffe à vous , Monfieur , avec la plus grande confiance , pour me tirer du cruel embarras où je me trouve : vous feul pouvez m'en tirer. Samedi dernier , l'on vint m'enlever de force chez moi , en vertu de l'ancien décret de prife de corps dont j'ai eu main-levée en me déchargeant de toutes les accufations formées contre moi. Frere Hilarion & les Moines , pour me faire subir le plus cruel des affronts, ne m'ont enlevé que pour me conduire aux prisons de Dijon, où sûrement je n'y survivrai pas, à cause de ma santé. Je vous devrai la vie, Monsieur, si, au reçu de la présente, vous voulez bien prendre une chaise de poste à deux, ou un cabriolet, avec un domestique valeureux, ou un homme dont vous soyez sûr de la bravoure, pour me venir joindre à Joigny, passant par Fontainebleau & Sens, & vous logerez à la poste, & vous vous informerez où logent les carrosses de Dijon; n'affectez pas de m'y voir : comme j'ai une entiere liberté, je pourrai vous voir, & prendre des moyens de me jeter dans la chaise, sans crainte de résistance : je suis conduit par trois hommes fort doux, sans force ni résistance, dans une berline à quatre chevaux du carrosse, avec leurs colliers : nous allons à très-petites journées. Si vous ne me rencontrez point à Joigny, vous me trouverez à Auxerre, toujours au logis où logent les carrosses. Vous déguiserez votre nom & votre habit ; vous direz que vous appartenez à Monseigneur l'Archevêque de Sens, & que vous allez à Dijon pourſuivre un procès pour lui. Ne vous embarraſſez point d'argent, j'en ai. Je n'ai point le temps de vous en dire davantage. Vous ferez mon ſauveur, & comptez ſur ma plus vive gratitude. J'ai l'honneur d'être pour la vie, avec le plus inviolable attachement, votre très-humble, &c. *Signé*, l'Abbé DES BROSSES. Vous pouvez communiquer ma lettre à M. L.... «. La lettre eſt adreſſée à M. le Comte de F....., rue Mazarine, chez Madame L....., à Paris «.

Malgré ces préſomptions, les preuves n'alloient pas au delà d'une poſſibilité que l'Abbé des Broſſes fût coupable, & cette poſſibilité ne détruiſoit pas toute poſſibilité contraire.

Il étoit encore évident que cette poſſibilité ne pouvoit produire un indice indubitable, ni tel que la Loi l'exige, pour ſuppléer à deux témoins ſans reproches & conformes ſur le fait.

Les faits n'étoient pas démontrés par les informations. On voyoit un concert marqué entre les témoins pour perdre l'Abbé des Broſſes.

Mais, encore une fois, tous ces faits ſuppoſés vrais ne prouveroient qu'une possibilité, & cette possibilité même ne feroit pas un indice suffisant pour élever un soupçon juridique. L'Arrêt même prononcé contre l'Abbé des Brosses en est la preuve : car s'il eût été convaincu, il auroit certainement été condamné au feu, quoique l'attentat qu'on lui imputoit n'ait pas eu son effet. L'article 5 de la Déclaration du mois de Juillet 1682 y est précis : il porte que ceux qui feront convaincus d'avoir attenté à la vie par poison, en sorte qu'il n'ait pas tenu à eux que ce crime n'ait été consommé, feront punis de mort.

Cependant l'Arrêt du Parlement de Dijon n'a condamné l'Accusé qu'aux galeres perpétuelles, avec flétrissure. Mais, de deux choses l'une : ou le Parlement a regardé l'Abbé des Brosses comme dûment atteint & convaincu de ce crime ; &, dans ce cas, il n'a pu se dispenser de le condamner à la peine portée par la Loi : ou il ne l'a pas trouvé suffisamment convaincu pour prononcer cette peine : alors il ne restoit d'autre parti à prendre que d'absoudre entiérement l'Accusé, ou du moins d'ordonner un plus amplement informé. Mais on ne pouvoit le con-

F iij

damner à aucune peine, & encore moins à celle des galeres & à la flétrif- fure, qui font les peines les plus fortes, après celle de mort.

Cet Arrêt prouve donc évidemment que ceux qui l'ont rendu n'ont pas condamné l'Abbé des Broffes comme coupable de poifon.

Quel eft donc le crime qui a pu mériter à cet infortuné la condamnation portée contre lui ? L'Arrêt ne l'indique pas : il eft dans le ftyle que les Cours Souveraines ont adopté : *pour les charges réfultant du procès.* Le motif du Juge- ment prononcé contre fon frere le Curé de Perrecy, n'eft pas plus clairement énoncé ; mais on peut foupçonner qu'il a été condamné comme fuborneur de témoins ; & il faut avouer qu'il paroît, par la procédure, qu'il s'eft rendu cou- pable de ce crime. Auroit-on préfumé que l'Abbé des Broffes avoit trempé dans cette manœuvre, & l'auroit-on condamné à une peine plus grave, parce qu'on l'auroit regardé comme l'infti- gateur du crime dont fon frere n'auroit été que l'inftrument ? Mais l'Abbé des Broffes ne pouvoit ni féduire les té- moins, ni diriger la marche de fon frere, puisqu'il résida à Paris pendant toute l'instruction du procès, jusqu'au moment où il fut arrêté dans cette ville, & conduit dans les prisons du Parlement de Dijon. Tous les témoins étoient alors entendus : d'ailleurs pouvoit-il, de sa prison, suborner des témoins ?

Quant à son frere, qui ne pénétroit pas dans la conscience de l'Accusé, effrayé par l'appareil de la procédure la plus éclatante, & par ce qu'il apprenoit des dépositions des témoins, il n'est pas étonnant qu'il se soit donné des mouvemens pour élever une contrebatterie, & prévenir, ou du moins parer les coups que l'on vouloit porter à son frere.

Quoi qu'il en soit de ces conjectures, par Arrêt du Conseil du 12 Mai 1767, les procédures & défenses respectives des Parties furent communiquées à MM. les Maîtres des Requêtes, à l'effet de donner leur avis. Par cet avis, qui fut donné le 18 Décembre suivant, ces Magistrats jugerent qu'il y avoit lieu à la révision du procès. En conséquence le Conseil, après avoir entendu le rapport des motifs de cet avis,

F iv

par Arrêt du 18 Janvier 1768 , ordonna
» qu'il feroit procédé au Parlement de
» Douay à la révifion du procès, &
» même à nouveau Jugement, s'il y
» échéoit ; ce faifant, les Parties furent
» mifes hors de Cour fur la demande
» en caffation «. Le 2 Mars fuivant,
il fut expédié, fur cet Arrêt, des
Lettres-Patentes , enrégiftrées le 28 au
Parlement de Douay ; le 18 Mai, l'Abbé
des Broffes y fut transféré, &, dans
l'efpace de trois mois, la révifion de
cet énorme procès fut faite, & toutes
les formalités requifes furent remplies ;
en forte que le 12 Août fuivant, intervint Arrêt, par lequel cette Cour déclare » qu'erreur n'eft point intervenue
» en ce qui regarde l'Abbé des Broffes,
» dans l'Arrêt du Parlement de Di on
» du 7 Août 1764 , le condamne en
» l'amende de 300 livres envers le Roi,
» en celle de 150 livres envers Hila-
» rion, & aux dépens de la Caufe de
» révifion, frais & mifes de Juftice,
» avec permiffion à Hilarion de faire
» imprimer l'Arrêt «.

Quoique cet Arrêt, qui ne faifoit
que confirmer les peines prononcées par
celui de Dijon fur les mêmes procé-

dures & les mêmes charges, ne portât aucune atteinte à l'innocence de l'Abbé des Brosses, & qu'il crût avoir autant & plus de raisons pour le faire révoquer, on conseilla à l'Abbé des Brosses de commencer par demander au Roi des lettres de commutation de peine, afin d'arrêter l'exécution de celles auxquelles il se trouvoit condamné; d'avoir le temps de chercher de nouveaux secours, & d'aviser au parti qui lui restoit à prendre pour faire enfin triompher son innocence. Il obtint, le 5 Juillet 1769, des lettres qui ont commué sa peine en un bannissement perpétuel hors du royaume, & qui ont été enrégistrées à Dijon, le 28 du même mois.

Il ne put cependant, par différens incidens, être élargi des prisons de Douay, qu'au mois de Février 1770.

F v

MACHINE *infernale de Lyon.*

CLAUDE-HENRI DE LYON, Commerçant dans la ville de Lyon, avoit deux fils, Benoît & Etienne. En 1752, fongeant à quitter fon commerce, il jeta les yeux fur Benoît pour en faire fon fucceffeur ; il l'obligea de contracter un mariage auquel le fils répugnoit. Attaché à une autre perfonne que celle qu'on lui propofoit, il céda, malgré lui, aux vûes d'un intérêt que le pere faifoit dépendre d'une foumiffion aveugle à fes volontés.

Par le contrat de mariage, le pere promit au fils 20000 livres, payables en argent ou en marchandifes, & s'obligea de lui conferver en entier fa part héréditaire.

Il promit de plus, de lui céder la fuite de fon commerce, de lui confier la liquidation, ainfi que le recouvrement de fes créances, & de lui accorder fur le montant une gratification qui devoit être la récompenfe de fes foins.

Des circonſtances qu'on n'avoit pu prévoir, empêcherent l'exécution de ces conventions : elles obligerent le pere à continuer ſon commerce, & , au lieu de payer à ſon fils les 10000 livres qui lui étoient promiſes, il reçut de lui la dot de ſa femme, qui l'aida à faire face à ſes Correſpondans.

Les dégoûts du fils pour ſa femme le jeterent dans la diſſipation, & , plus occupé de ſes plaiſirs que de ſes affaires, il les négligea totalement.

Après onze mois de mariage, il ſe ſépara de ſon épouſe. Le pere reſtitua la dot, paya en marchandiſes ce qu'il avoit promis à ſon fils. Celui-ci eut bientôt conſommé ce qu'il avoit reçu : ſes créanciers l'obligerent enfin de quitter ſa patrie. Il s'enfuit à Turin.

Il y chercha inutilement des occupations, & ſe laiſſa entraîner par les charmes de l'oiſiveté & de la diſſipation. Après une année de ſéjour en Piémont, il entra dans la Gendarmerie, où il ſervit un an.

Il quitta la Gendarmerie en 1757, & vint à Paris. Il y apprit le mariage que ſon frere contracta au mois d'Avril 1758, avec la demoiſelle Flachat.

F vj

Le pere, en mariant fon fecond fils, ne lui conftitua en dot que 10000 liv. Comme l'autre en avoit reçu vingt, il fuppofa, & cela paroiffoit affez vraifemblable, que, pour les égaler l'un à l'autre, il avoit précompté au cadet une fomme de dix mille livres, qu'il lui avoit remife plufieurs années auparavant, pour commencer fon commerce.

Benoît s'étoit attaché, à Paris, à un Seigneur Polonois, qui lui avoit promis une place avantageufe; mais convaincu, au bout de quelque temps, de l'illufion de fes efpérances, il prit la réfolution de rentrer dans le fein de fa famille, de travailler férieufement à jeter les fondemens d'un nouvel établiffement.

Son pere étoit juftement irrité contre lui : il lui falloit un médiateur : mais où le chercher, dans une ville où il avoit peu d'amis, & où il avoit laiffé une foule de créanciers irrités, qui, à l'inftant de fon arrivée, pouvoient attenter à fa liberté ?

Mais il avoit un ami dont il eft temps de parler. Cet ami étoit fon frere.

Il nous apprend, dans un Mémoire

qu'il fit imprimer, à l'occafion de l'affaire dont il s'agit ici, que ce frere lui avoit prêté deux mille livres, lorfque le dérangement de fes affaires l'obligea de quitter Lyon; que ce fut ce même frere qui l'aida à fubfifter dans la Gendarmerie, & qu'il ne dut fon entretien dans ce Corps, qu'à fes bienfaits.

Il eft certain, continue-t-il, que je n'euffe jamais revu ma patrie, fi mon frere, avec qui j'avois toujours entretenu la correfpondance la plus intime, n'eût concerté avec moi & les moyens de me réconcilier avec mon pere, & ceux de me fouftraire aux rigoureufes pourfuites de mes créanciers.

A la fin de 1758, je me rendis à Lyon : j'arrivai de nuit, & je defcendis fecrétement chez mon frere, dont la maifon me fervit d'afile pendant trois mois.

Soit que mon pere fe fût exagéré à lui-même mes fautes, foit qu'il crût que fa févérité feule pourroit en prévenir de nouvelles, il refufa de me voir, & mon frere feul chercha à me confoler de cette peine. Ma demeure chez lui ne put être long-temps cachée,

& on apprit mon retour par les pourfuites que fit contre moi un homme de
Paris à qui je devois quelque argent.
Mon frere se hâta encore de le payer,
de peur que mes autres créanciers ne
fe réveillaffent ; mais ce créancier avoit
déjà écrit à Lyon , & l'on devina mon
afile, parce que l'on connoiffoit le caractere de celui auquel j'en étois redevable.

Il fallut donc me chercher une autre
retraite , & ce fut encore lui qui me
la procura ; il m'envoya à Saint-Chau-
mont, dans la famille même de fa femme. J'y fus accueilli, & j'y paffai un
mois entier, pendant lequel il travailla
lui-même à m'obtenir de mes créanciers
le fauf-conduit qui m'étoit néceffaire
pour pouvoir traiter librement avec eux ;
il me procura une furféance de trois ans,
& je revins à Lyon , pénétré de reconnoiffance pour un frere dont j'allois
tenir une nouvelle exiftence. Il entre
enfuite dans le détail des moyens qui,
avec le fecours de fon frere, le mirent
en état , au bout de deux ans, de traiter
définitivement avec fes créanciers, &
d'obtenir , en leur payant une partie de
ce qu'il leur devoit , & leur affurant

le furplus, la liberté entiere de travailler fous fon nom.

Ce fut alors & fur la fin de 1762, continue-t-il, que mon pere, cédant enfin aux vives follicitations de mon frere & de ma belle-fœur, confentit à me revoir. Mais il voulut faifir cette occafion pour faire entre fes deux enfans un partage anticipé d'une partie de fes biens, dans la vûe de faciliter à mon frere le fuccès des grandes entreprifes de commerce qu'il avoit formées. Ce fut-là le germe de nos malheurs ; car je fentis au fond de mon cœur un peu de jaloufie, & je crus que mon pere vouloit, en avantageant mon frere, déranger l'effet des ftipulations portées dans mon contrat de mariage. Les difficultés que je propofai contre le plan d'arrangement qui me fut communiqué, reffemblerent à l'ingratitude, & le Public s'empreffa d'exagérer les torts réciproques que nous pûmes nous donner dans une altercation d'intérêt.

Je crus appercevoir dans le projet de mon pere une premiere inégalité, en ce qu'il prélevoit fur la maffe de fes biens, une fomme de 10000 liv.

pour égaler l'avancement d'hoirie deftiné à mon frere, à celui qui avoit été
porté fur mon contrat de mariage. Je
foutins qu'il lui avoit été donné par le
fien 10000 livres, indépendamment
d'une pareille fomme qui lui avoit été
fournie en marchandifes pour commencer fon commerce : les termes du
contrat de mariage de mon frere paroiffoient affez favorifer ma préten-
tion ; mais mon pere foutenoit que
le Notaire s'étoit mal expliqué. Cette
petite difpute ne dura que quelques
jours : je cédai, & je crus devoir
ce facrifice à la reconnoiffance & à
l'amitié.

Je revis enfin mon pere, & il parut
oublier tout ce qui avoit pu jufque-là
refroidir fa tendreffe pour moi ; mais,
au bout de quelques femaines, la fuite
du partage projeté répandit de nouveaux nuages fur notre union. L'intérêt
divifa pendant quelque temps deux
freres qui jufque-là avoient été tendrement unis.

J'étois malheureux, il étoit naturel
que je fuffe défiant : il l'étoit peut-être
auffi que mon pere cherchât à avantager
un cadet qui avoit toujours mérité fon

eftime , & mieux profité que moi de
fes bontés. Mon frere avoit établi une
manufacture de vitriol dans une maifon
qui appartenoit à mon pere , & qui
étoit un des fonds les plus confidérables de fon patrimoine. Mon pere voulut lui en affurer la propriété , moyennant un prix que je jugeai médiocre. Ce
différend donna lieu à quelques difputes. J'avois tant d'obligations à mon
frere, qu'il étoit affez fimple qu'il me
crût obligé à quelques condefcendan-
ces , & que ma réfiftance arrachât
quelques reproches à fa fenfibilité. Ce
fut dans une de ces difputes , & en
préfence de mon pere feul, que con-
teftant avec chaleur fur des comptes
dont j'avois chez moi toutes les pieces,
il me dit : *Hé bien , j'irai dans ton
magafin , & nous réglerons enfemble
tout cela.*

Quoi qu'en dife Benoît de Lyon ,
il paroît que les menaces furent ex-
primées en termes plus clairs & plus
précis. De fon aveu, le pere chargea
deux foldats du Guet de fe rendre dans
le magafin de Benoît , à l'heure indiquée par Etienne. Mais celui-ci ne s'y
rendit pas. Ce pere fe feroit-il cru

obligé de prendre cette précaution, fi
les deux freres fe fuffent bornés à fe
donner un rendez-vous dans les termes
rapportés dans le Mémoire ? D'ailleurs
les dépofitions annoncent qu'il y eut
un défi donné réellement ; qu'Etienne
avoit provoqué fon frere à un combat
fingulier ; qu'il étoit allé, à cet effet,
louer deux chevaux, & avoit fait avertir
fon frere par le fils du Loueur de chevaux : mais le provoqué ne fe rendit
point à l'avertiffement. Enfin on eft allé
jufqu'à dire, & il en eft fait mention
dans la procédure, que les deux freres
s'étant rencontrés par hafard, s'étoient
battus à coups de couteaux.

Pour mieux peindre le caractere
d'Etienne, on eft allé jufqu'à le charger d'avoir autrefois donné un foufflet
à fa propre mere, & d'avoir dit un jour
à un Chirurgien qui foignoit fon frere,
que s'il l'avoit fait périr, il l'auroit
bien payé.

Mais reprenons le récit de Benoît.

Cette aigreur paffagere, dit-il, ne
fut pas de longue durée ; nos difputes
avoient commencé au mois d'Avril,
&, dès les premiers jours de Juin,
des amis communs vinrent à bout de

nous concilier. Je confentis à tout. On nous donna pour arbitres deux amis communs, auxquels nous remîmes chacun notre blanc-feing, &, dès ce moment, mon pere eut la confolation de nous voir l'un & l'autre à fa table; nos difputes cefferent, & rien ne troubla le travail de nos arbitres. Lorfqu'ils eurent fini le projet de la tranfaction qui devoit fixer nos portions dans les biens fonds de notre pere, nous fignâmes l'un & l'autre, de nouveau, l'acte fous feing-privé qui terminoit nos débats, & l'un des arbitres le remit à un Avocat, qui fut chargé de lui donner fa derniere forme, afin de le faire enfuite tranfcrire par le Notaire.

Une remarque importante que je dois faire fur cet acte, c'eft qu'il accordoit à mon frere tout ce qu'il avoit demandé. Mon lot dans les fonds n'étoit que de 14600 livres, & le fien, de 28000 livres; auffi fe donna-t-il tous les foins poffibles pour en hâter la rédaction. Il rendit plufieurs vifites à l'Avocat qui en étoit chargé; il reçut les complimens de tous fes amis; il témoigna & la joie la plus fincere de cette efpece de jugement arbitral, & le plus grand empreſſement pour ſon exécution.

J'approche de l'horrible cataſtrophe qui nous a tous précipités dans un abîme de malheurs. Ici tous les détails ſont importans, & je n'en omettrai aucuns: nous ne les avons appris que ſucceſſive-ment; mais je ſuivrai, dans mon récit, l'ordre des faits, ſans m'attacher à celui des époques qui m'en ont procuré la connoiſſance.

Je partis le 23 Juin pour la cam-pagne, avec le ſieur Ganin, chez qui je demeure, & je convins avec mon frere, avant mon départ, que nous ſignerions notre tranſaction devant le Notaire, le 27 ou le 28, à mon retour.

Dès le 25, un particulier paroiſſant âgé d'environ dix-huit à vingt ans, & portant une veſte griſe, vint dans la maiſon où je demeure, & me demanda à pluſieurs repriſes. On lui dit que j'étois abſent. Il y revint encore le 26, & demanda ſi j'étois de retour. Enfin il y eſt revenu le 27, à dix heures du matin, faire la même queſtion. La ſer-vante du ſieur Ganin, & deux ouvrieres qui travaillent chez lui, l'ont vu & lui ont parlé ; elles l'ont peint sous les mêmes traits & avec les mêmes habits sous lesquels mon frere l'a désigné lui-même, quoiqu'il lui ait été impossible de se concerter avec elles.

Ce même homme alla chez mon frere le 26, entre neuf & dix heures du matin. Mon frere descendoit alors son escalier pour aller à la Messe, d'où il devoit aller à la place des Cordeliers, chez un Marchand de chevaux, pour y examiner un cheval qu'avoit acheté le sieur Berruier son ami, & de là chez le sieur Chapolard, Charpentier, auquel il avoit affaire pour sa manufacture, & qui demeure à deux pas de chez moi.

Au bas de son escalier il rencontre ce particulier à veste grise, portant une boîte de sapin, sur laquelle étoit mon adresse, écrite en lettres moulées sur le bois : il la lui présente, avec une lettre pour lui, dont le dessus étoit d'une écriture coulée, mais dont le dedans ne contenoit que ces mots, écrits en caracteres moulés & majuscules : *Vous recevre une bouate que vous fere remettre à son adresse sans l'ouvrir.* La premiere idée qui vint à mon frere, comme il ne l'a point diffimulé depuis, fut que cette boîte, dont l'envoi paroiffoit myftérieux, étoit un tour qui pouvoit m'être joué par un de mes amis. Il n'ignoroit pas, en effet, que j'en avois reçu une le jour de ma fête, & qu'elle s'étoit trouvée remplie d'objets de plaifanterie.

Mon frere voulut d'abord engager l'inconnu à la porter lui-même : celui-ci refufa, & difparut précipitamment. Sa fuite fortifia mon frere dans fa premiere idée. Il voulut en charger un Marchand de ferraille, dont la boutique eft à fa porte. Celui-ci fecoua la tête, & partit pour lui chercher un autre commiffionnaire. Il s'en préfenta un avant qu'il fût revenu. Mon frere lui remit la boîte ; & comme, après avoir examiné le cheval de fon ami, il devoit paffer affez près de chez moi, il chargea ce porteur de le fuivre.

Arrivé chez le Marchand de chevaux, mon frere y paffa près de trois quarts d'heure. Le Commiffionnaire lui dit, en entrant, qu'il n'avoit pas le temps d'attendre ; il reçut donc un modique falaire, dépofa la boîte à côté de la porte de l'écurie, & partit. Mon frere comptoit en charger le valet de l'écurie, qui connoissoit ma demeure; mais ce domestique, qui étoit à la Messe, se fit attendre trop long-temps; & lorsque mon frere eut assez examiné le cheval du sieur Berruier, il appela, dans la rue, un autre porteur, s'en fit suivre jusque dans celle où je demeure, & où demeure également le sieur Chapolard, chez qui il avoit affaire, lui montra la maison, & le paya lorsqu'il fut descendu, parce qu'on ne lui avoit rien donné chez moi.

Je revins le 27, avec le sieur Ganin, & nous nous mîmes à table en arrivant. Nous y étions déjà, lorsqu'on me parla du présent que j'avois reçu la veille. Je fis venir la boîte; mais n'ayant pu l'ouvrir à table, parce que le dessus étoit cloué avec des pointes, je me levai pour aller l'ouvrir sur une console qui étoit entre deux croisées. A peine soulevois-je le dessus, qu'une explosion épouvantable imite le bruit du canon, me frappe & me dérobe au milieu de la fumée à mes convives effrayés. Heureusement les fenêtres & la porte de l'appartement étoient ouvertes; tout fuit, tout se disperse, car il n'y eut de bleffé que moi, qui le fus griévement, & un jeune homme qui m'aidoit à ouvrir la boîte, & qui eut la main brûlée. Je reſtai feul, privé de l'uſage de la vue, & dévoré par la flamme qui brûloit mes habits. Si, dans cet affreux événement, on eût pu conſerver aſſez de ſang froid pour me ſecourir ſur le champ, l'exécrable machine eût excité plus de terreur qu'elle n'eût fait de mal.

Cette boîte de ſapin, doublée de carton, contenoit environ ſept à huit livres de poudre; au fond étoient attachés & fixés par deux écrous deux piſtolets, dont les talons avoient été ſciés, & dont on avoit arraché les ſous-gardes. Les détentes étoient attachées par différens fils d'archal au couvercle, qui étoit cloué à la boîte par des pointes de fer & de bois; en ſorte que c'eſt preſque un prodige, que toutes les parties de cette machine aient pu être ajuſtées & raſſemblées à l'aide des clous & du marteau, ſans exterminer le hardi ſcélérat qui avoit oſé ſe charger de l'ouvrage.

La douleur que me cauſa l'action du feu, me rendit bientôt l'uſage de mes

mes sens : mais je fus secouru trop tard , & je fus long temps entre la vie & la mort. Mon frere accourut au bruit de cet accident funeste. La douleur étoit peinte sur son visage ; il s'accusoit lui-même d'avoir été le porteur de cette horrible machine ; il montroit la lettre fatale ; son désespoir n'eût pu être feint : la Nature a des accens qui ne seront jamais imités par ceux qui l'outragent.

Il faut remarquer ici, que ce fait que l'on vient de lire d'après le Mémoire du blessé lui-même, se trouve consigné dans la procédure d'une façon bien différente. Le Commis d'Etienne de Lyon a déposé, lors de son récollement, que quand Benoît apprit l'accident de son frere, il ne marqua aucun trouble, aucun étonnement, qu'il témoigna même de la répugnance à se rendre aux exhortations qu'on lui fit d'aller sur le champ voir son frere.

D'autres témoins ont ajouté, que quand il se présenta dans la chambre du malade, celui-ci s'écria, lorsqu'on le lui annonça : *Ah ! le malheureux ; faites-le sortir, que je ne le voie pas.*

Quoi qu'il en soit, reprenons encore

Tome II. G

un moment le récit de Benoît. Après les premiers soins, dit-il, qui étoient dus à ma conservation, on s'occupa de celui de chercher l'auteur du crime. Les Juges, après avoir dressé leur procès-verbal, reçurent ma déclaration & celle de mon frere, qui leur remit la lettre anonyme. Il déclara les faits tels que je viens de les exposer : on étoit alors bien loin de lui imputer un fratricide. Les premiers soupçons de la famille, ceux de mon frere lui-même tomberent sur une Comédienne avec qui j'avois anciennement vécu. Les Juges crurent devoir s'assurer d'elle : elle fut arrêtée, & gardée pendant vingt-quatre heures.

Sur les questions qu'on lui fit, elle convint qu'elle avoit vécu long-temps avec moi ; mais elle ajouta que mes ennemis étoient dans ma famille, & qu'elle ne m'en connoissoit point d'autres que mon frere.

Le diroit-on ? cette phrase cruelle fut une voix de mort contre lui. De ce moment il fixe seul l'attention des Juges, & il est gardé à vûe, dans le temps que, désespéré de mon état, il me donne les marques de l'amitié la plus tendre. Le lendemain 28 , il fut arrêté.

Déjà ce funeste accident est raconté par toutes les bouches. Le peuple, avide d'événemens extraordinaires, mal instruit du fait, s'empresse de suppléer les circonstances ; on se rappélle nos démêlés qui avoient été exagérés. C'est mon frere qui a porté la boîte ; deux commissionnaires y ont été successivement employés ; on ne cherche point quelles mains ont armé les siennes : tout devient un prétexte à la malignité ; & , jusqu'aux égaremens de ma vie passée , tout seconde les inventions atroces de la calomnie. Bientôt la détention de mon frere fortifie les horribles soupçons ; on ne se persuade point qu'un tel forfait ait pu être supposé par des Juges, si quelques indices ne le rendent probable.

Ainsi des rumeurs d'une vile populace se forment ces ouï-dire insensés, qui deviennent la matiere d'une longue information , après laquelle mon frere est décrété & mis dans les fers.

On fait chez lui , tant à la ville qu'à la campagne , les perquisitions les plus exactes : armoires, garde-robes , & jusqu'aux lieux les plus fecrets, tout fut fcrupuleufement vifité. On ne trouva nul veftige du travail qu'avoit exigé la fabrication de cette machine infernale. Il avoit cependant fallu fe procurer toutes les pieces dont elle étoit compofée ; il avoit fallu des mains adroites, du travail, & des inftrumens. L'Accufé avoit-il chargé quelqu'un de cet ouvrage ? Il avoit donc des complices ? Où font-ils ? L'a-t-il fait lui-même ? Comment a-t-il pu dérober fon travail à fa femme, à fes domeftiques ? A-t-il été affez infenfé pour les mettre dans fa confidence ? Cette fuppofition eft abfu.l.e.

Mais ce qui trouble les idées, c'eft qu'on a trouvé dans fa maifon vingt-fept barils, de poudre de Berne, qu'il avoit achetés chez un Marchand de Lyon, huit mois auparavant l'attentat dont on l'accufoit. On a calculé, d'après cette découverte, la quantité de poudre qu'il avoit confommée pendant cet efpace de temps, & l'on a trouvé que fa confommation montoit à douze livres ou à peu près ; la machine en contenoit environ huit : il en refte donc quatre, qui ont pu lui fournir, pour

fa chaffe, cent foixante coups de fu-
fil, la livre de Lyon n'étant que de
quatorze onces : car il eft bien difficile d'imaginer qu'en huit mois de
temps, la chaffe feule lui ait couté
douze livres de poudre.

Cette affreufe hiftoire fait, comme
c'eft l'ordinaire, la matiere de toutes
les converfations de la ville. On fe rappelle tous les traits connus de la vie
de l'Accufé ; on fe les raconte mutuellement ; on en forme un tableau
qui préfente un caractere atroce, &
bien capable d'avoir infpiré le projet,
& conduit à l'exécution de l'attentat
horrible dont on cherche l'auteur. Telles
étoient les difpofitions du Public, relativement à l'Accufé.

Examinons fi les preuves confignées
dans la procédure juftifioient la renom-
mée. Nous avons parlé jufqu'ici des
circonftances du fait, d'après le Mémoire compofé en faveur de l'Accufé :
mais ils y font tournés à fon avantage,
& l'information les préfente fous une
face bien différente.

Lorfqu'Etienne de Lyon eut reçu la
boîte des mains de l'inconnu dont on a
parlé, fa femme étoit préfente ; il voulut

l'ouvrir ; elle l'en empêcha. Il faut avouer, comme nous le dirons dans la suite, que ce fait, loin d'être à la charge de l'Accusé, lui est favorable. En voici d'autres.

On a pu voir qu'il craignoit d'être lui-même le porteur de cet infernal présent. Mais puisqu'il étoit réconcilié avec son frere, puisqu'il avoit affaire avec le sieur Chapolard, qui demeuroit dans la même rue de son frere, pourquoi n'alloit-il pas en personne chez ce frere, déposer une boîte qui pouvoit contenir des effets précieux, & que, dans cette incertitude, il n'étoit pas prudent de confier à la fidélité, toujours suspecte, d'un commissionnaire offert par le hasard ? Il a beau dire que la premiere idée qui lui vint fut que cette boîte contenoit quelque plaisanterie. Mais cette idée, en la supposant vraie, ne devoit pas le déterminer à confier au premier venu un dépôt qui pouvoit être futile, mais qui pouvoit aussi être fort précieux.

Quoi qu'il en soit, examinons les circuits mystérieux qui furent pris pour faire arriver la boîte à sa destination. Le Marchand de ferrailles, dont l'étalage eſt à ſa porte, voyant Etienne de Lyon chercher un commiſſionnaire pour porter ſa boîte, s'offrit à cet effet; mais on lui préféra un inconnu. Cet inconnu même ne fut pas conduit juſqu'au lieu de la deſtination. On prend une route détournée du vrai chemin, & l'on s'arrête chez un Marchand de chevaux, pendant près de trois quarts d'heure. Ce délai paroît avoir été conſommé à deſſein, pour que ce premier commiſſionnaire crût que la boîte n'avoit pas une deſtination ultérieure à celle où il l'avoit remiſe.

Obſervons encore que Benoît de Lyon eſt en contradiction avec lui-même dans le récit qu'il a fait de cette circonſtance. Il dit que le valet d'écurie par lequel ſon frere vouloit faire porter la boîte à ſa deſtination, étoit à la Meſſe, & ſe fit attendre trop long-temps. Mais il avoit bien le temps d'attendre qu'il fût de retour de la Meſſe, puiſqu'il reſta trois quarts d'heure dans cette maiſon. Faut-il d'ailleurs trois quarts d'heure pour examiner un cheval?

Au bout des trois quarts d'heure, Etienne de Lyon prend un nouveau commiſſionnaire, le conduit dans la rue

G iv

où demeuroit son frere, lui montre la
porte, lui recommande de dire que la
boîte est venue par le courrier, l'attend
pour s'assurer qu'il s'est acquitté de sa
commission, le paye & le renvoie : ils
ne se connoissoient pas mutuellement.
Ainsi l'Accusé pouvoit se flatter d'avoir
donné le change à la Justice, en pré-
sentant à ses recherches la maison du
Loueur de chevaux, comme le lieu
d'où la boîte fatale étoit partie, &
sans que l'on connût celui qui l'avoit
envoyée.

Mais voici une circonstance qui demande une attention particuliere. Une
fille âgée de dix-huit à dix-neuf ans,
a déposé que, le 23 Juin, veille de
Saint Jean, elle avoit trouvé dans une
allée de la rue Pizai, entre une & deux
heures après midi, un particulier qu'elle
ne connoissoit pas. Elle décrit son vête-
ment, & ajoute qu'il portoit sous son
habit une boîte de deux pieds de long,
sur un pied de large, sur laquelle elle
apperçut un carton ou papier, cacheté
avec de la cire d'Espagne sur les quatre
angles. Il lui proposa de la porter avec
lui : mais n'ayant pas le temps de faire
cette commission, elle refusa.

Il faut ici prendre garde aux dates. C'eſt le 23 Juin que la boîte eſt préſentée à cette fille, & c'eſt le 27 qu'elle fut remiſe à ſa deſtination. Le malheureux qui vouloit l'y faire arriver, étoit donc en peine de couvrir ſa marche ; il eſſaya donc différens moyens pour cacher la main d'où partoit cet abominable préſent.

Pour réfuter cette dépoſition, on a dit que celle qui l'avoit faite, étoit en contradiction avec elle-même, parce qu'une boîte du volume de celle dont elle parloit, ne pouvoit être portée par qui que ce ſoit ſous ſon habit.

Mais cette fille, dont les yeux pouvoient être peu accoutumés à juger, par la ſeule inſpection, la dimenſion préciſe des objets, a pu ſe tromper ſur celle de cette boîte, & lui aſſigner, au premier aſpect, une étendue ſupérieure à celle qu'elle avoit véritablement. D'ailleurs elle n'a pas dit que la boîte fût cachée par l'habit de celui qui la portoit, mais ſimplement qu'elle étoit ſous ſon habit ; précaution que le porteur avoit pû prendre, non pour la cacher, mais pour la préſerver des injures de l'air.

G v

Autre circonstance qui atténue le récit fait en faveur de l'Accusé. Un témoin a soutenu qu'a l'aspect des débris de l'horrible machine, il avoit jugé qu'elle avoit pu contenir douze à quatorze livres de poudre.

Ces deux faits réunis concourent à faire penser que la boîte approchoit plus de la grandeur indiquée par la jeune fille de dix-huit ans, que de celle qui a été fixée par l'Accusé lui-même. D'ailleurs on trouve, par cette contenance de douze livres de poudre, l'emploi complet de ce qui manquoit à la provision achetée par l'Accusé.

Mais ce qui acheve de mériter une certaine confiance au témoignage de la jeune fille, c'est qu'elle reconnoît l'Accusé pour le même homme qui lui avoit offert, dans la rue Pizai, de porter la boîte; & l'on avoit pris des précautions bien sages pour que cette reconnoissance ne fût pas suspecte. On choisit le temps d'un interrogatoire, & on plaça cette jeune fille dans un endroit où elle pouvoit le voir sans être apperçue. Elle va trouver ensuite le Rapporteur, & lui déclare qu'elle croit que celui qui portoit la boîte le

23 Juin, est le même que l'Accusé qu'on lui a fait voir. Enfin elle le reconnoît à la confrontation, & lui soutient qu'il est le même individu. Il a beau dire qu'il n'a jamais porté d'habits pareils à ceux dont elle dit qu'il étoit vêtu dans le moment de leur entrevue, cette allégation ne la déconcerte point; & l'on sait que la premiere précaution de ceux qui veulent se déguiser, est de prendre des habits qu'on ne leur connoît pas.

A ces dépositions on ajouta d'autres recherches, pour parvenir jusqu'à la main d'où partoit l'envoi de l'infernale machine.

Aussi-tôt après qu'elle eut fait son explosion, l'Accusé remit aux Juges, qui se transportérent chez son frere, la lettre anonyme qu'il avoit reçue avec la boîte. Le dessus de cette lettre étoit, comme on l'a dit, d'une écriture coulée & assez belle, & le dedans étoit écrit, ainsi que l'adresse de la boîte, en caracteres moulés & majuscules.

Cette piece fut remise entre les mains de quatre experts Écrivains, qui procéderent, il faut l'avouer, d'une maniere bien singuliere & bien peu propre à les

G vj

conduire à la découverte de la vérité, si tant est qu'on y puisse parvenir avec le secours d'un Art dont les résultats ne peuvent jamais être que des conjectures plus ou moins lumineuses.

Quoi qu'il en soit, l'Accusé dit aux Experts, qu'ils pouvoient prendre chez lui ses papiers & ses livres, dans lesquels ils trouveroient & son écriture ordinaire, & son écriture moulée. Ils rejeterent cette proposition, sous prétexte que rien ne les assuroit que ces livres & ces papiers étoient écrits de sa main, plutôt que de celle d'un Commis, ou de tout autre personne.

Ils prirent pour modele l'adresse qui étoit sur les débris de la boîte & sur la lettre; ils en mesurerent les caracteres avec un compas; & après avoir marqué avec la pointe, sur un papier blanc, les points où devoient commencer & finir chaque jambage, & après avoir également indiqué la distance qu'il devoit y avoir d'un jambage à l'autre, ils firent tracer par l'Accusé, dans chaque espace ainsi circonscrit, chaque caractere moulé, soit de la lettre anonyme, soit du dessus de la boîte.

Sur le réfultat de cette opération, les Experts prononcerent hardiment que les caracteres moulés tracés par l'Accufé en leur préfence, étoient femblables aux caracteres de la lettre anonyme & du deffus de la boîte : d'où ils conclurent que l'Accufé devoit être l'auteur de la lettre.

On procéda enfuite à l'examen de l'écriture coulée, qui formoit le deffus de cette lettre & en contenoit l'adreffe. On voulut lui faire imiter celle-ci, comme on avoit exigé qu'il imitât l'autre. Mais, par la nature des caracteres, on ne trouva plus cette reffemblance que l'on cherchoit. En effet, l'écriture coulée étant prefque toute compofée de lignes droites, obliques & courbes, qui fe fuccedent fans ceffe, & dont l'obliquité & la courbure peuvent varier à l'infini, il eft très-difficile de trouver deux écritures de cette efpece qui fe reffemblent. Quant à l'écriture moulée, fi elle eft, comme celle dont il s'agit ici, compofée de lettres romaines & majufcules ; la plupart des caracteres étant formés ou de lignes perpendiculaires, ou de courbes uniformes, elle ne peut varier que par la'

différence des espaces qui rendent les
lettres plus ou moins grosses. Ainsi
deux suites de mêmes caracteres moulés & majuscules, dans le même espace, doivent nécessairement se ressembler.

Aussi les Experts, après avoir prononcé sur la ressemblance des deux
écritures moulées, se trouverent dé-
concertés relativement à la coulée; ils
prétendirent que l'Accusé contrefaisoit
son écriture. Mais ils supposoient donc
qu'il ne l'avoit pas contrefaite en écrivant le dessus de la lettre dont ils
vouloient trouver en lui l'auteur. Or,
s'il l'avoit contrefaite, il ne s'agissoit
plus que d'écrire naturellement, pour
éviter la ressemblance que l'on cherchoit. Voici comment ils se tirerent
de cette difficulté. Ils allerent alors
chercher ces regiftres & ces papiers,
qu'ils n'avoient pas voulu consulter
d'abord; ils y prirent ici un jambage,
là une liaison; ils comparerent ces
traits dispersés avec quelques-uns de
ceux qu'ils trouverent dans l'adresse de
la lettre anonyme, & conclurent, de
tous ces rapports, que l'Accusé avoit
contrefait son écriture, mais qu'il étoit

aussi bien l'auteur de cette adresse, que des caracteres moulés qu'elle renfermoit.

A la confrontation, il leur reproche l'irrégularité & l'injustice de leur opération ; il soutient qu'il n'est point l'auteur de ces caracteres. Ces Ecrivains persistent, & soutiennent qu'il les a tracés.

Les conclusions du Ministere public avoient déjà demandé sa mort, lorsque l'opération sur laquelle elles étoient appuyées, fut reconnue fautive & mensongere. Voici quelle fut l'occasion de cette découverte.

Le sieur Flachat, beau-frere de l'Accusé, avoit remis au Rapporteur un Mémoire écrit de sa main. Celui-ci, en l'examinant, crut appercevoir quelque ressemblance entre les caracteres de ce Mémoire & ceux qui formoient le dessus de la lettre anonyme. Il communiqua sa conjecture à quelques-uns des Juges; alors on commença à douter. On se rappela les reproches faits aux Ecrivains lors de la confrontation, les observations que l'Accusé s'étoit permises sur leur opération. On crut devoir nommer de nouveaux Experts, auxquels on remit, comme piece de comparaison, le Mémoire écrit de la main du sieur Flachat. Celui-ci fut même entendu, & convint que l'écriture du dessus de la lettre anonyme pouvoit avoir, au premier coup-d'œil, quelque caractere de ressemblance avec la sienne. Ces nouveaux Experts procéderent donc à un nouvel examen & à un second rapport; mais, comme on ne leur donnoit des pieces de comparaison que sur l'écriture du dessus de la lettre, ils bornerent là leur attention. A peine se donnerent-ils le temps de répéter rapidement, sur l'écriture moulée du dedans de la lettre & du dessus de la boîte, l'opération des premiers Experts, & ils déciderent que, sur cette question, leurs confreres ne s'étoient point trompés; quant au dessus de la lettre, ils penserent qu'on l'avoit mal jugé, & soutinrent qu'il étoit de la même main qui avoit écrit le Mémoire du sieur Flachat.

Ainsi l'Accusé, selon les Experts, avoit reçu du sieur Flachat, son beaufrere, une lettre formée de deux feuillets, dont l'un ne contenoit que l'adresse; il avoit déchiré l'autre, &

n'avoit conservé que l'adresse, au dos de laquelle il n'y avoit point d'écriture : il se servit de ce blanc pour écrire, en caracteres moulés, ce que contenoit la prétendue lettre ; & , pour qu'il ne parût point de son écriture dans cette horrible machination, il couroit les risques d'en faire déclarer son beau-frere coupable.

C'est sur ces indices que la Sénéchaussée de Lyon déclara l'Accusé atteint & convaincu d'avoir attenté à la vie de son frere aîné, par l'envoi d'une boîte remplie de poudre à tirer, de l'ouverture de laquelle devoit résulter nécessairement l'inflammation de la poudre, par le moyen de deux pistolets qui étoient dans la même boîte, & dont les détentes tenoient par différens fils de fer au couvercle de la boîte ; d'avoir voulu, en faisant périr son frere, faire sauter la maison, & envelopper dans sa ruine quantité de personnes ; enfin, d'avoir fabriqué une lettre anonyme à son adresse, qu'il a déclaré lui avoir été remise par un inconnu, en même temps que la boîte.

Pour réparation de quoi, *il fut condamné à avoir les deux poings brûlés,* être rompu vif, & son corps jeté au feu, préalablement appliqué à la question ordinaire & extraordinaire.

L'appel de cette Sentence fut porté à la Tournelle du Parlement de Paris.

Le frere de l'Accusé fit paroître un Mémoire dont nous allons donner le précis.

La premiere question, disoit-il, que des Juges intègres doivent se proposer, est celle-ci : Étienne de Lyon avoit-il intérêt d'assassiner son frere ? Une passion impétueuse a-t-elle pu l'entraîner à ce crime ?

Mais si quelqu'un de nous deux avoit pu être jaloux ou mécontent, c'étoit moi : j'avois dissipé les biens que mon pere m'avoit donnés en m'établissant ; j'avois contracté des dettes, & à peine avois-je achevé de les payer : je n'avois donc plus de fortune ; il ne me restoit que des espérances de la réparer à force de travail. Mon frere, au contraire, étoit dans l'aisance ; son commerce florissoit ; l'établissement d'une manufacture qui est l'unique en Europe, la confiance & l'estime de tous ses concitoyens lui annonçoient l'avenir le plus agréable ; il jouissoit, il avoit toujours joui

de l'amitié, de la prédilection même
de mon pere, & malheureusement je
n'avois pas droit de m'en plaindre,
quoique j'en fusse mécontent : quel om-
brage pouvois-je donc lui faire ? comment aurois-je excité son envie, quand
même il auroit eu dans son cœur le
germe d'un sentiment si bas ? j'écarte,
dans ce moment, le souvenir de ses
bienfaits, & je le considere comme
un étranger qui auroit pu être le rival
de ma fortune. Elle ne pouvoit certainement exciter ni sa jalousie ni sa
cupidité.

Ce crime, que l'intérêt ne pouvoit
suggérer, a été trop réfléchi pour qu'on
puisse l'attribuer aux mouvemens im-
pétueux de la colere. Examinons donc
s'il a pu être le fruit d'une haine cachée & assez profonde pour éteindre
& les affections du sang, & les sentimens de l'humanité.

Quel eût pu être le motif de cette
haine? Elle n'étoit pas fondée sur l'ému-
lation des fortunes; on supposera donc
qu'elle fut l'effet de ces altercations
passageres qui s'éleverent entre nous,
à l'occasion du partage anticipé que
notre pere a voulu faire.

Conclure, d'une difpute fur la valeur d'un héritage, à un abominable
fratricide, quelle logique barbare !
Mais pour que cette conféquence paroiffe moins révoltante, il faut au moins
avoir de terribles préfomptions contre
le caractere, contre les mœurs, contre
les fentimens de celui que l'on accufe.

Que l'on examine les mœurs de mon
frere ; qu'on le fuive depuis fon enfance jufqu'à la funefte époque qui a
empoifonné nos jours ; quels indices
ont annoncé l'excès de fureur qu'on
lui impute ? Quand & à qui a-t-il donné
des preuves d'un caractere ombrageux
& cruel ? Eft-il un homme qui puiffe fe
plaindre, ou de fes fentimens, ou de
fes procédés ? Et qui peut, mieux que
moi, attefter la bonté & l'humanité de
fon ame ? N'eft-ce pas lui à qui j'ai
dû, dans les temps de mon dérangement & de ma diffipation, des fecours
qui ont retardé ma ruine ? n'eft-ce pas
lui qui m'a fait fubfifter, lorfqu'elle a
été confommée ? n'eft-ce pas dans fa
maifon, n'eft-ce pas dans celle des parens
de fa femme que j'ai trouvé un afile,
lorfqu'abandonné de tous mes amis, &
obligé de me cacher à mes créanciers,

je n'ai dû qu'à lui les commencemens de mon établiffement? Croira-t-on qu'il m'eût rappelé dans ma patrie, s'il ne m'eût attendu que pour m'affaffiner ? Pour m'écarter à jamais, il lui fuffifoit alors de ne me pas tendre la main.

Il ne me haïffoit donc pas alors. La conduite qu'il avoit tenue jufque-là, devoit pour jamais le mettre à l'abri du foupçon, je ne dis pas d'un fratricide, mais de la moindre méchanceté qui eût pu nuire à ma fortune. Quand donc a commencé la cruelle paffion qui l'a conduit au plus noir des forfaits? Il faut que fes progrès aient été bien rapides, pour que, d'une légere altercation fur une difcuffion d'intérêts, elle eût été portée, en moins de deux mois, au comble de la fureur. Que l'on y prenne garde en effet, on ne trouvera que cet intervalle entre les premieres difputes qui nous diviferent, & la cataftrophe par laquelle on veut qu'elles aient été couronnées.

Pendant cet efpace de temps, je conviens que nous vécûmes peu l'un avec l'autre, & que nous ne nous vîmes que pour difputer fur nos intérêts : mais fi mon frere témoigna quelques

vivacités, tous ceux qui en ont été témoins conviendront que fa pétulance
n'avoit qu'un moment, & que fa douceur reparoiffoit fur le champ. Or,
1°. comment veut-on que celui qui,
dans le plus fort de nos difputes, n'a
eu que des vivacités paffageres, ait médité ma mort, lorfque nos différends
furent terminés par une tranfaction?
2°. Comment veut-on que celui des
deux freres qui obtint tout ce qu'il avoit
demandé, ait voulu égorger celui qui
avoit tout cédé? 3°. Comment veut-
on enfin que mon frere, qui, de l'aveu
de tout le monde, follicita le plus vivement la conclufion d'un traité dont
il avoit lieu d'être fatisfait, & qui fe
donna tous les mouvemens poffibles
pour en hâter la rédaction, ait caché,
par cette feinte, l'abominable deffein
qui rendoit cet acte inutile?

Et quel projet même lui prête-t-on?
Le plus abfurde, le plus infenfé, celui
qui l'expofoit aux plus cruelles recherches, celui qui le montroit à découvert
comme l'inftrument de ma mort, &
qui, dans l'impoffibilité où il devoit
être d'indiquer d'autres coupables, le
mettoit néceffairement dans le cas d'une

justification humiliante & pénible. Cette machine fatale, s'il en eût été l'inventeur, s'il en eût même connu le secret, ne pouvoit-il pas la faire porter chez moi le soir, & par un inconnu, qu'il eût ensuite fait disparoître, ou dont il se fût défait, sans qu'on eût jamais pu le soupçonner? Ne pouvoit-il pas m'attendre pour me poignarder sans témoins? Pourquoi donc auroit-il employé des voies qui mettoient nécessairement des agens intermédiaires entre l'auteur du complot & son exécution? Car enfin cette boîte, ces pistolets, ce n'est point mon frere qui a fait tout cela. Le Menuisier, l'Armurier pouvoient reconnoître leur ouvrage. Ainsi c'est supposer qu'il a volontairement, & par choix, multiplié les indices, & préparé lui-même des témoignages qui pouvoient le confondre.

Il cherche ensuite à présenter à la Justice un autre coupable que son frere. Son frere n'avoit point intérêt à commettre ce crime. Voici un particulier qui a pu y être engagé par des motifs puissans.

Que nos Juges apprennent, dit-il, & que le Public sache comme eux,

que notre famille avoit l'ennemi le plus
implacable & le plus dangereux; que
cet ennemi étoit Italien, & que plusieurs témoins déposeront l'avoir vu à
Lyon, dans le temps même de notre
funeste catastrophe. Je suis obligé de
tout dire : ce n'est point ici une déla-
tion, c'est un récit impartial, que les
Magistrats ne peuvent trop peser.

Encouragé par les ordres & soutenu
par la protection d'un grand Ministre,
mon frere avoit établi à Lyon une manufacture de vitriol, & se proposoit
d'en établir une de couperose. Celle
de vitriol étoit l'unique qui fût dans
l'Europe. Dans cette entreprise il avoit
été secondé par un Turc très-intelli-
gent, que ce Ministre lui avoit donné,
& qui, excellent Chimiste & possesseur
de plusieurs secrets, avoit procuré à son
travail le plus grand succès. Un Italien,
domicilié en Savoie, avoit voulu former une manufacture pareille dans les
Etats du Roi de Sardaigne. Il y étoit
parvenu jusqu'à un certain point; mais
il lui manquoit des ouvriers habiles,
& ne voyoit qu'avec les yeux de la plus
noire jalousie, le succès d'un commerce
qui devoit enrichir notre famille. Argent,

gent, promeffes, intrigues, il n'épargna
rien pour enlever à mon frere ce Turc
dont il tiroit tant d'avantages. Il y
réuffit même, à l'aide d'un nommé
Robin, dit Nambot, qui travailloit chez
mon frere, & dont le frere demeuroit
chez cet étranger. Le Turc, qui avoit
le fecret du vitriol, déferta avec un
autre ouvrier. Celui-ci fut arrêté fur la
frontiere. Le Turc fe rendit en Piémont. Mon frere n'épargna rien pour
le faire revenir. Il obtint fa grace, &
lui fit remettre la peine prononcée
contre ceux qui portent aux Etrangers les
fecrets de nos manufactures. Ce Turc
revint au bout de quelque temps, &
arriva à Lyon au mois de Mai 1763,
environ un mois avant notre malheur.
L'Italien, irrité, jura, dit-on, la perte
de notre famille, & on affure qu'il
étoit à Lyon au mois de Juin. Je fouhaite qu'il n'ait eu aucuns mauvais def-
feins, & à Dieu ne plaife que je veuille
fauver un innocent par la perte d'un
autre ! Mais puis-je repouffer les idées
affreufes qui fe préfentent à moi, dans
l'état de détreffe & d'oppreffion où je
vois ma famille ? Et dois-je les taire,
lorfqu'on veut nous forcer d'indiquer

Tome II. H

aux Juges la route qu'ils auroient dû chercher ? Je fais que je ne devois pas être l'objet immédiat de la haine de cet étranger ; mais mon frere mort, fon établiffement m'appartenoit : ce n'étoit donc rien de perdre l'homme, fi l'on ne déshonoroit, fi l'on n'écrafoit toute la famille à la fois

Après ces réflexions préliminaires, venons à l'application des regles.

A cet égard nous avons deux chofes à confidérer ; d'une part, la qualité des crimes, s'ils font de nature à mériter les peines qui ont été prononcées contre l'Accufé ; & de l'autre, la qualité de la preuve, fi elle eft auffi complette & auffi juridique qu'elle doit l'être, pour qu'on puiffe le déclarer dûment atteint & convaincu de ces crimes.

A l'égard de la qualité des crimes, on ne peut difconvenir de leur atrocité & de leur noirceur, & que, fi l'Accufé eft effectivement un fratricide, un incendiaire & un fauffaire, comme le fuppofe la Sentence, il mérite affurément toutes les condamnations qui ont été prononcées contre lui.

Mais eft-il bien vrai que l'Accufé foit coupable de ces crimes, & qu'on puiffe dire qu'il en eft dûment atteint & convaincu ? C'eft ici le point capital qu'il s'agit d'examiner, & qui ne paroît nullement établi dans la procédure.

Pour la validité d'une preuve, & fur-tout en fait de crimes capitaux, tels que ceux dont il s'agit, il falloit non feulement qu'elle fût complette, mais encore juridique, c'eft-à-dire, qu'elle fût acquife dans une procédure réguliere.

D'abord, quant à la forme de cette procédure, il femble qu'il y auroit beaucoup de chofes à dire, fi l'on en juge d'après les faits qui font articulés dans les Mémoires & Requêtes de l'Accufé.

Nous n'entrerons point ici dans le détail des vices que l'on a reprochés à cette procédure : ils ne paroiffent ni concluans, ni même bien établis. Arrêtons-nous donc aux moyens du fond.

Pour qu'une preuve foit complette, il faut qu'elle porte fur deux points effentiels; l'un, que le corps du délit foit conftant; l'autre, que l'Accufé en foit le véritable auteur.

Quant au corps de délit, il devoit

H ij

réguliérement se conftater par des pro-
cès-verbaux & des rapports de Médecins
& Chirurgiens. On veut fuppofer que
toutes ces précautions ont été exactement remplies de la part des Juges de
Lyon; mais l'on croit pouvoir affûrer
qu'elles n'ont pas produit tout l'effet
qu'ils en attendoient, puifque, d'une
part, l'on voit, par le monitoire qui a
été publié, qu'il reftoit encore plufieurs
éclairciffemens à acquérir par rapport
à la ftructure de la boîte, qu'on prétendoit former le principal corps du
délit; & de l'autre, que l'accident caufé
par cette boîte n'a point eu des fuites
auffi funeftes qu'on l'avoit annoncé,
en ce qu'il n'en eft réfulté ni la perte
de la vie de Benoît de Lyon qui l'a
ouverte & a effuyé tout le coup, ni
l'incendie de la maifon où elle a été
ouverte : en forte qu'à en juger par
l'événement, l'on pourroit dire que les
auteurs de cette boîte avoient moins
envie de faire périr Benoît de Lyon,
que de le défigurer; & il paroît même
que ce fut le jugement qu'en portetent
d'abord les premiers Juges, par la précaution qu'ils eurent de faire arrêter
une Comédienne.

Quoi qu'il en soit, en supposant même que le corps de délit fût constaté de la maniere la plus complette, il resteroit toujours à établir le point le plus essentiel, qui est de savoir si l'Accusé en est véritablement l'auteur; & c'est ce point dont la preuve ne paroît nullement acquise au procès.

Cette derniere preuve ne pouvoit s'acquérir que par l'une ou l'autre de ces quatre manieres qui sont marquées par les Loix & les Ordonnances, & que nous avons rapportées.

D'abord on ne peut dire qu'il y ait au procès dont il s'agit, une preuve par titre, ou littérale, contre l'Accusé. On ne lui oppose aucune piece d'écriture de l'espece de celles qu'exige la Loi. Les seuls écrits dont on prétend argumenter contre lui, sont la lettre & l'adresse de la boîte dont on a parlé. Mais, outre que ces écrits ne font aucune foi par eux-mêmes, & qu'ils ne contiennent rien de précis sur le fait du crime, puisqu'il n'y est fait aucune mention de ce que contenoit la boîte, ils ne sont pas même reconnus par l'Accusé; tellement qu'on a été obligé d'en venir à la vérification.

H iij

2°. On ne peut pas dire non plus qu'il y ait contre lui une preuve testimoniale. Cette preuve, pour être complette & capable d'opérer une condamnation à mort, doit résulter de la déposition uniforme de deux témoins irréprochables, qui déposent sur le fait du crime, comme en ayant une connoissance personnelle *de visu*, & non pas simplement par *ouï-dire*.

Or, dans l'espece, bien loin que, dans le grand nombre de témoins qui ont été entendus, on en trouve deux qui déposent avoir vu l'Accusé construisant la boîte, ou même écrivant la lettre dont il s'agit, il est certain qu'il n'y a pas même un seul témoin qui dépose *de visu*.

3°. On peut encore moins opposer à l'Accusé ses propres aveux, puisque non seulement il n'est jamais convenu d'être l'auteur de la boîte, ni de la lettre dont il s'agit; mais que, quand même il en seroit convenu, cette concession ne pourroit suffire qu'autant qu'elle seroit jointe à une preuve considérable, telle que celle qui résulteroit de la déposition d'un témoin *de visu*, accompagnée de quelques indices,

& fur-tout de l'exiftence certaine du corps du délit : & l'on ne peut pas dire que l'Accufé foit dans le cas de la réunion de toutes ces circonftances.

4°. Il ne refte donc plus qu'à favoir fi l'Accufé eft dans le cas où l'on puiffe lui oppofer la preuve conjecturale, qui a lieu au défaut des autres preuves dont on vient de parler. Mais aucun des caracteres requis par la Loi, pour fonder une condamnation fur ce genre de preuve, ne fe trouve dans celle qu'on oppofe à l'Accufé.

Les indices capables d'opérer cette condamnation, ne pouvoient naturellement être autres que ceux-ci ; favoir, qu'il eût été trouvé faifi de quelques inftrumens propres à la conftruction de la boîte ; qu'on eût découvert les perfonnes qu'il a employées à cet effet, ou dont il a acheté les matieres dont cette boîte étoit compofée, telles que la poudre, les piftolets, le fil de fer ; & que d'ailleurs il eût pris, pour la faire parvenir à fon frere, les voies les plus fecretes & les plus ténébreufes.

Cependant on ne voit rien de tout cela parmi les faits qu'on lui oppofe. Malgré les perquifitions les plus exactes,

H iv

bien loin de trouver chez lui aucun
inftrument qui indique cette conftruction, on n'a pu même découvrir le
Layetier qui avoit vendu la boîte, ni
l'Armurier d'où provenoient les piftolets, qu'on dit feulement, dans le monitoire, avoir été faits en Forez.

A l'égard de la poudre, on a voulu
argumenter de ce qu'on en avoit trouvé
trois barils dans la maifon de campagne
de l'Accufé, & de ce qu'on avoit découvert, par les Marchands, qu'il en
avoit acheté, depuis neuf mois, jufqu'à
la quantité de douze livrês. Mais tous
ces prétendus indices ont été bientôt
diffipés, par la déclaration qu'a faite
l'Accufé, que deux de ces barils de
poudre appartenoient à différentes perfonnes qui les ont effectivement récla-
més ; & que, chaffeur comme il étoit,
il y avoit d'autant moins lieu de s'étonner qu'il eût ufé la quantité de douze
livres de poudre en neuf mois, qu'il
étoit même en état de prouver, & il
l'a offert en effet, qu'il en avoit ufé
beaucoup davantage en chaffant avec
fa femme & fes amis. Il eft, difoit-on,
de notoriété publique à Lyon, que l'Accufé aimoit la chaffe avec paffion, &

que fa femme avoit le même goût. Ils paſſoient l'un & l'autre peu de ſemaines ſans prendre pluſieurs fois ce divertiſſement, qui avoit tant d'attraits pour eux, que les jours qu'ils ne pouvoient chaſſer, on les voyoit tirer aux hirondelles. Si, en calculant la quantité de poudre qu'ils ont conſumée du commencement d'Octobre juſqu'au 27 Juin, on a rencontré juſte, en diſant qu'ils en avoient employé douze livres, ce réſultat eſt en faveur de l'Accuſé, puiſque, dans les mois où la chaſſe eſt le plus en uſage, ils en employoient plus de quatre livres; & l'Accuſé ſeul en a quelquefois conſumé une livre dans une matinée.

D'un autre côté, bien loin d'avoir cherché à ſe cacher, & à prendre un temps ſuſpect pour faire parvenir la boîte en queſtion, l'Accuſé s'eſt montré ouvertement. Il ne faut, pour s'en convaincre, que ſe rappeler les démarches dont on a donné le détail plus haut; elles ſe ſont toutes faites en plein jour, & à la face d'un peuple nombreux, qui va & vient ſans ceſſe dans une grande ville commerçante. L'Accuſé a

H v

même mis dans fa conduite fi peu de myftere, fi peu de fineffe, qu'avant l'accident, il avoit déclaré à plufieurs perfonnes qui ont dû le dépofer, qu'il avoit fait porter cette boîte à fon frere, & qu'il leur a fait en même temps lecture de la lettre anonyme. Il a même repréfenté volontairement cette lettre aux Juges, auffi-tôt après l'accident, & ceux-ci ont d'abord paru tellement perfuadés de la bonne foi avec laquelle il avoit agi, qu'ils ne porterent leurs foupçons que contre une Comédienne qu'ils firent arrêter; en forte que ce n'a été que fur la dénonciation de celle-ci, que la Partie publique a tourné fes vûes contre l'Accufé, qui, bien loin de chercher à fe fouftraire à fes pourfuites, comme il le pouvoit très-aifément, s'eft rendu volontairement dans les prifons.

Quels font donc les faits que l'on oppofe à l'Accufé? Ces faits, tels qu'ils font annoncés par le monitoire & par la voie publique, font de trois fortes; les uns regardent la boîte; les autres, la lettre & l'adreffe de cette boîte; & enfin ceux de la troifieme claffe regardent le prétendu duel, & autres traits d'inimitié & de vivacité qu'on impute à l'Accufé.

Mais d'abord, quand on les fuppoferoit tous également conftans, peut-on dire qu'il en réfulte aucun de ces indices indubitables que la Loi exige pour fonder une condamnation à peine capitale ? Peut-on dire que, parce qu'on auroit vu l'Accufé portant une boîte, trois jours auparavant l'envoi de celle dont il s'agit ; parce qu'il auroit varié fur le jour de la réception de cette boîte ; parce qu'il auroit voulu l'ouvrir, & que fa femme l'en auroit empêché ; parce qu'il auroit chargé le porteur de dire qu'elle étoit venue par le courrier ; qu'il n'auroit fait paroître aucune émotion en apprenant l'accident de fon frere ; qu'il auroit fait difficulté de fe rendre auffi-tôt auprès de lui ; que fon frere auroit prié de le faire fortir de fa chambre ; que des Experts auroient déclaré que c'étoit l'Accufé qui avoit écrit l'adreffe de la boîte, & la lettre anonyme dont elle étoit accompagnée ; qu'il auroit, un mois auparavant l'accident, provoqué fon frere en duel ; qu'il auroit dit au Chirurgien de fon frere, qu'il auroit été bien payé s'il l'avoit fait périr ; & enfin qu'il auroit manqué de refpect à fa mere : peut-on dire, encore une fois, que ce font-là de ces indices concluans, & tellement liés avec le fait du crime, qu'on ne puiffe en admettre la certitude, fans avouer en même temps que l'Accufé eft le feul véritable auteur ? Car enfin, s'il eft poffible d'attribuer ces faits à d'autres caufes qu'au crime même, s'il eft poffible que l'Accufé ait été l'auteur de tous ces faits, fans être l'auteur d'un crime auffi atroce que celui de vouloir faire périr un frere, & avec lui une grande quantité de perfonnes qui ne lui avoient fait aucun mal ; il faut convenir que dès-là on ne peut regarder les indices qui en réfultent, comme indubitables, & par conféquent qu'ils ne peuvent mériter aucun égard dans une affaire capitale telle que celle-ci, où il ne doit point y avoir de milieu entre la condamnation la plus forte & l'abfolution la plus entiere.

Mais il y a plus, non feulement ces faits ne font point concluans, ils ne font pas même prouvés.

Nous avons dit qu'un indice ne pouvoit mériter aucun égard, qu'autant
qu'il étoit prouvé par la déposition de
deux témoins irréprochables. Or voyons
si, à la réserve de ceux dont l'Accusé
est convenu de bonne foi, il n'en est
aucun qui soit prouvé de cette manière.

Il faut d'abord mettre à l'écart tous
ceux qui concernent le prétendu *duel*,
& autres traits d'*inimitié* & de *vivacité*
qu'on suppose à l'Accusé. Ces faits ne
sont fondés que sur des dépositions de
témoins *uniques*, ou sur des *ouï-dire*.
Ils ont d'ailleurs été désavoués par les
personnes même de qui on déclare les
tenir. Le fait du Chirurgien, par exemple, est démenti par le Chirurgien lui-
même, qui a été entendu. Il a traité
d'imposteur celui qui a osé lui prêter
un discours aussi faux; il a voulu rendre
plainte en son nom contre lui.

Mais d'ailleurs il y a d'autant plus
d'affectation de la part des Juges qui
ont adopté ces faits, qu'en supposant
même que l'Accusé ait pu se porter à
des excès aussi horribles que ceux qu'on
lui impute, on ne pourroit les lui op-

poſer aujourd'hui, puiſqu'ils ont été effacés par des preuves d'une réconciliation poſtérieure.

Quant aux faits particuliers qui concernent la boîte, ils ne méritent pas mieux que l'on s'y arrête. On oppoſe à l'Accuſé d'avoir été vu, peu de temps auparavant, portant une boîte ſemblable à celle dont il s'agit. Mais, outre que ce fait n'a été dépoſé que par un témoin unique, qui eſt une jeune fille d'environ ſeize à dix-huit ans ; pour ſe convaincre évidemment qu'il lui a été ſuggéré, il ne faut que conſidérer la ſingularité des circonſtances de ſa dépoſition : l'on veut dire du temps, du lieu, de la forme de la boîte, & de l'habillement dont il y eſt fait mention. 1°. *Le temps* où elle prétend avoir vu l'Accuſé : c'étoit en plein jour, ſur les deux heures après midi, & environ trois jours avant l'envoi de la boîte dont il s'agit. 2°. *Le lieu :* c'étoit dans une allée de traverſe, où il auroit dû être apperçu de pluſieurs autres perſonnes. 3°. *La forme* de la boîte : cette fille prétend qu'elle étoit de deux pieds de longueur, & d'un pied de largeur ;

qu'il y avoit deſſus cette boîte une
adreſſe en papier ou carton, & qu'elle
étoit cachetée de cire d'Eſpagne aux
quatre coins. Cependant il doit être
prouvé au procès, que la boîte dont il
s'agit n'a que vingt pouces de long,
ſur ſept à huit pouces de largeur ; qu'elle
n'étoit point cachetée dans les coins,
& que l'adreſſe étoit écrite ſur la boîte
même. 4°. Enfin *l'habillement* : cette
fille a ſoutenu que celui qui portoit
cette boîte, avoit un habit gris, ga-
lonné en argent, avec une veſte brodée
ou galonnée d'or ; & il eſt également
conſtant qu'on n'en a jamais vu aucun
à l'Accuſé de cette eſpece. A quoi l'on
peut ajouter le défaut de vraiſemblance
qu'il ait porté, ſous un habit de cette
qualité, & de la taille mince dont il
eſt, une boîte d'une grandeur auſſi
conſidérable que celle qu'on lui ſuppoſe,
& qu'il ait oſé paroître, avec un tel
équipage, dans pluſieurs rues qu'il lui
auroit fallu néceſſairement paſſer pour
ſe tranſporter de ſa maiſon juſqu'à l'allée
dont il s'agit. Mais il y a plus ; pour
démontrer entiérement la fauſſeté de
cette dépoſition, l'Accuſé eſt en état

de prouver que, dans le temps même où cette fille prétend l'avoir vu dans cette allée, il étoit dans le Café de Berger, place de Louis-le-Grand, quartier fort éloigné, & entiérement opposé à celui de cette allée; & qu'il n'en sortit que pour aller en carrosse, avec plusieurs personnes, au fauxbourg de Veze.

2°. Quant à la prétendue *variation* qu'on oppose à l'Accusé par rapport au temps de la réception de la boîte, ce fait ne se trouve encore attesté que par un témoin unique, qui a déposé, dit-on, avoir ouï dire à l'Accusé, en présence d'autres personnes, qu'il avoit reçu la boîte dont il s'agit, le Vendredi ou le Samedi, tandis que l'Accusé avoit déclaré ailleurs ne l'avoir reçue que le Dimanche. L'Accusé a toujours persisté à soutenir ce dernier fait, soit avant, soit depuis l'instruction; & il doit être attesté de même par les personnes en présence desquelles on prétend qu'il a tenu un langage contraire.

3°. S'il a voulu ouvrir la boîte en présence de sa femme, il ne savoit donc pas ce qu'elle contenoit; il n'en étoit donc pas l'auteur. C'étoit donc pour mettre le comble à la noirceur de son attentat, que le monstre qui l'avoit fabriquée vouloit que celui auquel il destinoit une mort si cruelle, la reçût de la main de son propre frere, afin que la Justice, occupée à la poursuite de ce frere, laissât échapper le vrai coupable; & afin de perdre du même coup une famille entiere, dont ce scélérat avoit machiné la ruine.

D'ailleurs la fausseté de ce fait est démontrée par la déposition unanime de tous ceux qui n'ont pas quitté la femme de l'Accusé, pendant la conversation même où l'on place ce propos.

4°. Quant aux prétendus *ordres* donnés par l'Accusé au porteur, de dire que la boîte étoit *venue par le courrier*, ce fait n'est encore attesté, comme le précédent, que par un témoin unique, qui est le porteur même. L'Accusé a déclaré ne se souvenir aucunement de l'avoir chargé d'une pareille commission, quoiqu'il en eût pu convenir sans conséquence, & qu'il trouvât naturellement sa justification sur ce point dans les mêmes raisons qui l'avoient empêché de paroître lui-même lors de la remise de cette boîte ; savoir, qu'il étoit informé que son frere étoit à la campagne, & qu'il avoit reçu, quelque temps auparavant, une boîte pleine d'objets de dérision.

5°. Quant à la prétendue *tranquillité* avec laquelle on suppose que l'Accusé a appris l'accident de son frere, & à la *répugnance* qu'on prétend qu'il a témoignée de se rendre aussi-tôt auprès de lui ; ces deux faits ne sont pareillement attestés que par un témoin unique, qui est le Commis du frere de l'Accusé ; & ils doivent mériter d'autant moins de créance, que, d'une part, il doit être prouvé, par les interrogatoires, que les Juges lui ont opposé, au contraire, le trouble extraordinaire qu'il avoit fait paroître en voyant l'état affreux où se trouvoit son frere, après l'accident ; en sorte qu'on ne pourroit attribuer la répugnance qu'il auroit d'abord fait paroître à se rendre auprès de lui, qu'à une crainte naturelle de ne pouvoir soutenir un pareil spectacle ; &, d'un autre côté, ce Commis n'a déposé ces faits que

lors du récolement , & après avoir
déclaré dans l'information , qu'il ne favoit rien autre chofe de tous les chefs
portés dans la plainte. Ainfi, comme
fa dépofition étoit abfolument nouvelle
à cet égard , elle ne pouvoit former
une preuve juridique contre l'Accufé,
qu'autant qu'elle auroit été répétée par
ce même témoin , dans un nouveau
récolement ; & il eft certain qu'elle ne
l'a point été.

6°. Enfin , par rapport aux prétendus
propos tenus par Benoît de Lyon contre
l'Accufé , ils ne font pas mieux prouvés
que les autres faits. Benoît de Lyon
les défavoue hautement , & l'on peut
d'ailleurs d'autant moins les oppofer à
l'Accufé, qu'à fuppofer que ces propos
euffent été effectivement tenus , ils ne
pouvoient être que l'effet, ou d'une
fievre ardente qui agitoit alors Benoît
de Lyon , ou des premieres impreffions
qu'on auroit cherché à lui infpirer contre
l'Accufé , en lui apprenant qu'il avoit
envoyé la boîte en queftion.

Ces premiers faits étant ainfi écar-
tés , il ne refte plus par conféquent que
ceux qui concernent la prétendue fabri-

cation de la lettre & de l'adreſſe de la boîte, qu'on impute à l'Accuſé.

L'on prétend que, par la vérification qui a été faite de l'une & de l'autre par des Experts, l'Accuſé en a été reconnu le véritable auteur, à la réſerve ſeulement de l'adreſſe de la lettre anonyme, qu'on ſoutient être de la main du ſieur Flachat ſon beau-frere; & que l'Accuſé s'eſt ſervi de la demi feuille en blanc d'une lettre à lui écrite par ce dernier, pour y écrire la lettre en queſtion.

Mais ces derniers faits, qui paroiſſent avoir principalement déterminé les Juges de Lyon, ne ſont ni plus concluans, ni mieux prouvés que les autres.

Ils ne ſont point concluans, parce que cette lettre & ces adreſſes, qu'on voudroit faire ſervir de pieces de conviction contre lui, ne peuvent être regardées comme telles, en ce que non ſeulement elles ne ſont ni authentiques, ni reconnues par l'Accuſé; mais qu'elles ne contiennent point préciſément le fait du crime; c'eſt-à-dire, qu'il n'y eſt fait aucune mention que l'Accuſé ait eu connoiſſance du contenu de la boîte qui forme le corps du délit : de maniere qu'il feroit très-poffible que l'Accufé fût l'auteur de la lettre & de l'adreffe de la boîte, fans être l'auteur de la boîte même, & qu'il n'eût pris cette précaution que pour fe ménager un titre d'excufe auprès de fon frere, de ce qu'il s'étoit chargé de lui faire tenir une boîte, fans auparavant s'être affuré de ce qu'elle pouvoit contenir.

Ils ne font point prouvés, parce que la feule preuve qu'on oppofe à l'Accufé à cet égard, n'eft fondée que fur une vérification par Experts, & que cette vérification (en la fuppofant faite dans une forme réguliere, & telle qu'elle eft prefcrite par la nouvelle Ordonnance) ne pourroit former elle-même une preuve capable d'influer fur une condamnation à peine capitale, telle que celle qui a été prononcée contre l'Accufé. Les dépofitions des Experts qui ont procédé à cette vérification, n'étant fondées, comme nous l'avons obfervé d'après les Loix & les Auteurs, que fur une fimple opinion & fur les regles d'un Art purement conjectural, bien loin qu'il en puiffe réfulter une preuve complette, il n'en réfulte tout au plus qu'un fimple indice qui ne peut mériter aucun égard. Il faudroit , pour qu'on pût ériger cet indice en preuve, qu'il fût joint à une fémi-preuve, telle que celle qui réfulte de la dépo-fition d'un témoin irréprochable *de vifu* : ce qu'on ne peut dire dans l'ef-pece particuliere , où il ne fe trouve aucun témoin qui ait vu fabriquer les écrits qu'on impute à l'Accufé.

Mais il y a plus ; ces Experts peu-vent d'autant moins mériter de foi dans le jugement qu'ils ont porté de ces écrits , que l'opération qu'ils ont faite ne pouvoit, comme on l'a démon-tré , produire aucune lumiere , & n'étoit propre , au contraire , qu'à multiplier les incertitudes.

D'ailleurs nous avons vu , d'après les Auteurs , combien la vérification de ces fortes d'écritures fimulées étoit dou-teufe , tant parce qu'il y a des fauf-faires qui favent imiter parfaitement toutes fortes d'écritures , que parce qu'il y a plufieurs perfonnes qui ont natu-rellement des écritures femblables ; en forte que de ce que les Experts auroient reconnu que l'écriture moulée qui se trouve dans le corps de la lettre & sur l'adresse de la boîte, est conforme à celle de l'Accusé, l'on n'en pourroit conclure autre chose, sinon que le faussaire qui est l'auteur de cette lettre & de cette adresse, auroit affecté de faire ressembler son écriture à celle de l'Accusé.

Enfin une circonstance décisive, & qui achève de démontrer combien l'on doit avoir peu d'égard au jugement que les Experts ont porté, par rapport aux écritures *moulées* dont il s'agit, c'est l'erreur grossiere où ils sont tombés par rapport aux lettres *courantes* qui forment l'adresse de la lettre ; erreur qui a donné lieu à la nomination de nouveaux Experts. En effet, si des Experts ont erré sur un point aussi facile à vérifier, à plus forte raison doivent-ils être présumés l'avoir fait sur d'autres dont la vérification est infiniment plus difficile. Les derniers Experts ont prétendu que l'adresse de la lettre anonyme étoit de la main du sieur Flachat, tandis que les premiers avoient déclaré qu'elle étoit de la main de l'Accufé : & fur quel fondement ont ils ainfi changé de langage ? C'eft, dit-on, parce que, depuis les dépofitions des premiers Experts, il a été diftribué aux Juges un Mémoire écrit de la main du fieur Flachat, & dont l'écriture paroît femblable à celle de l'adreffe de la lettre. Mais peut-il tomber fous le fens, que, fi l'Accufé fe fût fervi, comme on le prétend, de la derniere feuille d'une lettre du fieur Flachat pour écrire la lettre anonyme, il fe fût expofé à faire diftribuer un Mémoire écrit de la main de ce dernier, qui auroit pu le faire foupçonner d'en être l'auteur ? Comment préfumera-t-on qu'il ait voulu compromettre ainfi gratuitement un beau-frere avec qui il a toujours été lié de l'amitié la plus étroite, tandis qu'il auroit pu également fe fervir d'une écriture étrangere ? On ne veut que cette feule réflexion, qui fe préfente fi naturellement à l'efprit, pour écarter les vains argumens qu'on voudroit tirer contre l'Accufé à ce fujet. Elle fert en même temps à juftifier de plus en plus la conféquence qu'on a indiquée ci-devant ; favoir, que

tout

tout ce myftere d'iniquité n'a été ima-
giné que pour faire prendre le change,
en prenant les moyens les plus propres
pour faire retomber les foupçons fur la
perfonne de l'Accufé & fa famille.

Ainfi, de quelque côté qu'on envi-
fage cette affaire, l'on voit qu'il n'y a
aucune preuve juridique contre l'Accufé ; que, bien loin qu'il y ait cette
preuve complette & plus claire que le
jour, qui eft requife par les Loix pour
fonder une condamnation à mort, il
n'y a pas même cette preuve confidérable qu'exige l'Ordonnance, pour
donner lieu à la torture ; que de tous
les faits qu'on oppofe à l'Accufé, non
feulement il n'en eft point qui puiffe
former un indice concluant, mais qu'il
n'y en a même aucun qui foit prouvé
juridiquement, n'étant tous fondés que
fur des ouï-dire, ou fur des dépofitions de témoins finguliers & repro-
chables. Ce feroit donc ici le cas de
la maxime qui veut que, dans le
doute, on penche en faveur de l'abfolution de l'Accufé ; & cette maxime
reçoit d'autant mieux ici fon application, qu'il paroît d'ailleurs démontré

Tome II.   I

que la Sentence qui le condamne n'eſt
fondée principalement que ſur le préjugé qu'on fait réſulter de l'impoſſibilité où a été juſqu'ici l'Accuſé, de
découvrir les véritables auteurs des crimes qu'on lui impute. Mais, en ſup-
poſant même qu'il pût réſulter de la
procédure quelques indices légers contre lui, ces indices ſe trouvent effacés
par d'autres ſupérieurs qui militent en
ſa faveur : l'on veut parler ſur-tout des
circonſtances favorables où ſe trouvoit
l'Accuſé, dans le temps de l'accident
funeſte dont il s'agit ; de l'état floriſ-
ſant de ſon commerce ; de l'eſpérance
de le voir augmenter de plus en plus,
par les profits immenſes qu'il devoit
retirer d'une manufacture de vitriol
qu'il a inventée, & qui eſt la ſeule qui
ſoit en Europe ; de l'intérêt qu'il avoit
à la conſervation d'un frere avec qui
il venoit de prendre des arrangemens,
par leſquels celui-ci ſe trouvoit ſon dé-
biteur, pour des avances que l'Accuſé
lui avoit faites, lors du dérangement
de ſes affaires ; enfin, de la bonne intelligence qu'ils venoient de cimenter
entre eux, par un traité particulier fait

fous la médiation de deux amis communs.

Si cependant il reſtoit encore quelque inquiétude, la Cour pourroit ſe
procurer de nouveaux éclairciſſemens,
en admettant l'Accuſé à la preuve des
faits juſtificatifs qu'il a articulés par ſa
Requête.

Ces faits ſont, 1°. que quelque
temps avant l'accident, Benoît de Lyon
avoit reçu une boîte remplie d'objets
de dériſion.

2°. Que, dans le temps voiſin de
celui où l'on dit que l'Accuſé a été
vu portant une boîte ſous ſon habit,
un jeune inconnu, de la même taille
que celui que l'Accuſé a déſigné lui
avoir remis la boîte, eſt allé s'informer, à diverſes repriſes, chez le ſieur
Ganin, de la demeure du ſieur Benoît
de Lyon.

3°. Que dans le temps même où
l'on ſuppoſe que l'Accuſé a été vu
portant une boîte, il étoit dans le Café
de Berger, ſur la place Royale, d'où
il n'eſt ſorti que pour aller en carroſſe,
avec différentes perſonnes, au fauxbourg de Veze.

4°. Que, quelque temps auparavant, un particulier, jaloux de la manufacture de vitriol inventée par l'Accusé, a cherché par de mauvaises voies, & est parvenu en effet à lui enlever un ouvrier Turc qu'il savoit avoir son secret, afin de l'emporter dans les pays étrangers.

5°. Que, peu de jours auparavant l'accident, l'Accusé avoit bu & mangé en famille avec son frere, & qu'ils étoient entiérement d'accord sur leurs intérêts, au moyen d'un traité fait sous seing privé, sous la médiation de deux amis communs.

6°. Qu'avant que de procéder à l'information contre l'Accusé, on a pris la précaution de faire venir les témoins, pour s'assurer de ce qu'ils avoient à déposer contre lui.

7°. Que, depuis l'instruction, un certain quidam, vêtu de noir, est allé chez le Menuisier ordinaire de l'Accusé, pour l'engager à déposer que c'étoit lui qui avoit fabriqué la boîte en question.

8°. Qu'enfin l'Accusé est dans l'habitude de chasser, & qu'il a consommé pour cela plus de douze livres de poudre dans neuf mois.

La preuve de ces faits juſtificatifs ne fut point admiſe, parce que, quand ils auroient été prouvés, ils n'auroient pas opéré la décharge de l'Accuſé. Si l'on veut, en effet, prendre la peine de les peſer ſéparément, & même cumulativement, il pourroit, à la vé-rité, en réſulter quelques préſomptions légeres en ſa faveur; mais elles n'effa-ceroient pas celles qui réſultent du pro-cès contre lui.

Il faut avouer cependant que celles-ci ne ſont pas concluantes, & que les Juges de Lyon, en ſe déterminant à or-donner le dernier ſupplice, leur avoient prêté une force qu'elles n'ont pas. Leur liaiſon & leur enſemble forment un corps qui approche bien près de l'évi-dence, mais qui n'y atteint pas. Pour l'y faire arriver, il ſemble qu'il ne manque plus que l'aveu de l'Accuſé, accompagné de certains détails qui ne laiſſent rien à déſirer ſur les rapports directs des faits prouvés au procès, avec le fait principal.

C'eſt ainſi qu'en jugea le Parlement

I iij

de Paris, qui, après avoir fait fubir à Etienne de Lyon la queſtion préparatoire, fans qu'il avouât rien, le condamna, par Arrêt du 12 Janvier 1763, au rapport de M. Paſquier, au fouet, à être marqué ſur les deux épaules des lettres GAL, aux galeres à perpétuité, & en mille livres d'amende.

EXHÉRÉDATION lancée par une mere contre sa fille, accusée d'avoir consenti à son enlévement, & d'avoir épousé son ravisseur, sans le consentement & contre le gré de ses parens.

AGATANGE-FERDINAND, Marquis de Brun, d'une des plus anciennes Maisons de Franche-Comté, avoit épousé, en 1712, Gabrielle-Charlotte de Montfaulnin du Montal : la demoiselle de Brun fut l'unique fruit de ce mariage. Elle avoit à peine dix-sept ans, qu'elle fut recherchée par différens partis, que les biens considérables auxquels elle étoit destinée, & l'avantage de sa naissance attiroient.

Depuis long-temps il régnoit peu d'intelligence entre le Marquis & la Marquise de Brun ; & , malheureusement pour leur fille, ils eurent des vûes différentes sur son établissement.

La Marquise de Brun destinoit sa fille au Marquis de Mirebel, son cousin-

I iv

germain, & oncle, à la mode de Bourgogne & de Bretagne, de sa fille (a).

La naissance des Parties étoit parfaitement assortie ; l'âge n'étoit pas dis-
proportionné (b) ; & s'il y avoit une
grande disproportion de biens, c'étoit
un motif de plus pour la Marquise de
Brun de désirer cette alliance, pour
relever, par ce mariage, la fortune de
son parent.

Le Marquis de Brun avoit d'autres
vûes pour sa fille ; mais les liaisons du
sang & la proximité de la parenté au-
torisoient les assiduités du Marquis de
Mirebel auprès de la demoiselle de
Brun. Comme ils se voyoient très-fré-
quemment, ils prirent l'un pour l'autre une forte inclination. La Marquise
de Brun, loin de s'y opposer & de
l'étouffer dans son principe, la favorisa :
elle confioit souvent sa fille au Marquis, soit pour des parties de chasses,
soit pour faire des visites dans le voi-

(a) Il étoit fils du Marquis de Tavannes,
& on l'appellera indifféremment *Marquis de
Mirebel*, ou *Marquis de Tavannes*.
(b) Le Marquis de Mirebel avoit neuf ans
plus que la demoiselle le Brun.

finage, où elle n'arrivoit qu'un jour ou deux après, avec la feule précaution de la faire accompagner d'une femme de chambre que fon pere lui avoit donnée, & qui la fuivoit par-tout.

Le Marquis de Mirebel, qui n'ignoroit pas toute la difproportion qui étoit entre fa fortune & celle à laquelle la demoifelle de Brun étoit deftinée, ne fe diffimula pas qu'il ne parviendroit point à engager le Marquis de Brun, par les voies ordinaires, à le recevoir pour fon gendre. Averti d'un mariage qui fe propofoit pour la demoifelle, & que le pere vouloit précipiter, il fe hâta d'arriver de Paris à Dole, où demeuroit la Marquife de Brun : il propofa à la demoifelle de la conduire dans un couvent, où elle pût, avec plus de liberté, réfifter au choix que fon pere avoit fait pour elle. Pour remplir fes vûes, il prit le prétexte du Marquis de Tavanes fon pere, qui étoit au château de la Marche, & engagea la Marquife de Brun de venir, avec fa fille, y paffer quelques jours.

Ce voyage n'avoit rien que d'innocent en apparence ; il étoit naturel que la Marquife de Brun vifitât un oncle

I v

âgé & incommodé, chez lequel elle
étoit dans l'ufage de venir tous les
ans. Cependant le Marquis de Brun
témoigna à fa femme de l'éloignement
pour cette démarche. On eût dit qu'il
prévoyoit ce qui devoit arriver.

Malgré fa répugnance ; on partit,
& on arriva au château de la Marche,
qui n'eft éloigné de Dole que de trois
lieues, le 22 Mai 1732 ; la Marquife
de Brun laiffa à Dole la femme de
chambre que le Marquis de Brun avoit
donnée à fa fille pour l'accompagner
par-tout ; elle ne mena avec elle que
Jeanne Margueron fa propre femme
de chambre, un valet de chambre &
deux laquais. Elle coucha dans une
chambre qu'il falloit néceffairement tra-
verfer pour aller dans celle qu'occupa
fa fille, & celle-ci ne pouvoit avoir
d'autre iffue qu'une fenêtre qui donnoit
ur les foffés du château.

Le lendemain 23, le Marquis de
Mirebel quitta la Marche, fous prétexte d'affaires, & vint à Auxonne
arranger les difpofitions qu'il jugeoit
néceffaires.

La demoifelle de Brun convient qu'il
n'y eut aucune violence dans fon dé-

part : il a été volontaire dans son principe ; mais elle n'en a connu ni le danger , ni les conséquences.

Pressée par son pere pour un mariage auquel elle ne pouvoit se déterminer, & qu'elle ne pouvoit éviter si elle retournoit à Dole , son unique but étoit de gagner du temps. Le Marquis de Tavannes ne vouloit, disoit-il, que la déposer dans un couvent en lieu de sûreté : elle n'y seroit pas plus tôt, qu'il avoit parole de M. le Duc, Gouverneur de la Province, dont il étoit un des premiers Officiers, qu'il s'intéresseroit en leur faveur, & leur accorderoit sa protection ; l'affaire une fois engagée, le Marquis de Brun, pour éviter un éclat toujours fâcheux, seroit le premier à consentir à un mariage que toutes les Parties désiroient. D'un autre côté, elle savoit qu'en résistant à l'alliance qui lui étoit proposée par son pere, elle remplissoit les vûes de sa mere. Quoique la Marquise de Brun ne se fût pas expliquée formellement, la demoiselle de Brun croyoit avoir lieu de se flatter, par tout ce qui avoit précédé, qu'elle l'aideroit de son crédit pour faire sa paix avec son pere.

Toutes les mesures étoient concertées. A un certain signal dont on étoit convenu, la demoiselle de Brun s'habilla, traversa la chambre de sa mere sans l'éveiller, & se rendit dans la cour du château, dont la porte étoit ouverte, où elle trouva tout préparé. L'idée qu'elle soit descendue par la fenêtre, avec une échelle, au péril de sa vie, est une fable grossiere, qui n'a jamais eu ni vérité ni vraisemblance. Le départ ni le voyage n'eurent point l'air d'une fuite; il étoit jour quand on partit. La demoiselle de Brun étoit seule dans la voiture avec la femme de chambre de sa mere; un de ses laquais étoit derriere; on avoit eu soin d'éloigner, par des commissions, le valet de chambre & l'autre laquais. Le Marquis de Tavannes étoit à cheval : on alla le pas ordinaire : ce ne fut qu'à quinze lieues du château de la Marche, que le Marquis de Mirebel prit des chevaux de poste.

La demoiselle de Brun ignoroit où on la conduisoit : il falloit, disoit-on, qu'elle se laissât conduire, pour parvenir à obtenir le consentement de son pere. Ses instructions n'alloient pas plus loin. Lorsqu'elle apprit qu'elle sortoit du royaume, & qu'on la menoit en Lorraine, le repentir s'empara de son cœur. Il est prouvé par les lettres même du Marquis de Tavannes, qu'elle ne vouloit ni boire ni manger, & qu'elle tomba dans le défespoir.

Elle doit la justice au Marquis de Tavannes, qu'il ne lui fit aucune proposition contraire au respect qu'il lui devoit, & aux vûes honnêtes qui le guidoient. L'oncle & la niece se comporterent avec toute la décence & l'honnêteté qu'on pouvoit attendre de leur naissance. Il est même prouvé que sur la route, le Marquis de Tavannes la faisoit passer pour sa sœur, qu'il emmenoit, parce qu'on vouloit la faire, malgré elle, Religieuse. Il est pareillement prouvé que sa femme de chambre mangea toujours avec elle, qu'elle ne la quittoit ni jour ni nuit, & que, dès le lendemain de son évasion, elle se présenta dans trois couvens à Nancy, où elle ne put être reçue, à cause de l'absence du Marquis de Ludres, qui étoit la seule personne qu'elle connût à Nancy, & qui pût répondre d'elle.

Le surlendemain du départ, 27 Mai, le Marquis de Tavannes écrivit au Mar-

quis de Brun une lettre qui juſtifie bien
qu'il ſe flattoit alors de l'engager à conſentir au mariage avec ſa fille.

» Il m'a toujours paru, Monſieur,
porte cette lettre, que vous n'aviez pas
d'averſion pour moi, & même tout le
monde ſait que vous m'avez témoigné
de l'amitié en toutes occaſions. Je fais
conſiſter mon bonheur dans l'honneur
d'être votre gendre ; je vous prie d'y
conſentir, pour éviter tout l'éclat du
contraire, vous aſſurant que perſonne
ne peut vous honorer & vous chérir
autant que moi. Ne vous oppoſez pas
à mon bonheur, me trouvant très-heu-
reux de pouvoir contribuer à celui de
mademoiſelle votre fille, pour qui j'aurai
toute ma vie la tendreſſe la plus vive &
la conſidération la plus parfaite. J'attends à ſavoir vos ſentimens avant de
me découvrir, pour éviter l'éclat. J'en-
voie au ſieur de Laval, à Auxonne, mon
adreſſe, qui m'envetra votre réponſe ;
ayez la bonté de la lui adreſſer. J'eſpere vous faire oublier, par mon attachement, ce que vous pouvez trouver
d'irrégulier dans ma conduite, & vous
prouver combien j'ai l'honneur d'être,
&c. «.

Le même jour 27 Mai, le Marquis de Tavannes engagea la demoifelle de Brun à écrire, fous fa dictée, au Marquis de Brun fon pere, une lettre où l'on retrouve le même ftyle, & qui juftifie quels étoient alors fes fentimens.

» Mon cher pere, y eft-il dit, je vous fupplie très-humblement de me pardonner; je fais que vous avez lieu de me traiter avec la derniere rigueur, & que je mérite toute votre colere; je n'ai aucune raifon à vous donner pour me juftifier; j'attends feulement de votre clémence & de l'excès de votre tendreffe pour moi, le pardon d'une faute que je n'aurois pas faite, fi j'avois eu la moindre efpérance de réuffir comme je le devois; mais je vous fupplie de confidérer le fujet, j'efpere qu'il me fervira d'excufe, par tout le bien que je vous en ai entendu dire, étant bien réfolus l'un & l'autre d'employer le refte de notre vie à mériter le retour de votre tendreffe, & à obtenir votre aveu. J'ai l'honneur d'être, avec un profond refpect, &c. &.

Elle ne crut pas manquer à fa mere, en ne lui écrivant point. Le Marquis

de Tavannes l'avoit affurée du confentement de cette mere.

En attendant une réponfe, que le
Marquis de Tavannes ne reçut point,
il fe tranfporta à Commercy, & y fut
demander afile & protection à madame
la Ducheffe de Lorraine ; il eut le chagrin d'éprouver un refus auquel il ne
s'attendoit pas ; il n'eut alors, d'autre
reffource que de fe retirer chez le
Prince de Naffau, duquel il étoit connu.
C'eft dans le Comté de Naffau, & dans
l'églife de Saint Jean de Sarbruck,
que, le Lundi 2 Juin 1732, feconde
fête de la Pentecôte, où le Marquis
de Tavannes & la demoifelle de Brun
s'étoient rendus pour entendre la Meffe,
qu'arriva l'événement qui donna occafion de répandre le bruit que la demoifelle de Brun avoit époufé le Marquis
de Tavannes. Celui-ci, à la fin de la
Meffe, parla au peuple en allemand,
& lui déclara qu'il prenoit la demoifelle
de Brun pour fa femme. Elle ne répondit rien à une déclaration qu'elle
n'entendoit point ; il eft même prouvé
que ce ne fut qu'au fortir de l'églife
qu'elle fut inftruite de ce qui s'y étoit

dit ; que l'ayant demandé au Marquis de Tavannes, il lui fit réponse que ce n'étoit rien ; qu'ayant ensuite interrogé son valet de chambre, qu'elle voyoit rire, & ce valet de chambre lui ayant dit qu'elle étoit mariée, elle lui répondit qu'*on ne l'étoit pas sans avoir dit oui, & qu'elle ne l'avoit pas dit.*

Le Prince de Nassau ne s'étant pas trouvé à Sarbruck, ils en repartirent le lendemain, & revinrent à Nancy. Le Marquis de Tavannes y consulta un Avocat, qui lui conseilla de publier le mariage comme s'il eût été réel ; & ce fut par une suite du même conseil, qu'il en repartit quelques jours après, pour faire dresser à Sarbruck un procès-verbal, ou enquête, daté du 7 Juin 1732, dans lequel il fit insérer que la demoiselle de Brun avoit fait une déclaration semblable à la sienne, & reçu de lui un anneau ; deux circonstances qui étoient entiérement de son invention, mais qu'on lui avoit dit être nécessaires pour donner du corps & de la réalité à la fable qu'il cherchoit à accréditer.

Ce fut au retour de Sarbruck, que le Marquis de Tavannes, par l'avis du même Conſeil, écrivit au Marquis de Brun une ſeconde lettre qu'il eſt eſſentiel de rapporter.

» MONSIEUR,

» J'ai eu l'honneur de vous écrire à Paris, parce qu'on m'avoit dit que vous y étiez. Vous ſavez tous mes malheurs; il ne tient qu'à vous de les augmenter. Je voudrois qu'il n'y eût que moi qui les reſſentît; je ne me plaindrois pas , & je me ſacrifierois à votre reſſentiment. Mais, Monſieur, tous mes maux vous vengeront , il eſt vrai, mais ils ne me puniront pas, car je ne les crains pas, ni la mort la plus affreuſe , puiſque j'ai tout ſacrifié pour la perſonne que j'ai uniquement aimée & eſtimée le plus fortement; c'eſt pour elle que je crains; c'eſt pour votre ſang que je m'inquiete, & je voudrois donner tout le mien pour faire ſon bonheur. Nous ne vous demandons, Monſieur, que la grace de ne pas nous haïr : du reſte nous ſavons que nous ne méritons rien, & n'eſpérons rien que de réparer par tout ce que vous exigerez de nous, & ce qui pourra en dépendre, la faute énorme que la

jeuneſſe , l'amour & l'eſtime ont cau-
ſée , jointe au déſeſpoir de ne pouvoir
faire autrement , toutes autres voies
étant interdites. Je ſais la beauté de vos
ſentimens ; les miens peuvent-ils vous
choquer d'adorer mademoiſelle votre
fille , & vous honorer toute ma vie ,
Monſieur ? J'oſe même aſſez préſumer
de votre façon de penſer , pour vous
ſupplier d'écrire à Monſeigneur le Duc
pour lui demander ma grace ; il n'y a
peut-être que ce remede-là à ma diſ-
grace. Un autre que vous ſeroit ſurpris
que j'oſe eſpérer en vos bontés : mais
moi qui vous connois , je ſais que vous
êtes capable d'une ſi belle action dont
toute ma famille vous remerciera. Vous
la connoiſſez , Monſieur , & je ne vois pas
qu'il y ait rien qui puiſſe vous choquer
que mon action. La deſtinée a peut-être
voulu vous forcer à avoir un gendre , qui
ne fait conſiſter ſon bonheur que par la
ſoumiſſion à vos volontés , & une reconnoiſſance éternelle d'un pardon que nous
demandons avec tous les ſentimens capables de l'obtenir , &c.

» J'ai l'honneur d'être , &c. «

Cette lettre reſta également ſans répônse. Le Marquis de Brun, tout occupé de sa vengeance, étoit bien éloigné de vouloir remplir les vûes, ni de réaliser les espérances qui avoient engagé le Marquis de Tavannes dans une démarche qu'il regarda, dès qu'il en fut instruit, comme un outrage qu'il avoit reçu.

Il faut présentement revenir au château de la Marche, & voir ce qui s'y passa après le départ du 25 Mai.

La Marquise de Brun n'apprit la fuite de sa fille qu'à neuf heures. Elle en fit part à son mari par la lettre suivante.

» *Ce Dimanche, dix heures du matin. Je suis au désespoir, Monsieur; il nous vient d'arriver le plus grand malheur du monde.* Notre misérable fille est partie avec son cousin cette nuit; elle a passé par la fenêtre de mon cabinet, on ne sait comment; car il y a plus de quatre-vingt pieds de hauteur, & on n'y trouve point d'échelle; enfin, on ne l'a su qu'à neuf heures, qu'on est entré dans ma chambre : l'on a trouvé la porte du cabinet fermée par-derriere; personne ne s'est douté de cette négociation, car ils ne se sont point parlé : enfin la chose est arrivée. Il n'y a que la

mort qui puiſſe finir mon extrême douleur. Je comprends toute la vôtre ; quoique je ne mérite pas votre indignation ,
vous me l'allez donner pour toujours.
Mon Dieu , prenez pitié de nous ; c'eſt
tout ce que j'ai la force de vous dire. Je
crois que mon oncle n'y a point de part,
car il eſt dans un état affreux ; le mien
ne me permet pas de paroître devant
vous ; ainſi je vais paſſer le reſte de mes
malheureux jours dans un couvent, ſi
vous le trouvez bon ,,.

Cette lettre , quoiqu'écrite à dix heures du matin , ne fut rendue au Marquis de Brun qu'à ſept heures du ſoir.
Cependant un homme de cheval peut
facilement faire , en deux heures , la
route du château de la Marche à Dole,

Il partit auſſi-tôt qu'il l'eut reçue ,
& arriva à la Marche à dix heures du
ſoir.

Après avoir pris toutes les informations poſſibles , il en repartit ſans vouloir voir ſa femme , & lui fit intimer ,
dès ce moment, un libelle de divorce
dont il ne s'eſt jamais départi.

Il crut trouver des indices convain-
cans qu'elle étoit complice de l'évaſion

de fa fille. La lettre par laquelle elle
l'en avoit averti, contenoit deux circonftances impoffibles, & qui ne font
confignées nulle part ailleurs que dans
cette piece : l'une eft l'évafion par la
fenêtre, & l'autre, la clôture du cabinet par le côté où avoit couché la
demoifelle de Brun.

Il fut frappé d'ailleurs de l'affectation qu'on avoit eue de ne pas mener
la femme de chambre qu'il avoit donnée
à fa fille ; de l'inaction où la Marquife
étoit reftée depuis neuf heures du
matin qu'elle avoit été inftruite de ce
départ, fans donner aucuns ordres pour
envoyer après elle ; de l'affectation encore plus marquée d'éloigner par des
commiffions un de fes laquais & fon
valet de chambre ; du départ de fa femme de chambre & de fon autre laquais,
qui avoient fuivi fa fille dans fon évafion ; enfin, de n'avoir reçu qu'à fept
heures du foir une lettre qui auroit dû
lui être rendue à midi.

A l'égard de fa fille & du Marquis
de Tavannes, il paroît, par les dates
des procédures, qu'il fut quelque temps
incertain du parti qu'il prendroit. Mais
enfin ayant reçu, le 15 Juin, une lettre

de la dame de Druy, Abbeſſe de Sainte-
Marie de Metz, datée du 11, par laquelle elle lui mandoit le fait de Sarbruck, comme les partiſans du Marquis de Tavannes le racontoient alors,
c'eſt-à-dire, que le Marquis de Mirebel
& la demoiſelle de Brun y avoient
pris le peuple à témoin qu'ils ſe prenoient pour mari & femme; cette nouvelle le détermina à agir. Il préſenta,
le 20 Juin 1732, au Lieutenant-Général
d'Auxonne, ſa plainte en rapt contre
le Marquis de Tavannes & ſes complices. Ayant appris en même temps
que ſa fille étoit au château d'Har-
rouez en Lorraine, chez le Prince de
Craon, & ignorant ſi on conſentiroit
de la lui rendre, il ordonna à la Marquiſe de Brun de venir à Paris, pour
y ſolliciter une lettre du Roi à la Cour
de Lorraine.

Le Marquis de Tavannes, inſtruit
de ces pourſuites, & connoiſſant la
généroſité du Marquis de Brun, eſpéra
de le fléchir en ſe remettant à ſa diſcrétion; il ſe rendit *incognito* à Dole,
ſe préſenta en ſon hôtel, ſous un nom
emprunté, pénétra juſque dans ſa chambre, tira ſon épée, & lui en préſen-

tant à genoux le pommeau, il lui dit
que, fans attendre les longueurs de la
Juftice, il venoit lui faire le facrifice
de fa vie.

Le Marquis de Brun, plus indigné
de la hardieffe du Marquis de Tavannes, que touché de fon action, lui
répondit qu'il l'avoit offenfé cruellement, qu'il ne le lui pardonneroit jamais, mais qu'il n'étoit point fait pour
être fon affaffin; il le preffa en même
temps de fe relever & de défendre fa
vie : le Marquis de Tavannes ayant
perfifté, le Marquis de Brun lui ordonna de fe retirer à l'inftant de fon
hôtel, &, fous trois jours, de la ville
de Dole.

Avant d'en fortir, le Marquis de Tavannes lui écrivit une troifieme lettre,
datée de Dole même, le 5 Juillet 1732.

» *A Dole, le 5 Juillet* 1732.

» Je pars, puifque ma vue vous
bleffe, plus malheureux que fi j'avois
effuyé mille morts. L'effort que je me
ferai pour me traîner hors d'ici, me
la procurera, à ce que j'efpere, puifque vous avez la cruauté de me la
refufer.

refuser. Craignez, Monsieur, craignez
d'être trop bien vengé. On se repent
souvent trop tard de n'écouter que ses
premiers mouvemens. Prenez exemple
sur moi : si je ne les avois pas suivis,
je ne serois pas ce que je suis, ni ne
ferois ce que je fais aujourd'hui : non
que ce soit pour moi, qui n'ai jamais
pensé d'agir de la façon dont vous vous
servez pour aigrir votre courroux, &
qui, loin de chercher à vous offenser,
n'ai voulu que vous être toujours tendrement attaché & respectueusement
soumis. Ce sont ceux qui vous peuvent
dire le contraire, que je vous prie de
me nommer, & je me charge du soin
de leur faire changer de langage.

» Enfin, Monsieur, ne possédant plus
rien dans ce monde, je n'ai plus que
d'en sortir ; j'attends votre ordre à Nancy, à mon adresse ordinaire, pour me
rendre dans quelle prison vous le ju-
gerez à propos, & y expier un crime
aussi énorme que celui dont je suis
coupable. Si-tôt que le procès sera en
état, vous n'aurez qu'à me le mander ;
je vous donne ici ma parole d'honneur
que j'irai me livrer où vous me l'indi-
querez. Si je vous demande *grace*, c'est

Tome II.   K

pour votre fille ; ne la condamnez pas
sans l'entendre ; elle est plus à plaindre que vous ne croyez, & n'est pas
la plus coupable ; mais ce secret ne
sortira jamais de ma bouche ; j'aime
mieux la mort.

» Je vous déclare ici, Monsieur,
que mon pere n'a pas su la moindre
chose de ce qui s'est passé, & que je
redoute autant & même plus sa colere
que la vôtre : les domestiques qui nous
ont suivis y ont été forcés par moi :
ainsi, Monsieur, prenez garde de ne
pas confondre l'innocent avec le coupable ; c'est moi seul qu'il faut punir,
je le mérite de toute façon. Au reste,
Monsieur, ordonnez du sort de votre
fille, si elle est encore en vie ; car
elle & moi employerons le malheureux
reste de notre vie à mériter le retour
de votre tendresse, & expier une faute
que vous me faites sentir bien vivement.

» J'ai l'honneur d'être, avec respect,
&c. *Signé*, LE MARQUIS DE TA-
VANNES «.

Le langage de cette lettre n'étoit
point obscur. Le Marquis de Brun crut

y trouver une nouvelle preuve de la connoissance que la Marquise de Brun avoit eue du projet de l'enlévement, & de l'approbation qu'elle y avoit donnée.

Cependant elle faisoit tout ce qui étoit en elle pour le dissuader : elle se rendit à Versailles, & obtint un ordre du Roi, qui fut envoyé au Résident de Nancy, avec injonction de solliciter la permission de le mettre à exécution en Lorraine.

Dès que la demoiselle de Brun fut instruite que le projet de la dame sa mere pour ce mariage ne pouvoit s'exécuter par le refus du Marquis de Brun, & qu'il étoit arrivé un ordre qui la concernoit, loin de chercher à fuir les chaînes qu'on lui préparoit, elle alla d'elle-même chez le Résident, & lui déclara qu'elle étoit prête à s'y conformer.

Il lui dit que l'ordre étoit de se rendre à Metz, dans un couvent qu'il lui indiqua : elle partit, &, accompagnée de ses seuls domestiques, elle entra volontairement, le 2 Juillet 1732, dans le couvent des Urbanistes ; elle en fut tirée trois semaines après, & conduite, par un Exempt, à Paris, dans

K ij

celui de Sainte-Elisabeth, le 23 du même mois.

La Marquise de Brun y vint tous les jours voir sa fille; elle ne se répandit point en reproches & en invectives; elle voulut simplement savoir la manière dont les choses s'étoient passées entre le Marquis de Tavannes & elle, & apprit, avec satisfaction, que sa fille n'avoit point oublié, dans une situation aussi délicate, ce qu'elle se devoit à elle-même.

Voici une lettre de la Marquise de Brun à son mari, qui contient le résultat des entrevues & des conversations de la mere & de la fille. Elle est du 22 Septembre 1732.

» Chaque jour me confirme, Monsieur, les soupçons que je vous ai marqués de la correspondance qu'il y a dans le couvent pour suborner ma fille; je sais, à n'en pouvoir douter, que l'on met tout en usage pour lui faire dire tout ce qui peut adoucir la peine du malheureux qui a commis le crime; jusqu'au Confesseur, à qui on a promis mille écus, &c. Si vous étiez venu, cela ne seroit pas arrivé; ou si vous m'aviez fait réponse aux trois lettres que je vous ai écrites à Aire, pour savoir ce que vous désiriez que l'on fît, & me le commander positivement. Le temps presse, nos intérêts sont les mêmes, ou, pour mieux dire, nous devons agir conformément, pour que la justice se fasse dans toute son étendue, *& que ma fille ne change pas le langage de vérité qu'elle m'a tenu en arrivant, & qu'elle m'a toujours tenu jusqu'à présent*, hors depuis huit jours que je la trouve plus triste. Quand je lui en demande la raison, les larmes lui tombent des yeux : tout cela me fait juger du tourment qu'on lui fait. Je crois donc être obligée de vous rendre compte de ce qu'elle m'a dit : je ne l'ai pas fait plus tôt, étant persuadée que vous viendriez ici, & que vous l'apprendriez par elle-même. Enfin, la premiere fois que je la vis, elle se mit à genoux à la grille. Les Religieuses la laisserent seule. Je laisse tous les pardons qu'elle demanda en fondant en larmes. *Sur tout ce que je lui dis, s'il étoit vrai, la cérémonie du mariage, elle me dit que non;* mais qu'un *Avocat à Nancy*, qu'on

K iij

lui avoit amené, lui avoit dit qu'il falloit qu'elle se fît nommer & signer la Marquise de Tavannes, & qu'elle dît même qu'elle étoit grosse. Elle lui répondit qu'elle ne diroit pas une chose fausse, qu'elle en seroit bien fâchée; il l'assura qu'elle le devoit en conscience. Pour signer, je le ferai, lui répondit-elle; mais pour le reste, non: il fit écrire les belles lettres qu'elle vous a écrites & à moi; elle lui dit: Monsieur, on verra bien que ce n'est pas là mon style & celui que je dois à mon cher pere & à ma chere mere. Le fol & extravagant, qui étoit présent, lui dit: Il le faut bien faire, je le veux. Il la mena ensuite dans un village, parce que Madame de Lorraine lui avoit refusé de le voir; ils y arriverent le matin, un jour de Fête; ils descendirent à l'église, pour entendre la Messe: ma fille se mit auprès de la balustrade, en attendant qu'elle commençât; pour lui, il fit un tour, & vint comme le Prêtre montoit à l'autel. A la derniere Evangile, ce fol se leva, se mit à parler très-haut en allemand, qui est la Langue du Village, qui n'entend pas le françois.

Le Prêtre, en descendant de l'autel, lui dit quelques paroles tout haut en allemand. En sortant de l'église, elle lui dit : Qu'est-ce que vous avez dit à tout ce peuple ? il dit : Ce n'est rien. Henri, son valet de chambre, se mit à rire ; elle lui dit : Pourquoi riez-vous ? Il lui répondit : C'est que vous êtes mariée ; elle dit : On ne l'est pas sans dire oui. Voilà le fait de cette cérémonie que l'Abbesse nous a mandé avec tant d'emphase. Cette grossesse, dont on a tant parlé, est aussi fausse que le mariage. Elle m'a assuré qu'elle n'a jamais rien fait pour cela, qu'elle en seroit bien fâchée, qu'ils n'ont jamais couché dans la même chambre ; qu'elle a toujours voulu rentrer dans un couvent ; qu'il ne l'a jamais voulu ; qu'elle a été bien aise quand elle a été chez M. & Mme. de Craon ; qu'ils savent la vérité de tout cela ; qu'ils ont eu beaucoup de bonté pour elle ; qu'ils peuvent lui rendre justice de la joie qu'elle a eue qu'il y avoit un ordre pour la faire sortir d'entre les mains de son ravisseur ; que cet ordre arriva le lendemain qu'il étoit parti pour le Comté ; que tout ce qu'elle désire

K iv

est de faire tout ce que nous voudrons,
pour réparer sa faute. Voilà à peu
près ce qu'elle m'a dit : il y a bien des
circonstances longues à écrire, & qui
vous ennuieroient à lire, &c, «.

Au bout de trois mois, la Marquise
de Brun se lassa de ne voir sa fille
qu'au Parloir; elle désira de la retirer
avec elle : dans cette vûe, elle loua un
appartement aux Dames de la Croix,
rue de Charonne. Pendant tout le temps
qu'elles y furent, la Marquise de Brun
y tint sa maison; la mere & la fille y
mangeoient à la même table, & vi-
voient dans la plus grande intimité :
nuls reproches de la part de la mere à sa
fille. Le Public & la famille même de
la Marquise étoient dans la persuasion
que cette mere étoit complice, au
moins par son imprudence, de la faute
de sa fille; & le mari étoit convaincu
qu'elles étoient également coupables. Il
vouloit en acquérir des preuves qu'il
pût faire valoir en Justice. Il crut qu'en
séparant la fille de la mere, il parviendroit à être plus instruit; & cette idée
donna lieu à une seconde lettre de
cachet, en vertu de laquelle la de-

moiselle de Brun fut transférée au couvent de la Magdelaine de la Fleche, avec ordre de ne la laisser parler à personne, & défenses d'écrire, singuliérement à sa mere.

Le Marquis de Brun ne réussit pas davantage, malgré cette séparation, à tirer de sa fille le secret qu'il en exigeoit.

Cette résolution de la demoiselle de Brun fit croire à sa mere, après une année d'exil dans sa terre de Vennarey, qu'elle pourroit rentrer avec le Marquis de Brun ; mais elle trouva une résistance à laquelle elle ne s'étoit pas attendue.

» *Pouvez-vous, encore une fois, Madame*, lui écrivoit-il, *parler & vous montrer, ce qui me confirme avec raison de plus en plus dans mes trop justes soupçons sur votre compte, après vous être laissé enlever votre fille à la face de tout le Royaume, dans un endroit où je vous avois défendu d'aller, ce qui ne prouve que trop combien vous pouvez avoir de part au crime énorme qui s'y est commis, & dans lequel les droits les plus sacrés*

K v

sont violés à côté d'une mere ? Il est encore vrai que, dès l'enfance, vous avez donné à cette fille une indigne éducation. Elle doit vous regarder comme auteur de son malheur, & moi en droit de ne vous jamais voir, ni vous jamais recevoir ; sentimens dont je ne discéderai jamais ; je les manifeste, & les manifesterai jusqu'au dernier jour de ma vie ; ils sont heureusement conformes à l'honneur, aux Loix, & à tout ce que les gens sensés peuvent penser «. Le Marquis de Brun termine sa lettre en lui disant, au sujet des menaces qu'elle lui avoit faites : » *Vous aurez bientôt consommé votre ouvrage ; je vous regarderai toute ma vie comme l'auteur de tous mes malheurs* «.

Les mêmes plaintes sont consignées, avec aussi peu de ménagemens, dans d'autres lettres écrites à différentes personnes. Le Marquis de Brun se plaint, entre autres, de ce que sa femme persistoit à garder les domestiques qui étoient à son service lors du rapt de sa fille.

Cependant on sollicitoit de toutes parts la demoiselle de Brun de déclarer à son pere comment les choses s'étoient passées : on la tentoit par les espérances les plus flatteuses. Mais, tant qu'elle a conservé quelque espérance de réconciliation entre ses pere & mere, elle est demeurée ferme dans sa résolution de ne rien dire qui pût y mettre obstacle. Connoissant le caractere du Marquis de Brun, elle craignoit qu'il ne se portât aux dernieres extrémités, s'il pouvoit ajouter la déposition de sa fille aux autres preuves qu'il avoit déjà en sa possession. Elle a mieux aimé s'exposer à toutes les amertumes dont on la menaçoit, & qu'elle a en effet essuyées, que d'appuyer par son aveu les soupçons de son pere.

En 1736, la lettre de cachet qui la retenoit à la Fleche, fut levée ; la demoiselle de Brun y fit volontairement des vœux simples, qui permettent le retour au Siecle ; & sa douceur, sa bonté, sa politesse lui avoient tellement gagné les cœurs, qu'elle fut, le même jour, élue Supérieure de la Maison, d'une voix unanime. Sa conduite n'a pas démenti le choix qu'on avoit fait de sa personne, & toute la Communauté a été aussi édifiée de sa régularité,

K vj

que fatisfaite de fon adminiftration. Elle y eft reftée treize années entieres, & n'en eft fortie qu'en 1746, après la mort de fon pere.

Cependant le Marquis de Brun pour-fuivoit toujours en Juftice le ravisfeur de fa fille. Le Bailliage d'Auxonne, par Sentence du 14 Avril 1733, l'avoit fimplement condamné, pour avoir fa-vorifé l'évafion clandeftine de la demoi-felle de Brun du château de la Marche, à s'abftenir des compagnies où fe trou-veroit le Marquis de Brun, & en 4000 livres de dommages & intérêts.

Sur l'appel au Parlement de Dijon, par Arrêt du 10 Février 1738, la Sen-tence a été infirmée; le Marquis de Tavannes a été déclaré atteint & con-vaincu d'avoir ravi & enlevé du châ-teau de la Marche la demoifelle de Brun, de fon confentement, & de l'avoir conduite hors du royaume pour réparation de quoi il eft condamné à avoir la tête tranchée, en 500 livres d'amende envers le Roi, & en 6000 livres de dommages & intérêts envers le Marquis de Brun.

Par le même Arrêt, le Portier du château de la Marche & fon Fermier font condamnés à un banniſſement de neuf ans ; à l'égard de la femme de chambre de la Marquiſe de Brun & de ſon laquais, qui avoient accompagné la demoiſelle de Brun à ſa ſortie du château de la Marche & dans toute ſa route, que le Marquis de Brun avoit également compris dans ſon accuſation, ils ſont mis hors de Cour par l'Arrêt : diſpoſition importante, qui ne permet pas de douter qu'ils n'ont été abſous d'une accuſation auſſi grave, que parce qu'il aura été prouvé par les charges, qu'ils avoient été autoriſés dans leur conduite par les ordres de leur Maîtreſſe.

Le Marquis de Brun a fait exécuter cet Arrêt à la rigueur contre le Marquis de Tavannes. Inflexible dans ſa colere, il n'a jamais voulu lui pardonner l'outrage qu'il prétendoit en avoir reçu, ni ſuivre les conſeils que M. le Cardinal de Fleury & beaucoup d'autres perſonnes en place lui donnoient, de conſentir au mariage de ſa fille. Mais la croyant ſuffiſamment punie de la faute qu'elle avoit commiſe envers lui, par la retraite à laquelle elle s'étoit fixée, pour lui plaire, dans le couvent de la

Fleche, il ne se crut point en droit de prononcer l'exhérédation contre elle. Par son testament du 10 Juin 1732, il l'a instituée son héritiere dans sa légitime, & a disposé du surplus de ses biens en faveur de la dame de Montagu sa sœur, qui n'avoit point d'enfans & ne pouvoit plus en avoir.

La Marquise de Brun, toujours jalouse de se réconcilier avec son mari, voulut faire un dernier effort pour y réussir. Les femmes, en Bourgogne, ne peuvent tester sans l'autorisation de leur mari. La Marquise de Brun, pour obtenir celle dont elle avoit besoin, écrivit au sien, le 16 Juin 1732, qu'il étoit important qu'ils se hâtassent de faire leurs dispositions, & même de les rendre publiques, *parce que, sans cela, leurs vies ne seroient pas en sûreté, & que le Marquis de Tavannes n'en vouloit qu'à leur bien.* Elle ajoutoit, pour engager plus facilement le Marquis de Brun à lui envoyer cette autorisation, que son intention étoit de lui laisser l'usufruit de tout son bien, ce que la Coutume de Bourgogne & son contrat de mariage lui permettoient. L'autorisation fut envoyée.

. Munie de cette piece, & voulant persuader, s'il étoit possible, au Marquis de Brun qu'elle partageoit son ressentiment contre sa fille, elle fit son testament le premier Juin 1733. Elle le commence par supplier la Majesté Divine de lui donner le courage & la patience de supporter deux circonstances affligeantes où elle se trouve ; *l'une, causée par un mariage que sa fille unique avoit contracté en Lorraine, avec celui qui l'avoit tirée de la maison paternelle, aidé de l'infidélité de deux domestiques, dont le Roi, par ses ordres, a eu la bonté d'arrêter les suites en la faisant revenir ; l'autre, par la mort récente de la dame sa mere, lesquelles deux circonstances ont déterminé la dame Testatrice à faire les dispositions de son présent testament.*

Ainsi le prétendu mariage contracté par sa fille avec le Marquis de Tavannes, est une des causes finales & déterminantes de la disposition.

La demoiselle de Brun, continue le testament, *s'étant attirée la peine d'exhérédation qu'elle mérite pour avoir consenti à son enlévement, & à une célé-*

bration de mariage en Lorraine, nulle par toutes les Loix canoniques & civiles, la dame Teſtatrice lui laiſſa, par pure commiſération, le principal de 39577 livres 7 deniers d'une rente conſtituée par feu M. le Comte de Buſſet, faiſant partie de la dot de la Teſtatrice, dont M. le Marquis de Brun a reçu le remourſement ; à la charge qu'il ſera fait un emploi du même principal, par l'avis des parens de la demoiſelle de Brun.

Par une autre diſpoſition, la Marquiſe de Brun inſtitue ſon héritiere univerſelle Marie de Montſaulnin du Montal, ſa niece, fille du Comte du Montal ſon frere, & depuis femme du Comte de la Riviere, à condition qu'elle ne jouiroit des biens compris en cette inſtitution, qu'après le décès du Comte du Montal, auquel elle en laiſſe l'uſufruit, à titre d'inſtitution.

Ce teſtament n'avoit point été fait pour être exécuté, mais uniquement pour diſſuader le Marquis de Brun, par la maniere dont elle traitoit ſa fille, qu'elle eût eu aucune part à l'événement du 25 Mai 1732.

On en a la preuve dans des lettres

écrites à la demoifelle de Brun par la dame du Montal, Religieufe à Chail- lot, & fœur de la dame de Brun, qui vivoit avec elle depuis trois ans, & qui étoit inftruite de fes fentimens les plus particuliers.

Ces lettres, qu'il feroit trop long de copier ici, & qui, dans le temps, furent mifes fous les yeux de la Juftice & du Public, annonçoient que la dame de Brun étoit très-difpofée à fe récon- cilier avec fa fille, & à lui rendre tous fes droits, tant dans fon cœur que fur fa fortune.

La preuve de cette difpofition favo- rable eft encore confignée dans une lettre du 8 Mai 1744, écrite par la Dépofitaire de la Communauté de la Fleche, où la demoifelle de Brun étoit alors, au Marquis de Brun. Elle lui dit d'abord, que, depuis que mademoi- felle de Brun eft dans leur Commu- nauté, la Marquife fa mere n'a ceffé de tenter toutes les voies pour avoir des nouvelles de fa fille, mais en vain. » Mademoifelle, ainfi que nous, avons été inflexibles en cette occafion, fachant bien que telle n'étoit pas votre volonté, à laquelle votre chere enfant ne déro-

gera jamais, quelque bien & quelque
mal qui puiſſe lui en arriver.

» Il y a déjà quelque temps, continue la lettre, qu'on me marque que
madame la Marquiſe ne ceſſe de pleurer
& de gémir après mademoiſelle ſa fille,
n'en recevant aucune nouvelle que de
fois à autre ; elle en perd l'eſprit & la
raiſon. Je n'ai pas cru devoir en informer votre Grandeur, ni même en faire
aucun cas, penſant qu'elle devoit, dans
un autre temps, ſignaler ſon véritable
amour envers mademoiſelle ſa fille, en
ne la plongeant pas dans ces malheurs «.

L'effet de ces bonnes diſpoſitions fut
prévenu par une maladie qui priva la
dame de Brun de l'uſage entier de ſa
mémoire.

Le Comte du Montal ſon frere parut
craindre que cet état ne livrât ſa ſœur
à ſes domeſtiques, & qu'on n'en abuſât
pour faire faire à la Marquiſe de Brun
quelques diſpoſitions contraires aux intérêts de ſa fille.

Pour prévenir cette ſurpriſe, il ac-
cepte la donation dont on va parler.

Un autre motif peut encore influer
ſur cette donation. Quelque ſoin qu'on
eût pris de publier les diſpoſitions du

teſtament, on n'ignoroit pas que le Marquis de Brun ne les croyoit pas ſérieuſes, & qu'un teſtament étant ré-vocable à volonté, la Marquiſe de Brun, trop juſte pour punir ſa fille d'une faute qu'elle devoit ſe reprocher plus qu'à cette fille, ſe promettoit d'uſer de la faculté de le changer.

Soit qu'elle ne cherchât qu'à tirer le Marquis de Brun de cette opinion, ſoit que la maladie eût affoibli ſon eſ-prit, le 27 Avril 1744, elle paſſa un acte, par lequel, après avoir renouvelé l'exhérédation lancée contre ſa fille, & l'avoir réduite à une penſion viagere de 200 livres, elle fit une donation entre-vifs de tous ſes biens, droits & actions, tant en meubles qu'immeubles, au Comte du Montal ſon frere, ſous la réſerve d'une ſimple penſion viagere de 6000 livres, & à la charge de payer à la demoiſelle du Montal, depuis épouſe du ſieur Bureau de la Riviere, ſa niece, une ſomme de 30000 liv. qu'elle lui avoit promiſe par ſon contrat de mariage.

Cette donation ne fit point ſur l'eſ-prit du Marquis de Brun, l'effet qu'on s'étoit promis ; il ne la crut pas plus

sincere que le testament, & n'attendoit
que le moment où le Ciel eût disposé
de la Marquise de Brun, dès-lors très-
infirme, pour rappeler sa fille auprès
de lui. On en a la preuve dans une
lettre écrite par M. Boizot, Premier
Président au Parlement de Franche-
Comté, avec qui le Marquis de Brun
vivoit dans la plus grande intimité.

» Néanmoins, y dit-il, quelque inflexible que paroisse M. de Brun, je ne
voudrois pas désespérer absolument de
l'adoucir. Il s'est fait de plus grandes
révolutions dans le cœur humain, &
il n'est pas impossible que dans quelque temps, je veux dire après la mort
de madame de Brun, qui paroît prochaine, M. de Brun ne change subite-
ment, & de lui-même, sa façon ac-
tuelle de penser sur mademoiselle sa
fille; il croit voir dans sa mere l'auteur
& l'instrument d'une infortune qui leur
est commune, & il me semble avoir
démêlé dans les replis de son cœur,
que le germe d'aliénation le plus difficile à arracher, regarde principalement
cette mere, qu'il suppose avoir pré-
médité, comploté & consommé avec
réflexion un tel sacrifice, dans la con-

fiance de parvenir tôt ou tard à remplir ses vûes; dont à son tour peut-
être il s'attache à lui refuser la satisfaction «.

C'est dans ces sentimens, & lorsqu'il y avoit tout lieu de croire qu'il
survivroit à la Marquise de Brun, infirme depuis long-temps, & beaucoup
plus âgée que lui, que le Marquis de
Brun a été enlevé, le 29 Janvier 1746,
à l'âge de soixante-quatre ans, au milieu de la plus pleine santé, par une
maladie violente qui n'a duré que cinq
ou six jours, & qui ne lui a pas donné
le temps ni de voir sa fille & d'avoir
la consolation de l'embrasser, ni de
changer des dispositions qu'il avoit faites
dans la chaleur du premier mouvement
dont il avoit été affecté après l'événement du 25 Mai 1732.

Il ne fut pas plus tôt décédé, que
le Marquis de Tavannes reparut en
France, & obtint, au mois de Juillet
1746, des Lettres d'abolition qui furent
entérinées au Parlement de Dijon, par
Arrêt du 5 Août 1746. Mais il ne jouit
pas long-temps de cette grace du Prince;
attaqué dès lors d'une maladie de lan-

gueur, elle le conduisit au tombeau, le
15 Janvier 1747.

La demoiselle de Brun, persuadée
que, si son pere eût vécu assez pour
être témoin du décès du Marquis de
Tavannes, il eût changé la disposition
qui la réduisoit à sa légitime, & ayant
cru appercevoir des vices de forme
dans son testament, en a demandé la
nullité. Mais les moyens de nullité ne
s'étant pas trouvés fondés, il fut confirmé par Arrêt du 23 Mars 1747.

Pendant que la demoiselle de Brun
donnoit tous ses soins à cette affaire,
la Comtesse de la Riviere, qui ne pouvoit se dissimuler que, si la fille pouvoit parvenir jusqu'à sa mere, elles
seroient bientôt réunies, & que l'exhérédation prononcée ne tiendroit pas
long-temps, mit tous ses efforts pour
empêcher cette réunion. Pour y parvenir plus sûrement, elle fit transporter
la Marquise de Brun, déjà malade, au
château de Quincy, qui lui appartenoit, & où elle faisoit par conséquent
la loi.

A peine le Marquis de Brun étoit-il
décédé, qu'elle dénonça sa tante à la

Juſtice, comme tombée en démence, &, par Sentence du Bailliage de Sémur, du 15 Mars 1746, elle fit prononcer ſon interdiction. Cette indécente précaution mettoit le teſtament en ſûreté, & garantiſſoit la donation de toute réclamation, au moins de la part de la donatrice.

La demoiſelle de Brun interjeta appel au Parlement de Dijon, de la Sentence d'interdiction, & demanda que, par proviſion, ſa mere fût remiſe entre ſes mains, pour être à portée de veiller par elle-même à ſa perſonne, & de lui donner tous les ſecours dont elle pouvoit avoir beſoin.

La Comteſſe de la Riviere ſoutint que la demoiſelle de Brun s'étoit rendue indigne du dépôt qu'elle demandoit. Malgré tous ſes efforts, intervint Arrêt le 20 Décembre 1747, qui ordonna que la Marquiſe de Brun ſeroit inceſſamment transférée dans une Maiſon Religieuſe, & cependant que, dans huitaine, elle ſeroit vue par des Médecins, à l'effet de conſtater ſon état.

La viſite fut faite, & les Médecins déclarerent qu'elle pouvoit être transférée, ſans aucun danger, dans un autre endroit , jufqu'à la diftance de vingt lieues , en prenant les précautions ordinaires.

On n'avoit plus aucun prétexte rai- fonnable pour retenir la Marquife de Brun ; mais , pour arrêter l'exécution de l'Arrêt du Parlement de Dijon , on furprit une lettre de cachet, par la- quelle il étoit enjoint à la Comteffe de la Riviere de garder la Marquife de Brun au château de Quincy.

Par cette lettre , qui fut fignifiée à la demoifelle de Brun , le 12 Mars 1748, le cours de la Juftice fut interrompu, & fa mere fut détenue en chartre pri- vée , fans que la fille ait jamais pu ob- tenir que perfonne la vît , ni lui parlât de fa part.

La Marquife de Brun décéda dans cette maifon, le 15 Décembre 1748.

Le Comte du Montal fe défifta de la donation faite à fon profit par la Mar- quife fa fœur. Ainfi la demoifelle de Brun n'avoit plus d'autre obftacle qui l'empêchât de recueillir la fucceffion de fa mere, que le teftament fait au profit de la Comteffe de la Riviere. Elle en demanda la nullité ; & l'affaire ayant été évoquée aux Requêtes du

Palais

Palais à Paris, intervint Sentence, le 24 Juillet 1754, par laquelle le Comte du Montal, & la Comtesse de la Riviere sa fille, qui soutenoient la validité du testament, & demandoient la délivrance du legs qu'il contenoit à leur profit, furent, d'une voix unanime, déboutés de leur demande.

Messieurs des Requêtes du Palais n'ont dissimulé à personne le motif de leur décision : c'est que la Marquise de Brun n'avoit fondé l'exhérédation prononcée contre sa fille, que sur le consentement qu'elle avoit donné à son enlévement, & sur le mariage qu'elle avoit contracté avec le Marquis de Tavannes, mariage qui blessoit toutes les Loix divines & humaines; que le consentement à l'enlévement, sur-tout lorsqu'il n'étoit que momentané, & qu'il n'avoit été suivi d'aucun libertinage, n'étoit point, dans nos Loix, une cause suffisante d'exhérédation; que le mariage contracté par une fille mineure, sans l'aveu de ses pere & mere, en seroit une valable; mais qu'il n'y avoit aucune preuve légale du mariage imputé à la demoiselle de Brun.

Sur l'appel de cette Sentence, le

Tome II. L

Comte du Montal & fa fille foutinrent,
comme leur principal moyen, que ce
mariage avoit été contracté à Sarbruck,
le 2 Juin 1732 : & quelle preuve en
ont-ils donnée? Le procès-verbal que le
Marquis de Tavannes fit dreffer dans
l'étude d'un Notaire, cinq jours après,
de ce qu'il difoit s'être paffé dans l'é-
glife, le 2 Juin précédent, dans un
temps où fes Confeils lui avoient perfuadé que, pour arrêter les pourfuites
du Marquis de Brun, il lui étoit important de perfuader le Public qu'il
avoit époufé la demoifelle de Brun,
& où il fit rédiger toutes les dépofitions fur ce plan, fans la participation,
& même à l'infçu de la demoifelle de
Brun. Pour conftater ce qui étoit porté
par cette enquête, ils en firent faire
une traduction par le fieur Vinflou,
commis à cet effet, en préfence d'un
Confeiller de la Cour.

M. d'Ormeffon, alors Avocat-Général, dit qu'il falloit examiner s'il
étoit vrai qu'il y eût un mariage contracté par la demoifelle de Brun. Il
diftingua à cet égard deux fortes de
mariages; l'un folennel, revêtu des formalités requifes, qui eft valable; l'autre,

fait sans formalités & sans consentement des pere & mere, qui est nul &
clandestin; qu'il n'étoit point nécessaire, pour appliquer la peine d'exhérédation avec effet, que le mariage fût
valable, puisque c'étoit précisément les
mariages clandestins que l'Edit de 1556
punissoit de la peine de l'exhérédation;
qu'on ne pouvoit douter que la demoiselle de Brun n'en eût contracté un de
ce genre avec le Marquis de Tavannes;
& il lut à ce sujet les dispositions de
l'enquête faite à Sarbruck, le 7 Juin
1732, à la requête du Marquis de
Tavannes, dont il résultoit, dit-il, que
le Marquis de Tavannes & la demoiselle de Brun s'étoient donné la foi
mutuelle, & pris réciproquement pour
mari & femme, le 2 Juin précédent,
dans l'église de Sarbruck; que la demoiselle de Brun avoit, à la vérité,
prétendu que cette enquête étoit nulle,
sous prétexte qu'elle n'avoit point été
ordonnée par le Juge, & qu'on n'en
trouvoit pas la minute; mais que s'agis-
sant d'un point de fait, & l'enquête
n'étant point attaquée par aucune voie
de droit, ces moyens n'étoient pas
recevables.

L ij

Il ajouta, que la demoiselle de Bruh
s'étoit présentée à l'autel, qu'elle avoit
pris à témoin tous ceux qui étoient
dans l'église, & les avoit priés de
rendre témoignage qu'elle juroit la foi
conjugale au Marquis de Tavannes,
& le prenoit pour son époux; qu'elle
en avoit reçu l'anneau nuptial, & lui
avoit promis fidélité pour le reste de
ses jours; que neuf témoins dépo-
soient l'avoir vu & entendu; que cet
acte étoit fait suivant les formes qui se
pratiquent dans le pays, par demande
& par réponse; que c'étoit la maniere
dont on peut prouver les mariages qui
ne sont pas destinés à être couchés sur
les registres, faute des consentemens
nécessaires; que cet acte étoit authentique, puisqu'il étoit passé par-devant
un Notaire, en faveur duquel sa qualité d'homme public formoit une présomption; que les témoins qui avoient
été entendus n'avoient aucun intérêt à
la chose, & n'étoient point suspects;
que d'ailleurs leurs dépositions avoient
été précédées de la religion du serment; qu'ainsi cet acte étoit juridique, & que la preuve qui en résultoit
étoit légale, d'autant qu'on n'y avoit

oppofé aucune preuve contraire ; qu'il n'y avoit point eu, à la vérité, de bénédiction du Prêtre, mais qu'il y avoit eu un confentement mutuel au mariage, & que ce confentement étoit la bafe du mariage ; *que les Parties avoient fait tout ce qui dépendoit d'elles pour le contracter, qu'à leur égard il devoit être réputé l'avoir été.*

Sur ces moyens, & par ces confidérations, M. d'Ormeffon fe détermina à conclure à ce que la Sentence fût infirmée, & que l'exhérédation portée par le teftament de la Marquife de Brun, fût confirmée ; ce qui fut fuivi par l'Arrêt du 23 Janvier 1755.

La demoifelle de Brun, qui ne croyoit pas mériter la févérité de ce Jugement, fe pourvut en caffation. Mais les moyens qu'elle préfenta, ou n'étoient pas folides, ou n'étoient que des ouvertures de requête civile.

La demoifelle de Brun foutenoit que l'enquête étoit fauffe ; qu'un des témoins prétendus inftrumentaires de l'acte, n'avoit jamais exifté ; que les dépofitions en avoient été rédigées dans un cabaret, fans avoir été lues aux témoins, qui ne les ont jamais con-

nues ; que la fauffeté de ces dépofitions
étoit prouvée par une information juridique faite à Sarbruck, qui conftatoit
qu'il étoit faux que la demoifelle de
Brun eût reçu un anneau du Marquis
de Tavannès ; qu'il étoit même certain
que le Marquis de Tavannes avoit parlé
au peuple en Langue allemande, que
la demoifelle de Brun n'entendoit pas,
& qu'elle n'y avoit rien répondu, ni
proféré une feule parole dans l'églife ;
d'où il réfultoit qu'on avoit jugé fur une
piece fauffe. Et, pour parvenir à re-
prendre.la route de la requête civile,
elle pourfuivit devant le Confeil fouve-
rain.de la Régence de Sarbruck, lieu
où le délit s'eft commis, le Jugement
de fa plainte en faux contre l'enquête
du 7 Juin 1732. Ce Tribunal a rendu,
le 30. Octobre 1761, un Jugement
qui, en conféquence des preuves rapportées, a déclaré l'enquête du 7 Juin
1732, fauffe dans les énonciations qui
y font contenues, &, comme telle,
en a ordonné la fuppreffion.

Dès-lors l'Arrêt du 23 Janvier 1755
fe trouvoit avoir jugé fur une piece
fauffe, & admis comme vrai un fait
démontré faux.

En conséquence la demoiselle de Brun obtint, le 29 Janvier 1761, des lettres de requête civile.

Les sieur & dame de la Riviere, en faveur desquels étoit le testament de la mere, étoient ses Adversaires. Leur défense donna des couleurs bien différentes aux faits dont on a vu le récit, & qui jusqu'ici ont présenté la mere comme complice du rapt, & le mariage comme non avenu, & même comme ignoré en quelque sorte de la demoiselle de Brun.

La demoiselle de Brun, attachée par inclination, pour ainsi dire, dès l'enfance, au Marquis de Tavannes, déterminée à l'épouser, & excitée encore à sortir de la maison paternelle, par les chagrins qu'elle y essuyoit, & par son dégoût pour les partis qu'on lui proposoit, a préparé elle-même son enlévement, &, plus coupable que son ravisseur, elle l'a, pour ainsi dire, forcé de l'exécuter.

» Adieu, mon cher compere (écrivoit-elle par une premiere lettre, sans date, mais antérieure à son enlévement, au Marquis de Tavannes qui partoit), je vous souhaite un bon & heureux

L iv

voyage ; *je compte ne vous revoir que comme un époux qui reviendra pour s'unir à moi.* Je serai bien récompensée de la chaste conduite que j'ai toujours tenue. Je vous prie de ne vous fier à personne, sur-tout au Rousseau (c'étoit le valet de chambre de la Marquise de Brun, & qui lui étoit fort attaché), & faites connoître aux personnes qui vous connoissent par votre bonne conduite accoutumée, que vous êtes digne des graces & du bonheur que vous n'avez pas eu jusqu'à présent «.

» Vous avez grand tort, mon cher compere, lui marquoit-elle dans une autre du 31 Janvier 1731, de m'accuser d'infidélité; je sais trop combien je vous ai d'obligation, pour que je puisse être ingrate; je vous puis assurer que ce n'est point mon défaut; je voudrois être la maîtresse de pouvoir vous donner des preuves de ma reconnoissance. Je voudrois être la maîtresse de mon sort, je crois que vous ne doutez pas, & que vous me rendez la justice d'être persuadé que je le mettrois entre vos mains, ne le pouvant mieux placer. *Je ne connois point ce M..... que j'ai refusé, comme vous pensez bien «.*

» Rien au monde , lui écrit-elle dans un autre temps, ne me peut faire plus grande joie, mon cher compere, que d'avoir le plaifir de vous voir, & vous renouveler , par mes remercîmens, les obligations que je vous ai , qui font à l'infini; je fouhaiterois fort être en pou--voir de vous donner des preuves de ma vive reconnoiffance, qui fera en moi jufqu'au dernier foupir. *Je fuis dans une fituation qui n'eft pas des plus heureufes de ce monde*; ma mere , comme vous la connoiffez , m'a joué un tour des plus piquans ; elle m'a brouillé avec mon pere, qui l'écoute à préfent comme fi c'étoit un Oracle, fans cependant fe raccommoder avec elle ; elle me fait connoître de plus en plus fon bon efprit. Je crois que cela viendra à un point que *cela me décidera à prendre avec courage mon parti* «.

L'exécution a fuivi de près le projet , & c'eft la demoifelle de Brun qui en va ordonner tous les préparatifs.

» Je vous prie, mon cher compere, dit-elle dans une autre lettre, de preffer ma mere le plus que vous pourrez, pour

L v

la faire aller à la Marche ; *car elle ne compte pas y aller si-tôt.*

» *Pendant que nous n'y sommes pas, je vous prie de faire raccommoder le verrou de la porte de ma chambre, pour qu'il se ferme sans bruit & aisément ; il en faut faire de même à la fenêtre : mes réflexions sont faites ; quand je vous verrai, je vous les déclarerai.* Si M. le Duc vous protege, & qu'on en soit sûr, *je suis toute décidée de passer mes jours avec vous ;* si vous y trouvez votre bonheur, je suis sûre du mien.

» *J'ai pensé que la cariole de mon oncle ne valoit rien, & que l'on étoit aux injures du temps, ainsi votre chaise sera plus commode* (C'est effectivement cette chaise qu'on a prise, avec les chevaux de Mol, Fermier, & non la voiture & les chevaux de la dame de Brun). Si on n'y peut pas tenir deux, il faudra trouver un moyen pour emmener Manon. Je compte être à vous toute ma vie «.

La Marquise de Brun malheureusement a cédé aux sollicitations du Marquis de Tavannes. & à celles de sa fille ; elle est allée au château de la Marche.

La demoiselle de Brun a couché dans la chambre même dont elle avoit recommandé de raccommoder les verrous. La fenêtre qu'elle vouloit aussi qu'on fît ouvrir & fermer aisément, n'est élevée que de vingt pieds, & ne donne pas sur un fossé plein d'eau, mais sur une levée qui a plus de trente pieds de large, & plus de vingt-cinq au dessus du niveau de la Saone, qui coule au delà.

La demoiselle de Brun est descendue, la nuit du 24 au 25 Mai 1732, par cette fenêtre, à l'aide d'une échelle de trente pieds seulement, que le Marquis de Tavannes avoit fait porter la veille au bas de la fenêtre, par le nommé Jean Bon, Couvreur, sans que celui-ci en fût la destination; il l'a déposé à Dijon; & elle est partie avec le Marquis de Tavannes, dans sa chaise de poste, attelée des chevaux de Mol, Fermier, & non de ceux de la Marquise de Brun.

Le lendemain, la Marquise de Brun, aussi-tôt qu'elle apprit l'enlévement, écrivit au Marquis de Brun. Le désordre de sa lettre prouve bien sa sur-

L vj

prife & fon défefpoir : elle eft copiée plus haut.

La demoifelle de Brun avoit fermé la porte de fa chambre en dedans, au verrou, pour n'être pas arrêtée par la dame fa mère, fi elle en avoit été entendue. A l'aide de l'échelle dont elle s'étoit fervie pour defcendre, on eft remonté dans la chambre pour l'ouvrir : dans le trouble où étoit la dame de Brun, elle fuppofe l'élévation de la fenêtre de quatre-vingts pieds, & ne peut comprendre comment fa fille a pu la franchir.

Le Marquis de Brun, à cette trifte nouvelle, accourt au château de la Marche; & voyant de fes yeux le lieu de l'enlévement, & fur-tout ce qu'il apprit dans ce premier moment, qui eft celui de la vérité, il ne lui vint pas même en idée d'élever le moindre foupçon contre la Marquife de Brun : au contraire, le malheur commun fufpend fon antipathie, & femble les avoir réconciliés.

Le Marquis de Tavannes & la demoifelle de Brun, pour être plus tôt hors du royaume, dirigent leur route droit à Nancy.

La demoiselle de Brun, qui prétend avoir été surprise & contrainte, & avoir fait les plus grands efforts dans la route pour échapper des bras de son ravisseur, écrit à son pere, le 27 Mai, deux jours après son évasion. Bien loin d'inculper la dame sa mere, ni de se plaindre de violence de la part du Marquis de Tavannes, elle avoue au contraire qu'elle n'a nulle raison pour se justifier; elle se présente comme seule coupable. Sa lettre est copiée plus haut.

Quelques jours après, le 31 Mai, lettre du Marquis de Tavannes pere à la Marquise de Brun : » Je vous jure, ma chere niece, que je n'ai aucune part à l'abominable action que mon fils a faite (Le Marquis de Tavannes se seroit-il excusé à la dame de Brun, s'il l'avoit crue complice ?). Vous devez assez me connoître, pour ne pas m'en croire capable. Il faut que votre fille l'ait ensorcelé, pour qu'il ait fait une pareille action. S'il a compté me faire mourir, il y réussira, par le chagrin que cela me donne jour & nuit, étant suffoqué d'affliction, de rage & de dépit. Champagne n'est pas venu. L'hôte de Meulan a dit à Noullac, qu'il avoit vendu les chevaux du Fermier (Ce ne font donc pas ceux de la dame de Brun). Ils ont parlé de fon billet pour aller en Allemagne ou en Flandres «.

Le 3 Juin, feconde lettre du Marquis de Tavannes pere. Il tâche d'appaifer la Marquife de Brun, & il termine ainfi : » Vous n'avez qu'à voir ce que vous voulez faire. Mon fils eft le plus à plaindre : elle fe feroit en allée avec un autre tout comme avec lui...... Je vous fouhaite, ma chere niece, une bonne fanté «.

La dame de Brun vient à Paris fe jeter aux pieds du Roi, & folliciter les ordres néceffaires pour faire arrêter fa fille. Le Marquis de Brun, plein de confiance dans fa femme, lui remet le foin de la vengeance, il s'en repofe fur elle pour toutes les mefures ; l'intelligence entre eux eft parfaite, le commerce & la correfpondance exacts.

Ce qui prouve encore qu'il n'y avoit aucune connivence de la part de la dame de Brun, ce font les lettres que les fieurs de Tavannes pere & fils lui ont écrites.

» M. de Brun, ma chere niece, écrivoit le Marquis de Tavannes pere, le

9 Juin 1736, envoya chercher Dimanche dernier le fieur Laval à Auxonne,
qui fut à Dole à l'inftant : c'étoit pour
lui dire qu'il ne pouvoit pas faire de
réponfe aux lettres que mon fils lui a
écrites : après cela il entra en difcuffion,
qui fe termina en lui difant, *que vous
deviez préfenter un placet au Roi,*
qu'après cela *il verroit ce qu'il auroit
à faire* «.

« Vous voulez bien, ma chere niece,
que je vous repréfente que ce placet
ne peut fervir qu'à déshonorer votre
fille & votre coufin-germain, puifque
vous ne pouvez pas établir qu'elle ait
été enlevée, puifqu'elle a defcendu une
échelle de quatre-vingts échelons, *&
qu'elle s'étoit barricadée de votre côté.*
S'il vous refte quelques bontés pour
moi, vous calmerez votre violence, &
vous tâcherez d'affoupir cela. C'eft une
affaire faite ; il n'y a plus de remede ;
il n'y a que vous qui puiffiez le trouver :
*M. de Brun fera tout ce que vous vou-
drez ; il s'en eft expliqué.* Je vous
fupplie donc de ne pas pourfuivre cette
affaire avec tant de chaleur, qui ne
laifferoit pas que d'être funefte à votre
fille & à mon fils. Vous favez la trifte

situation où vous m'avez laissé : *vou-*
driez-vous être cause de ma mort, moi
qui vous ai toujours été très-attaché,
& qui vous le serai tout le reste de mes
jours ? Donnez-moi, je vous supplie,
de vos nouvelles, & mandez-moi votre
adresse. *Je vous ai écrit deux lettres*
depuis votre départ (ce sont celles dont
on vient de parler). Je vous crois arrivée à présent en bonne santé, du
moins je le souhaite, & que vous *ayez*
compassion de la triste situation où
vous m'avez laissé. Je suis, ma chere
niece, [avec tout l'attachement possible,
plus à vous qu'à moi-même.

　» *Signé*, le Marquis DE TAVANNES «.

　Le Marquis de Tavannes fils apprend, dans le même temps, que la
Marquise de Brun est à Paris, & qu'elle
est chargée par son mari de faire tous
les mouvemens. Il lui écrit aussi-tôt,
le 15 Juin :

　« C'est entre vos mains, Madame,
ma chere cousine, que j'ai appris qu'é-
toit remis le soin de notre bonheur.
Seroit-il possible, Madame, que vous
persistiez dans les sentimens que l'on
mande que vous avez conçus contre
nous ? *Il est vrai que je vous ai déplu*;

mais j'ai cru le réparer *en épousant mademoiselle votre fille. Nous sommes mariés, & il n'y a que la mort qui puisse nous séparer.* Pouvez-vous souhaiter la mienne, qui donnerois mille vies pour vous ? Souvenez-vous comment j'ai vécu avec vous toute ma vie ; souvenez-vous de mon attachement ; souvenez-vous de mon caractere & de ma conduite ; oubliez-en les derniers faits, il n'y a que cela contre moi.

» Madame, de quelque côté que vous frappiez, vous ne pouvez frapper que contre d'autres vous-même & votre propre sang : comme je ne le crois pas mauvais, & que je suis sûr que vous en êtes persuadée, j'espere que vous le conserverez «.

On a abusé de quelques expressions échappées à la mere de la dame de Brun ; mais, réduites à leur juste valeur, elles ne signifient autre chose, sinon qu'elle avoit jugé par l'événement, que sa fille avoit accordé trop de confiance aux sieurs de Tavannes pere & fils.

Cependant l'ordre du Roi pour arrêter la demoiselle de Brun fut obtenu, & remis par sa mere à un Officier de

Police, qui partit fur le champ pour l'exécuter.

·Elle fut arrêtée à Nancy par un Exempt de Lorraine ; il la remit à l'Officier de Police de France, qui la conduifit à Metz dans un couvent, & enfuite à Paris à Sainte-Élifabeth, rue du Temple.

La demoifelle de Brun ofoit dire cependant, qu'échappée des bras de fon ravilfeur, elle s'eft retirée volontairement dans un couvent à Metz ; on rapportoit la quittance du Brigadier du Guet à cheval de Paris, du 26 Juillet 1732, chargé des ordres pour l'arrêter, qui conftate le contraire, & une lettre du Marquis de Brun à la dame de Brun, du 18 Juillet 1732, qui conduit à la même preuve.

» Je vois, Madame, par une lettre qui, à la vérité, demande confirmation, *que ma fille eft actuellement au couvent de Miramion à Metz, ce que je ne puis comprendre, puifque c'eft dans un de Paris où elle doit être abfolument, & un des plus forts, par lettre de cachet.* Suppofé que la nouvelle foit vraie, vous voudrez bien y remédier le plus tôt qu'il se pourra : on se sert peut-être de prétexte de maladie ; mais je n'en veux pas connoître *pour une personne qui me fait mourir cent fois par jour, & le plus horriblement du monde.* Vous voulez bien m'apprendre ce qui a donné lieu à ce retardement : je ne sais à qui l'attribuer ; mais c'est dans un couvent à Paris où je la veux : dès que j'aurai reçu de vos nouvelles & de son arrivée, j'en écrirai à M. d'Audifret (Envoyé de France en Lorraine : ainsi elle a été arrêtée en Lorraine, & non à Metz), qui a été chargé de la redemander, pour le remercier «.

La demoiselle de Brun enfermée au couvent de Sainte-Elisabeth, la dame de Brun veille avec le plus grand soin à la sûreté de sa prison. Quels reproches la demoiselle de Brun ne devoit-elle pas faire à la dame sa mere, si elle avoit été la cause de ses malheurs & celle de son enlévement ? Cependant elle tient à son égard une conduite & un langage tout différent. La dame de Brun ne veut pas voir sa fille ; sa fille ne souhaite que cette consola-

tion, & , pénétrée de fa faute, elle lui
demande pardon.

» Je vous prie , au nom de Dieu,
ma chere mere , quand vous n'aurez
rien à faire , de venir me voir ; c'eſt
la feule confolation à quoi j'eſpere : j'ai
fenti la peine que j'ai eue en vous
quittant , & je la fens encore trop pour
mon repos , puiſque , fi je peux , je ne
vous quitterai jamais. Ce font-là mes
fentimens , & de vous démander toute
ma vie mille pardons des chagrins que
je vous ai donnés ; je vous demande
en grace d'être perſuadée de mon vrai
repentir «.

Eſt-ce là la lettre d'une fille inno-
cente à une mere coupable de fon enlévement ?

Les intrigues du Marquis de Tavannes pénetrent dans le couvent de Sainte-
Eliſabeth ; la Marquiſe de Brun , qui
veille à ſa ſûreté, non ſeulement pour
l'intérêt de ſa propre vengeance , mais
pour celle du Marquis de Brun qui
lui en a confié le ſoin , follicite un
nouvel ordre pour la faire transférer
dans un autre couvent ; elle l'obtient :
la demoiſelle de Brun eſt transférée au

couvent des Filles de la Croix de la rue Charonne : la dame de Brun, de l'agrément du Marquis de Brun, s'y renferme avec elle, & y reste jusqu'à ce que de nouvelles inquiétudes sur les relations de la demoiselle de Brun au dehors, l'obligent enfin, en vertu d'un troisieme ordre, de la faire enfermer à la Fleche, où elle l'a abandonnée, & où la demoiselle de Brun est restée jusqu'à la mort du Marquis de Brun.

Tous ces faits étoient prouvés par des lettres représentées en original.

La demoiselle de Brun prétendoit qu'après sa sortie de Sainte-Elisabeth, & pendant son séjour aux Filles de la Croix, elle avoit reçu de la dame sa mere les marques de la plus grande tendresse, qu'elle vivoit avec elle avec amitié, avec bonté ; qu'elles occupoient ensemble une maison extérieure dépendante du couvent, & qu'elle avoit fait & reçu des visites de personnes de très-grande considération.

On rapportoit un certificat de la Supérieure & de la Dépositaire, qui attestent qu'il n'y eut jamais de maison ni d'appartemens extérieurs dépendans de leur Communauté ; que la demoiselle de Brun étoit dans l'intérieur de leur maison, & qu'elle n'en est sortie que pour n'y jamais rentrer, c'est-à-dire, pour être conduite & renfermée à la Fleche.

Et on jugera par la lettre de la Marquise de Curton au Marquis de Tavannes, du 29 Novembre 1732, peu de temps avant le départ pour la Fleche, de cette intelligence & de cette amitié entre la demoiselle de Brun & la dame sa mere.

» Madame votre femme a un grand chagrin (lui écrit-elle en parlant de la demoiselle de Brun) de la menace qu'on lui fait, qu'elle restera dans un couvent, *gardée à vue, comme elle est à présent*, où elle attendra son âge, pour pouvoir faire des actes de respect, & de ratifier par-là le mariage qu'elle déclare ouvertement avoir fait avec vous. La pauvre enfant *ne peut parler à personne, ni voir qui que ce soit*, que deux femmes de chambre qui sont auprès d'elle, dont l'une la plaint beaucoup, & l'autre l'espionne toujours, *fans compter madame fa mere, qui la garde à vue.*

» Je fuis fi outrée contre elle, que je n'ai pu m'empêcher de lui dire très-durement le tort qu'elle fe fait, & combien on la blâme dans le monde, *de la dureté avec laquelle elle tient fa fille renfermée* «.

La demoifelle de Brun elle-même, dans fes lettres, fe plaint amérement que fa mere a juré fa perte, qu'on veut lui faire figner la condamnation du Marquis de Tavannes, qu'on ne la laiffe parler ni écrire à perfonne, qu'une femme de chambre l'obferve fans ceffe, qu'on la menace d'une maifon de force.

Cependant le procès criminel fe pour-fuivoit à Dijon contre le Marquis de Tavannes. La Marquife de Brun a écrit à fon mari, pour obtenir fon agrément à l'effet d'intervenir & de fe joindre à lui. Le procès a été jugé; le Marquis de Tavannes a été condamné à avoir la tête tranchée.

Malgré la rigueur extrême de la dame de Brun pour le Marquis de Tavannes, lettre encore de la part de celui-ci, du 15 Octobre 1737, au Marquis de Brun, la plus décifive pour la juftification de la dame de Brun.

» Mon malheur a commencé dès le berceau , & a été comblé par les plus fatales circonftances. Je puis vous prouver, Monfieur, *par les lettres de votre fille , que c'eft elle qui a voulu fe perdre* avec moi, que *fa mére n'y a eu aucune part* , ni aucun de ma famille «.

La Marquife de Brun n'a pas varié un inftant , ni à l'égard de fa fille , ni à l'égard du Marquis de Tavannes. Abforbée de douleur , elle n'a pû y réfifter : fon efprit s'eft altéré, fa fanté s'eft affoiblie ; elle a langui long-temps dans la plus trifte fituation , & enfin le chagrin l'a conduite au tombeau.

A la vue de tant de témoignages multipliés par tant de lettres de perfonnes fi mal difpofées pour la dame de Brun, qui peut douter de fon innocence , & ne pas être indigné des calomnies dont la demoifelle de Brun l'accable ?

C'eft à la Fleche que des confeils pernicieux lui ont tracé le plan funefte de ces impoftures. Abandonnée de fa mere,

mere, bien affurée de n'en jamais obtenir de pardon, elle a penfé à fléchir fon pere.

Le cœur du Marquis de Brun, aigri contre fa femme, étoit ouvert à toutes les impreffions fâcheufes qu'on pouvoit lui infpirer. La demoifelle de Brun a faifi ce malheureux penchant; elle a eu la cruauté de facrifier fa mere; &, pour en impofer au Marquis de Brun, jufqu'où n'a-t-elle pas porté l'artifice? Elle s'eft jouée de la Religion même. Les vœux du couvent de Sainte Magdeleine de la Fleche font des vœux fimples, qui n'emportent aucun engagement : elle avoit fait croire à fon pere qu'ils étoient perpétuels. Il l'avoit écrit de fa main fur un papier trouvé fous fes fcellés. Elle a pris l'habit, & a même été élue Supérieure unanimement, auffi-tôt après fa profeffion. Cette Communauté fe flattoit de conferver une auffi riche héritiere.

C'eft du fein de la Religion que cette refpectable Supérieure, en affectant avec fon pere un fecret impénétrable fur le compte de la dame fa mere, dictoit à fes Religieufes les

perfides lettres qu'elles ont écrites
au Marquis de Brun, & qu'elle ver-
soit dans son cœur le poison de la
calomnie.

Voilà la justification de la dame de
Brun sur l'accusation de complicité.

La réalité du mariage, en écartant
même l'enquête de Sarbruck, étoit
prouvée; on rapportoit des lettres de la
demoiselle de Brun, du Marquis de
Tavannes, des parens & amis des deux
familles, qui non seulement contiennent la preuve de ce mariage, mais qui
établissent la possession publique de la
qualité respective d'époux.

La demoiselle de Brun écrit elle-
même, qu'*elle est mariée*, qu'elle l'est
en face d'Eglise en Allemagne, par
conséquent à Sarbruck, & *le 2 Juin*,
c'est-à-dire, le jour que l'on soutient
qu'elle l'a été, & que l'enquête repré-
sentée le prouve. Elle a signé *de Brun,
Marquise de Tavannes*, dans trois billets écrits au Marquis de Tavannes,
qu'elle qualifie *son mari, son époux.*
La même signature se trouve dans plusieurs autres lettres écrites à d'autres
personnes.

Le Marquis de Tavannes, de son côté, publie son engagement & son mariage, il l'atteste au Marquis & à la Marquise de Brun même. En parlant de la demoiselle de Brun, il l'appelle sa femme ; il l'écrit à ses parens & à ses amis.

» J'espere, Monsieur, écrit-il au Marquis de Beringhen, que vous voudrez bien ne pas seconder la colere trop outrée de madame de Brun, que je voudrois appaiser de la derniere goutte de mon sang, pour tirer sa fille, *ma trop malheureuse épouse*, de la cruelle situation où elle l'a réduite, *étant bien légitimement ma femme. Tous les lieux où nous avons été en sont témoins, & la célébration du mariage le prouve clairement. L'acte est en bonne forme; il n'y a que la mort qui puisse nous séparer* «.

La demoiselle de Brun effectivement a vécu à Sarbruck avec le Marquis de Tavannes comme avec son mari ; les noces en furent solennisées, en sortant de l'église, par une fête publique.

De Sarbruck, les nouveaux mariés se rendirent à Arouetz, chez le Prince

M ij

de Craon; ils l'affurerent qu'ils étoient mariés. Le Prince les reçut en cette qualité : ils y ont porté le nom de mari & de femme. Le Prince de Craon, en conféquence, écrivant depuis à la demoifelle de Brun, lui a écrit comme à la Marquife de Tavannes; il l'appelle dans la lettre, *Madame*, & la fufcription eft *à Madame la Marquife de Tavannes*.

Bien plus, le Prince de Craon a écrit au Marquis de Brun; il lui a marqué qu'il avoit reçu chez lui le Marquis de Tavannes & la demoifelle de Brun; il la qualifie de femme du Marquis de Tavannes. » L'honneur que j'ai, lui marque-t-il, d'appartenir au Marquis de Tavannes, m'a engagé à lui donner un afile *avec madame fa femme*, dans ma maifon.

Deux lettres de la dame Marquife de Curton au Marquis de Tavannes, dans lefquelles elle qualifie la demoifelle de Brun fa femme,

» *Madame votre femme*, lui écrit-elle par la premiere du 29 Novembre 1732, eft dans la maifon des dames Religieufes de Sainte-Elifabeth; je n'ai pu avoir la permiffion de la voir «.

» Raffurez-vous , écrit-elle dans la feconde , fur la parole que je vous donne que *madame votre femme* ne fouffre rien de l'indigence «.

La dame de Montal, Religieufe à la Villette, écrivant à la demoifelle de Brun même, onze années après, le 11 Février 1744, lui rappelle fon mariage : VOUS ETES LIÉE PAR UN SACREMENT, lui écrit-elle, *à la face des autels ; faites fur cela vos réflexions , Dieu vous en demandera compte.* Enfin une lettre du Marquis de Tavannes développoit les myfteres que la demoifelle de Brun s'efforçoit de cacher.

Lettre du Marquis de Tavannes fils, à une de fes parentes.

» Je ne peux condamner *ma femme,* ma chere coufine , que j'appellerai ainfi, parce que j'ai appris par des fouterrains, que *c'étoit la peur & la crainte de fa mere qui lui avoit fait tenir quelques difcours, que fa mere a bien augmentés & amplifiés.* Elle eft bien aveuglée ! J'ai envoyé à M. le Vicomte de Ta-

M iij

vannes, une copie par-devant Notaires
de la célébration de notre mariage, qui
contient que nous avons pris toute la
Paroisse à témoin, à haute voix, au
pied de l'autel, à la fin de la Messe,
la seconde Fête de la Pentecôte, que
nous nous prenions pour mari & femme,
& que sur cela je lui mis une bague au
doigt, & que le Prêtre nous avoit donné
sa bénédiction : cela est certifié, juré &
attesté par neuf témoins, le Notaire Im-
périal, & légalisé des Juges des lieux,
joint à cela *la lettre de M. de Craon
au V. de T.*, *qui marque que nous
n'avons jamais été regardés chez lui
que comme mari & femme, qu'on ne
nous a donné qu'une chambre & un
lit,* avec un petit cabinet avec un lit
pour coucher un domestique, & que
madame de Craon lui ayant demandé
si elle n'étoit pas grosse, elle lui avoit
répondu, *qu'heureusement elle ne l'é-
toit pas.* Or dites-moi, avec ce qu'elle
a dit qu'elle étoit la Marquise de Tavannes *en arrivant à Sainte-Elisabeth,*
& toutes ses lettres qu'elle a signées
ainsi, ce que le Public en croira. J'aurois gardé un éternel silence sur toutes

ces chofes, & j'aurois même aidé à les cacher, fi je n'avois appris qu'elle n'avoit pas changé de fentimens, *que fon cœur démentoit tous les difcours de fa mere fur cela : c'eft à moi de les détruire, & de foutenir notre mariage, mais feulement avec les Parties inté-reffées* «.

Le mariage du Marquis de Tavannes avec la demoifelle de Brun étoit fi certain, qu'il avoit réfolu d'intervenir, en qualité de mari, dans le procès fur l'exécution du teftament du Marquis de Brun.

Après la mort du Marquis de Tavannes, elle a voulu prendre le deuil de veuve ; elle en a demandé la permiffion à la famille du Marquis de Tavannes ; elle s'eft adreffée même à madame la Princeffe de Conti, qui l'avoit protégée toute fa vie. Cette permiffion lui a été refufée, & elle n'a ofé le faire.

Sur cés motifs, intervint Arrêt en la Grand'Chambre du Parlement de Paris, le 19 Mai 1763, fur les conclufions de M. l'Avocat-Général Séguier, qui débouta la demoifelle de

M iv

Brun de fa demande en entérinement de requête civile, & ordonna que les imputations injurieufes contenues en fon Mémoire, contre la dame fa mere, feroient rayées.

AFFAIRE de M. de la Bedoyere, jugée par le Parlement de Bretagne.

Exhérédation prononcée par un pere, attaquée de suggestion par le fils.

PEU de contestations ont eu autant d'éclat que celles qui ont été la suite du mariage de M. de la Bedoyere avec la demoiselle Agathe Sticotti. Tout le monde connoît le Roman qui parut dans le temps, & qui a pour titre : *Les Epoux malheureux* (a). On se rappelle également que cette Cause, plaidée par M. de la Bedoyere pour lui-même, & par M. Guéau de Reverseaux pour M. de la Bedoyere pere, Procureur-Général au Parlement de Rennes, attira au Palais un concours prodigieux de Citoyens de tous les ordres.

(a) M. d'Arnaud, Auteur de cet Ouvrage, en a donné depuis peu une nouvelle édition, bien digne d'être mise au rang des productions intéressantes de l'Auteur des *Epreuves du sentiment*.

M v.

Nous ne rappellerons ici que les principales circonftances de l'union des deux amans.

M. & Mme. de la Bedoyere (difoit M. Guéau de Reverfeaux), obligés de venir à Paris , & d'y faire un affez long féjour, y amenerent avec eux le fieur de la Bedoyere , leur fils aîné.

Héritier d'un nom illuftre , deftiné à remplir, à la fuite de fes aïeux, une place des plus importantes de la Magiftrature dans fa province, fon pere, regardant le Barreau de Paris comme le meilleur féminaire où l'on pût former de dignes Miniftres de la Juftice, l'engagea à s'y attacher.

Il n'y fut pas plus tôt entré , qu'on vit briller en lui des talens qui firent concevoir les plus grandes efpérances. Pour foutenir l'éclat de cette réputation naiffante , fon pere obtint l'agrément d'une Charge d'Avocat-Général en la Cour des Aides : les mêmes applaudiffemens l'y fuivirent, & il devint bientôt l'admiration & l'oracle de fa Compagnie. Des circonftances heureufes le placerent en un moment à la tête du Parquet, & le mirent à portée de profiter des graces du Roi , qui font attachées à la premiere place.

Mais M. de la Bedoyere trouva un écueil dans l'heureuse facilité avec laquelle il étoit né. La plus grande partie de son temps resta vide, & le livra au plaisir & à la dissipation.

Son goût pour le Théatre devint pour lui une passion, & il fit sa société ordinaire des Actrices.

M. & Mme. de la Bedoyere, avertis dans leur province de la conduite de leur fils, se rassurerent d'abord, par l'espérance qu'il leur donnoit du côté de l'esprit & des talens; ils se persuaderent que les réflexions dont il étoit plus capable qu'un autre, la noble ambition que ses succès devoient naturellement allumer dans son cœur, jointes à la maturité de l'âge, le rameneroient à ses devoirs; mais leurs espérances s'étant évanouies, ils mirent tout en usage pour le déterminer à quitter la Charge dont ils l'avoient revêtu, & pour le rappeler auprès d'eux.

Il éluda leurs ordres pendant long-temps, & trouva le moyen de faire échouer toutes leurs démarches auprès des Ministres; mais enfin, obligé de céder, près de voir briser les chaînes qui l'attachoient depuis long-temps à

M vj

l'objet de fa paffion, il crut les rendre indiffolubles, en contractant un mariage avec Agathe Sticotti, fille de l'ancien Pantalon de la Comédie Italienne.

La nouvelle de ce mariage fut un coup de foudre pour M. & Mme. de la Bedoyere. Quelque chofe qui nous revienne fur le compte de nos enfans, notre tendreffe pour eux, fouvent notre amour-propre eft ingénieux à nous flatter, nous ne pouvons croire que notre propre fang ait dégénéré au point qu'on voudroit nous le faire entendre.

M. & Mme. de la Bedoyere étoient inftruits de l'excès de la paffion de leur fils pour Agathe Sticotti ; c'étoit le motif des démarches qu'ils avoient faites auprès des Miniftres, pour les engager à le leur rendre : mais ils ne pouvoient fe perfuader qu'il fût capable de s'oublier au point d'en manifefter la honte par un engagement folennel.

Dans le premier moment de leur colere, M. & Mme. de la Bedoyere ne penferent qu'à exercer la vengeance des Loix ; mais un refte d'efpérance les retint : ils fe perfuaderent qu'au milieu de la clandeftinité qui avoit régné dans ce mariage, les folennités prefcrites par les Loix n'avoient point été remplies ; ils en firent examiner les circonftances, & ils reconnurent que les Loix canoniques & civiles fe réuniffoient au Droit divin & au Droit naturel pour l'anéantir.

La fraude avoit en effet préfidé à tous les actes de ce mariage.

L'abus de ce mariage confiftoit en ce qu'il avoit été fait hors de la préfence & fans le concours des deux Curés des Parties.

M. de la Bedoyere étoit majeur : ainfi, dans la rigueur de la Loi, le défaut de confentement de fes pere & mere ne fuffifoit pas pour porter atteinte au mariage ; mais fi l'Eglife ne s'eft pas portée à anéantir les mariages des enfans de famille, fait fans le confentement des pere & mere, elle ne les a pas moins en horreur, fur-tout quand ce font des mariages qui ont pour principe une paffion honteufe ; c'eft même principalement pour prévenir ces alliances qui flétriffent les familles, & qui y portent la défolation & le déshonneur, que les Loix canoniques & civiles ont exigé le concours des Curés & des Parties.

Un Curé ne peut donc, sans trahir son devoir, & sans manquer à la confiance de l'Eglise & de l'Etat, prêter son ministere à un mariage de cette espece, avant que d'en avoir averti la famille, & de lui avoir donné le temps de prendre de justes mesures pour en prévenir la honte.

M. de la Bedoyere demeuroit sur la Paroisse de Saint-Paul; Agathe Sticotti demeuroit avec Antoine Sticotti, son frere & son tuteur, dans la rue du Renard, Paroisse de Saint-Sauveur. Le concours des Curés de ces deux Paroisses étoit donc nécessaire à la validité du mariage.

On n'osa pas seulement en parler au Curé de Saint-Paul: la haute réputation dont jouissoit ce Pasteur, étoit un sûr garant non seulement qu'il refuseroit de célébrer le mariage, mais même qu'il se donneroit les mouvemens nécessaires pour en faire échouer le projet: on prit le parti de se déguiser si bien dans la publication des bans, qu'il lui feroit impossible de pénétrer le secret du mariage, & de reconnoître les Parties; ce qui n'est pas fort difficile à exécuter fur une Paroiſſe auſſi conſidérable que celle de Saint-Paul.

Il n'étoit pas ſi aiſé d'échapper à la connoiſſance du Curé de Saint-Sauveur; on fit toutes fortes d'efforts pour le déterminer à célébrer le mariage ; mais toutes les tentatives ayant été inutiles, on mit en œuvre toutes les fraudes & toutes les ſuppoſitions imaginables pour altérer la vérité du domicile de la fille, & pour lui donner un autre Curé plus complaiſant que ſon véritable Paſteur.

Le 12 Janvier 1744, on fit publier les bans, tant à Saint-Paul qu'à Saint-Sauveur. Ceux de Saint-Paul s'expriment en ces termes : *Entre Marguerite-Hugues-Charles-Marie Huchet, Bourgeois de Paris, fils de Charles-Marie & de Marie-Anne de Lepine, de cette Paroiſſe ; & demoiſelle Agathe Sticotti, fille de défunt Fabien, Bourgeois de Paris, & d'Urſule Aſtori, de la Paroiſſe de Saint-Sauveur.*

Qui pouvoit reconnoître, dans cette publication, M. de la Bedoyere, alors Avocat-Général de la Cour des Aides de Paris, fils de M. de la Bedoyere, Procureur-Général au Parlement de Bre-

tagne ? *Huchet , Bourgeois de Paris ;*
on fupprime le furnom *de la Bedoyere,*
fous lequel fa famille eft connue ; on
déguife fa naiffance & fon état fous
un titre qu'ufurpent fouvent les perfonnes de la condition la plus commune & la plus abjecte ; on fupprime
les titres & les qualités du pere ; on
cache le nom de famille de la mere,
qui eft *Danican ,* parce que ce nom,
illuftré par une grande fortune acquife
dans le commerce maritime , & par
des fervices importans rendus à l'Etat,
eft plus connu & moins commun que
le nom de *Lepine.*

C'étoit , difoit M. Guéau de Reverfeaux , violer la Loi , en feignant de
la remplir. On eft bien fûr que le Curé
de Saint-Paul, en délivrant le certificat
de publication de bans , n'a point fu
qu'il s'agît du mariage de M. de la
Bedoyere, premier Avocat-Général de
la Cour des Aides, fils du Procureur-
Général du Parlement de Bretagne,
avec une Danfeufe de la Comédie-Ita-
lienne ; auffi , pour éviter tout éclair-
ciffement, n'a-t-on point déclaré la mi-
norité de la fille.

On s'eft un peu plus rapproché de

la vérité dans la publication des bans à Saint-Sauveur ; il eſt pourtant bien difficile que le Public y reconnût M. de la Bedoyere : *Entre fieur Marguerite-Hugues-Charles-Marie Huchet de la Bedoyere , Bourgeois de Paris , fils majeur du fieur Charles-Marie , & de dame Marie-Anne de Lepine-Danican, Paroiſſe Saint-Paul ; & demoi-ſelle Agathe Sticotti , fille mineure de défunt Fabien & d'Urſule Aſtori , ci-devant de droit & de fait de notre Pa-roiſſe , & à préſent de celle de Saint-Laurent.*

Le certificat de publication de bans ne fit aucune difficulté fur la Paroiſſe de Saint-Paul ; les bans n'annonçoient rien dans ce mariage qui fût digne d'une attention particuliere ; c'étoit le cas de s'en rapporter , de la part du Curé de Saint-Paul , au Curé de Saint-Sauveur , qui , étant annoncé comme le ſeul Curé de la fille , paroiſſoit devoir célébrer le mariage.

Mais les Parties ne trouverent pas les mêmes facilités à Saint-Sauveur , où elles étoient connues du Curé.

Lorſqu'on demanda le certificat de publication de bans , le Curé exigea

d'abord une renonciation au Théatre
de la part d'Agathe Sticotti : elle lui
en donna fa déclaration expreffe par
un acte figné d'elle, le 13 Janvier,
lendemain de la publication de bans.

L'expérience apprend combien peu
on doit compter fur ces fortes de promeffes : au refte cette déclaration contient un aveu précis d'avoir danfé fur
le théatre de la Comédie Italienne,
jufqu'au 20 Décembre précédent; en
forte qu'on peut dire d'Agathe Sticotti, que c'eft une fille, pour ainfi dire,
époufée fur le théatre, fur lequel elle
étoit encore le 20 Décembre 1744,
un mois avant fon mariage.

Le Curé, fatisfait du côté de la
fille, demanda à M. de la Bedoyere
un confentement par écrit de fes parens.
M. de la Bedoyere regarda, avec raifon,
cette demande, à laquelle il lui étoit
impoffible de fatisfaire, comme un refûs.
Le 14 Janvier, fommation à la requête
de M. de la Bedoyere & d'Agathe Sticotti, au Curé de Saint-Sauveur, de
leur délivrer leurs bans.

Il eft important d'obferver que, dans
cette fommation, M. de la Bedoyere
& Agathe Sticotti font dits tous deux

demeurans à Paris, rue du Renard, Paroisse Saint-Sauveur.

Le Curé de Saint-Sauveur répondit à la sommation, qu'il n'entendoit ni délivrer le certificat de la publication de bans, ni prêter son ministere pour marier les Parties, attendu qu'elles ne rapportoient point le consentement par écrit de leurs parens.

Le 18 Janvier, M. de la Bedoyere revint à la charge, & fit faire une seconde sommation au Curé de Saint-Sauveur.

Les Parties n'ayant pu vaincre la résistance du Curé de Saint-Sauveur, ne virent d'autre ressource que celle de donner un Curé plus facile à Agathe Sticotti.

Le 19, nouvelle publication des bans à Saint-Laurent ; les noms & qualités & la demeure des Parties y furent énoncées en ces termes : *Entre Messire Marguerite-Hugues-Charles-Marie Huchet de la Bedoyere, Ecuyer, fils majeur de Messire Charles-Marie Huchet de la Bedoyere, & de dame Marie-Anne de Lépine-Danican, de la Paroisse de Saint-Paul ; & demoiselle Agathe Sticotti, fille mineure de défunts Fran-*

çois-*Fabien Sticotti*, & d'*Urfule Aftori*, ci-devant de la *Paroiffe de Saint-Sauveur*, à préfent de cette *Paroiffe*.

Comme il falloit étayer l'énonciation de ce nouveau domicile fur la Paroiffe de Saint-Laurent, le lendemain 20 Janvier, Agathe Sticotti, conjointement avec Antoine Sticotti, fon frere & fon tuteur, pafferent un bail par-devant Notaires, avec la veuve d'Adrien Gilbert, Maréchal, d'un appartement, rue d'Orléans, Paroiffe Saint-Laurent, moyennant 150 livres par an.

Le même jour, 20 Janvier, on obtint difpenfe de deux bans de M. l'Archevêque. Cette difpenfe fut adreffée au Curé de Saint-Laurent.

Le lendemain, 21 Janvier, le mariage fut célébré par le Vicaire de Saint-Laurent, fur les bans publiés tant à Saint-Paul & à Saint-Sauveur, qu'à Saint-Laurent, en conféquence des difpenfes de M. l'Archevêque, en préfence de deux témoins du côté de M. de la Bedoyere, & de quatre autres témoins du côté d'Agathe Sticotti, entre lefquels fe trouvent fes deux freres, entre autre Antoine Sticotti, fon tuteur.

Voici les qualités & demeures des

Parties, telles qu'elles font énoncées dans l'acte de célébration : *Meffire Marguerite - Hugues - Charles - Marie Huchet , Chevalier , Seigneur , Comte de la Bedoyere , Conseiller du Roi en fes Confeils , & fon Avocat-Général en la Cour des Aides de Paris , baptifé le 21 Juin 1718, fils de Meffire Charles - Marie Huchet , Chevalier , Seigneur , Comte de la Bedoyere & au-tres lieux ; & de dame Marie-Anne Guyonne Danican ; ledit Meffire époux né le 4 Janvier 1709, demeurant Pa-roiffe Saint-Paul ; & demoifelle Aga-the Sticotti , baptifée à Saint-Sauveur le 24 Novembre 1722, fille de Fabien Sticotti & d'Urfule Aftori , inhumés audit Saint-Sauveur, les 6 Décembre 1741 & 6 Mai 1739, demeurant ci-devant , de fait & de droit, fufdite Paroiffe de Saint-Sauveur, & de fait, depuis le premier de ce mois, rue d'Or-léans de cette Paroiffe.*

Il n'eft pas indifférent de rapporter auffi la demeure donnée, dans cet acte, à Antoine Sticotti, tuteur d'Agathe fa fœur : *Et pour l'époufe, Antoine Sti-cotti, fon frere & tuteur, Officier du*

Roi, demeurant rue du Renard, Paroiſſe Saint-Sauveur.

Tels étoient les faits invoqués par les pere & mere de M. de la Bedoyere; il faut leur oppoſer ceux que ce dernier faiſoit valoir pour juſtifier ſon mariage.

Mon mariage, diſoit-il (a), qui a été déféré à la Juſtice, comme l'ouvrage ſcandaleux de la ſéduction, m'attireroit ſans doute ce titre déshonorant, ſi les motifs qui m'y ont porté ne trouvoient leur juſtification dans les loix de l'honneur, dans les principes de la religion : ces loix toujours intéreſſantes, ces principes véritablement reſpectables, ne dépendent ni des préjugés, ni des circonſtances ; faits pour tous les hommes, ils aſſerviſſent tous les états, ils regnent ſur toutes les conditions, ils préſident à tous les engagemens ; en un mot, c'eſt un devoir de les ſuivre ; c'eſt un crime de les abandonner.

Ces ſentimens, puiſés dans les ſources de la plus délicate probité, avoient

_____

(a) M. de la Bedoyere fils plaida lui-même ſa Cauſe.

fans doute le droit d'affecter mon cœur
& mon efprit. Après avoir donné des
paroles, je n'ai pas cru qu'il me fût
permis de les violer ; après avoir con-
féré à une femme que j'aimois, la qualité d'époufe légitime qu'elle méritoit,
je n'ai point vu de moyens honnêtes ni
de raifons valables pour m'élever contre
elle, ou me difpenfer de la défendre.
D'autant plus à plaindre, j'ofe le dire,
dans ma perféverance, que mes parens
follicitoient ma réunion à leurs démarches, me prefcrivoient la critique de
mon propre mariage, & que je ne pouvois acquiefcer à leurs demandes, fans
trahir des fermens qui n'étoient plus
fous l'empire de l'homme. La prudence
humaine peut propofer des conciliation;
mais la vérité & la religion défendent
de les écouter ou de les fuivre.

Qu'il eft affligeant pour un fils de
paroître aux yeux de la Juftice, pour
s'oppofer aux défirs de fes parens ! Mais
telle eft l'extrémité de ma fituation. Je
ne puis adopter leur fyftème, fans manquer à mes engagemens. Eh ! de quel
prétexte colorer ma foibleffe, quand je
fens que ces engagemens, réguliers &

respectables, subsisteroient malgré ma volonté & ma réclamation; que j'ai, pour les faire confirmer, des moyens victorieux & des argumens invincibles? Est-ce donc dans ces circónstances qu'on peut renoncer à sa défense? Non, la seule délibération est une faute, peut-être même un crime. En effet, seroit-il permis de rester dans l'incertitude, quand il s'agit de soutenir son état ou de l'abandonner?

Si j'éprouve des agitations & des inquiétudes dans les circonstances où je me trouve, elles ne partent que des mouvemens de la nature. Déshérité par un acte qui est parvenu à ma connoissance, je sais que je n'ai plus rien à espérer ni à prétendre; mes sentimens cependant sont toujours les mêmes; tendres & respectueux, ils n'étoient point établis sur des motifs d'intérêt; & je sens, par ce qui se passe dans mon cœur, que je me consolerai aisément de la perte de mes biens, mais jamais de la perte de l'amitié de mes parens.

Ces objets, quelque intéressans qu'ils soient pour moi, ne sont pas au rang de ceux qui doivent être discutés : il ne s'agit

s'agit que du mariage que j'ai contracté ;
c'eft cet engagement, permis & autorifé parmi les citoyens, qui doit fixer
uniquement les regards de la Juſtice.
Toutes les confidérations qu'on a pro-
poſées, toutes les prétendues raiſons de
diſproportion & de méſalliance s'éva-
nouiſſent en matiere d'état. Le mariage
eſt-il ſuivant la Loi ? Voilà l'unique
queſtion à traiter, l'unique objet à diſ-
cuter. Je ne crains pas de le dire, tout
ce qui n'y a pas une relation intime &
particuliere, un rapport direct & précis, doit être écarté, comme indigne de
la Juſtice & des Magiſtrats prépoſés pour
annoncer ſes oracles.

Le 21 Janvier 1744, j'ai contracté
mariage avec la demoiſelle Agathe Sticotti.

Il faut obſerver que mon domicile
étoit ſur la Paroiſſe de Saint-Paul, &
ma femme demeuroit ſur la Paroiſſe
de Saint-Laurent. Un bail ſous ſigna-
ture privée, du 31 Décembre 1743,
confirmé par un acte paſſé par-devant
Notaires le 20 Janvier, conjointement
avec ſon frere, nommé ſon tuteur par
Sentence du Lieutenant-Civil, établit
ce fait d'une façon indubitable. Pré-

cédemment à ce bail, elle avoit demeuré
sur la Paroisse de Saint-Sauveur avec son
frere, de sorte qu'aux termes de la Loi,
ma femme avoit deux domiciles ; le
domicile de son tuteur, qui étoit sur la
Paroisse de Saint-Sauveur, & son domicile d'habitation, qui étoit sur la Paroisse de Saint-Laurent. Il est bien important de ne pas perdre de vue ces
deux domiciles.

Le 11 Janvier 1744, j'ai fait publier
un ban sur la Paroisse de Saint-Paul,
& j'en ai obtenu le certificat sans aucune opposition,

Le même jour, la demoiselle Sticotti
a fait faire une semblable publication
sur la Paroisse de Saint-Sauveur. Le
Curé a jugé (on ne sait pas trop sur
quel moyen, ayant changé d'avis dans
la suite) que le certificat de cette publication étoit sujet à des difficultés ;
elles ont donné lieu à deux différentes
sommations.

Le 20 Janvier, le ban de la Paroisse
de Saint-Sauveur a été délivré purement
& simplement, & sans qu'il y soit fait
mention des sommations importantes
dont on a parlé.

Par ce ban, le domicile de droit &

d'habitation est bien clairement expliqué par ces termes : *Demoiselle Agathe Sticotti, ci-devant, de droit & de fait, de notre Paroisse, & à présent de celle de Saint-Laurent.*

Le 19 Janvier, il y a eu un ban publié sur la Paroisse de Saint-Laurent ; il est relatif & conforme à celui de Saint-Sauveur ; l'on y lit également, par rapport aux domiciles : *Demoiselle Agathe Sticotti, ci-devant de la Paroisse de Saint-Sauveur, & à présent de cette Paroisse, rue d'Orléans, & de droit, de la Paroisse de Saint-Sauveur.*

Le 20, je me suis pourvu à l'Archevêché, pour obtenir dispense de deux bans : on a exhibé les certificats des publications des bans sur les Paroisses ; en conséquence les dispenses ont été accordées & adressées au Curé de Saint-Laurent, du propre mouvement de M. l'Archevêque.

Le même jour, nous avons été fiancés à Saint-Laurent, & le lendemain 21, le mariage a été célébré dans la même Paroisse. L'acte de célébration est revêtu de toutes les formalités qu'on y pouvoit désirer ; il est souscrit du tuteur,

& du nombre de témoins prescrit par
les Ordonnances.

Ce mariage n'a pas été long-temps
sans parvenir à la connoissance de mes
parens : j'ai cru devoir leur rendre
compte des motifs qui m'y avoient
engagé. Comme la probité, l'honneur
& la conscience avoient été la base de
mes démarches, je me suis flatté qu'ils
les regarderoient avec quelque indulgence, & j'ai eu d'autant plus lieu de
le penser dans la suite, que toutes mes
lettres sont demeurées sans réponse.
Le silence de M. & de Mme. de la
Bedoyere, sur un objet aussi intéres-
sant, n'étoit-il pas bien propre à calmer
mes inquiétudes & à relever mes espérances ? Il y avoit, en effet, une
année entiere que mon mariage subsis-
toit sans réclamation, & je croyois déjà
toucher au moment d'une réconciliation aussi flatteuse qu'ardemment désirée ; mais ce calme apparent étoit un
orage affreux, composé de tout ce qui
est capable d'ébranler la constance de
l'esprit le plus ferme, & de porter au
cœur des coups d'autant plus sensibles,
qu'ils sont moins attendus.

En effet, j'ai vu tout à la fois cu-

muler contre moi les peines les plus
confidérables. On a prononcé l'exhérédation , & on a interjeté appel comme
d'abus de mon mariage.

Je ne prétends point diffimuler ici
la faute que j'ai commife : je fais qu'un
fils qui s'engage fans le confentement
de fes parens, a bien peu de raifons
valables pour juftifier fa démarche ;
mais enfin , quand elle eft une fois
confommée , quand tout ce qu'il y a
de plus augufte dans la fociété civile , &
de plus facré dans la Religion , fe réunit pour en affurer la confirmation ,
ce feroit ajouter le crime à la faute ,
que de faire dépendre la régularité de
fon engagement , de la crainte , de la
réalité même des malheurs qui peuvent le fuivre.

Auffi la réunion des peines que la
Loi fépare , & que l'on cumule cependant contre moi , ne fera jamais capable d'ébranler ma fermeté. Le refpect
que je dois aux volontés de mes parens n'eft point bleffé dans la réfiftance
courageufe que j'oppofe à leur demande ;
c'eft un devoir de défendre mon mariage , & j'ofe dire que je puife ce
devoir dans les principes de cette exacte

probité qu'ils m'ont toujours inspirée
dans cette régularité à exécuter les promesses que l'on fait, qu'ils m'ont toujours prescrite, de sorte que ma persé-
vérance est, en quelque façon, leur
ouvrage : c'est une suite de ces sentimens d'honneur & de délicatesse qu'ils
ont formés dans mon cœur, auxquels
je me livre à leur exemple, & qui
rougiroient sans doute de me voir
abandonner.

C'est sous ce point de vue, qui
réunit & ce que je dois aux Parties de
Me. Gueau de Reverseaux, & ce que
je dois à mon engagement, que je vais
présenter ma défense.

M. de la Bedoyere soutint, 1°. que
ses pere & mere étoient non recevables
dans l'appel comme d'abus qu'ils avoient
interjeté de son mariage; & 2°. qu'il
n'y avoit aucun moyen d'abus qui pût
en faire prononcer la nullité.

M. Gueau de Reverseaux établit le
contraire, que le mariage de M. de la
Bedoyere est infecté d'une nullité ra-
dicale, qui résultoit du défaut de présence du propre Curé des Parties.

Comme leurs moyens respectifs furent balancés par M. Gilbert de Voisins

alors Avocat-Général, & depuis Préfi-
dent à Mortier, nous nous bornerons à
faire l'analyse du Plaidoyer de ce Magiftrat. Voici de quelle maniere il préfenta cette affaire.

» Les Magiftrats ne reçoivent jamais
de plus grands hommages que dans ces
Caufes où le Public prend tant d'intérêt.
Ils font d'autant plus dignes de ces
hommages, qu'ils s'élevent au deffus
des paffions & des fentimens qui af-
fectent les autres hommes. Ni l'honneur
d'un pere ou d'une mere, & celui
d'une famille entiere, flétris par une
alliance honteufe, fi le mariage dont il
s'agit venoit à être confirmé ; ni la
douleur d'un fils tendrement attaché à
celle qu'il s'eft choifie pour femme,
fi l'on en prononçoit la nullité, ne font
aucune impreffion fur le cœur & fur
l'efprit du Magiftrat. Il rejette toutes
ces confidérations, pour ne prendre que
la Loi comme regle de fa décifion.
Les difpofitions des Parties devroient
répondre à celles de leurs Juges, en
attendant avec refpect & avec foumiffion l'oracle qui doit fixer leur fort «.
Après l'explication du fait tel que
nous l'avons rapporté, & l'examen des

moyens des Parties, il reprit ce qu'il
avoit dit en commençant, qu'il falloit
écarter toutes les confidérations que les
Parties s'étoient efforcées de faire valoir,
fur-tout celles qu'avoit propofées le Défenfeur de M. & de Mme. de la Bedoyere, telles que le manque de refpect
envers fes parens, la baffeffe, l'indécence de l'alliance que leur fils avoit
contracté : » Non (ajoutoit M. l'Avocat-
Général) que nous ne fachions toute
l'étendue de l'obéiffance que nous devons à nos parens. Le Droit naturel &
la Religion nous en impofent l'obligation, & la Loi civile nous la recommande, lors même qu'elle femble nous
en difpenfer. L'indécence de l'alliance
eft affurément une raifon qui auroit dû
retenir un homme de la naiffance &
du rang de M. de la Bedoyere.

» Mais enfin, fi ce mariage a été contracté & célébré conformément aux difpofitions des Loix civiles & canoniques, c'eft un Sacrement, & par conféquent un lien indiffoluble, & hors
des atteintes d'aucune puiffance humaine. Loin de nous cependant ces
principes, fruit de l'erreur, qui ten-
droient à enlever à la puiffance tempo-

relle fon autorité fur le mariage ; autorité fondée fur les Loix de la Religion, dont un des plus divins & des plus auguftes caracteres eft l'amour de l'ordre «.

Après ces premieres réflexions, M. l'Avocat-Général paffa à celles qui avoient un rapport plus immédiat à la Caufe. Il écarta les fins de non recevoir, propofées par M. de la Bedoyere ; il réfuta celles qu'il tiroit du filence que fes parens avoient gardé pendant une année, par la raifon que le filence obftiné d'un pere vivement ulcéré de l'injure que fon fils lui a faite, eft bien éloigné d'être une approbation de fes actions. A l'égard de celles que M. de la Bedoyere a voulu faire réfulter de l'exhérédation qu'il a prétendu avoir été prononcée contre lui, M. l'Avocat-Général obferva, comme l'avoit fait le Défenfeur de M. & de Mme. de la Bedoyere, que la preuve de ce fait étoit impoffible, un acte d'exhérédation étant fecret comme acte de derniere volonté, & deftiné à ne paroître qu'après la mort de fes auteurs. Mais il ajouta, qu'en fuppofant même l'exiftence de cet acte, M. de la Bedoyere

N v

le préfentoit fous un faux point de vue,
en prétendant qu'il étoit la peine &
en même temps la reconnoiffance de
fon mariage, & qu'il confommoit tout
le droit de fes parens à cet égard.
M. l'Avocat-Général fit une diftinction
entre l'exhérédation & l'appel comme
d'abus.

L'exhérédation eft une peine qu'un
fils a bien méritée, lorfqu'au mépris
de fes parens, il a contracté un mariage
auffi difproportionné. Mais l'appel comme d'abus du mariage eft une voie
ouverte à tous ceux qui ont un véritable intérêt de le faire anéantir.

M. l'Avocat-Général entra enfuite
dans l'examen des moyens d'abus pro-
pofés par M. & Mme. de la Bedoyere,
qui fe réduifoient à un feul; favoir,
le défaut de préfence du propre Curé.

M. l'Avocat-Général, après avoir
cité les Loix qui exigent cette formalité,
& après avoir relevé la fraude qu'on
s'étoit permife, fe détermina à conclure
que le mariage étoit abufif.

Sur la demande de M. & de madame
de la Bedoyere, à ce qu'il fût fait dé-
fenfes aux Parties de le réhabiliter, il
convint qu'il y avoit plufieurs Arrêts qui

faisoient de pareilles défenses ; mais
qu'il ne croyoit pas cependant que l'on
dût le prononcer, parce que de pareilles dispositions pouvoient être regardées
comme illusoires, n'ayant jamais empêché les Parties de contracter un nouveau mariage, & n'y ayant aucun Arrêt
qui ait déclaré nul un mariage contracté
nonobstant ces défenses. M. l'Avocat-
Général exhorta M. de la Bedoyere à ne
pas réhabiliter le sien, quelques promesses qu'il en eût faites ; le même devoir qui auroit dû l'empêcher de donner
de semblables promesses, l'obligeant à
ne les pas tenir.

Par Arrêt du 18 Juillet 1745, il fut
dit qu'il avoit été mal, nullement &
abusivement procédé au mariage ; il fut
fait défenses aux Parties de se hanter ni
fréquenter, & à Agathe Sticotti de prendre le nom de la Bedoyere. Sur la demande de M. & de madame de la Bedoyere, à fin de défenses de réhabiliter
le mariage, ensemble sur les autres demandes, les Parties furent mises hors
de Cour.

A peine cet Arrêt fut-il rendu, que
le Marquis de la Bedoyere se retira à
Avignon avec la demoiselle Sticotti,

N vj

pour éviter l'effet des ordres supérieurs, qu'on difoit avoir été obtenus contre lui. Mais ayant enfuite reconnu que fes craintes étoient mal fondées, il revint à Paris, où il continua de vivre avec la demoifelle Sticotti.

Cependant, M. & madame de la Bedoyere formerent, dans le courant de l'année 1745, des oppofitions à la réhabilitation du mariage, entre les mains de M. l'Archevêque de Paris, & des Curés de la Capitale. Lorfque le Comte de la Bedoyere, frere puîné de celui dont on vient de parler, époufa, l'année fuivante, la demoifelle de Saint-Suplix, il prit la qualité de feul & unique héritier de M. & de Mme. de la Bedoyere; circonftances dont l'aîné, que nous nommerons dans la fuite le Marquis de la Bedoyere, fut inftruit par les lettres que le Comte & fa nouvelle époufe lui écrivirent le jour même du mariage.

Par fon teftament fait le 20 Mars 1752, M. le Procureur-Général confirma l'exhérédation, déclarant qu'elle fubfiftera, à moins d'une révocation expreffe & par écrit. Dans ces circonftances, le Marquis de la Bedoyere ayant affigné M. & Mme. de la Bedoyere

au Châtelet de Paris, pour avoir main-
levée de leurs oppofitions à la réhabilitation de fon mariage, il obtint une
Sentence par défaut, qui lui donna
main-levée, & lui permit de paffer
outre à la réhabilitation. En conféquence, après avoir de nouveau fait
procéder à la publication des bans, le
Marquis de la Bedoyere & la demoifelle Sticotti reçurent la bénédiction
nuptiale, le 9 Janvier 1754. Par fes
lettres du 23 du même mois, il en
donna avis à M. & à madame de la
Bedoyere.

Cette réhabilitation provoqua un fecond codicile de M. le Procureur-Général, du 18 Février 1754. Le premier
eft du 20 Août 1753, un mois après
l'affignation donnée à M. & Mme. de
la Bedoyere, au Châtelet de Paris, par
le Marquis de la Bedoyere, pour avoir
main-levée de leurs oppofitionss.

Quatre années s'écoulerent fans apporter aucun changement; mais, au
mois de Décembre 1758, le Marquis
de la Bedoyere étant venu en Bretagne
avec deux de fes enfans, M. le Préfi-
dent de Monbourcher entama avec
M. & madame de la Bedoyere, une

négociation qui souffrit plusieurs contradictions & plusieurs difficultés : quelques-unes furent enfin applanies. Le Marquis de la Bedoyere fut reçu dans la maison de son pere, avec ses deux enfans ; il assista à tous les repas donnés à l'occasion de son retour. Il fut admis, ainsi que ses enfans, à la table de M. & de madame de la Bedoyere pendant tout son séjour, & jusqu'au moment où il repartit avec ses enfans pour Paris.

Son départ fut suivi d'un troisieme codicile de M. le Procureur-Général, en date du premier Mars 1759, & d'un quatrieme, du 22 Avril suivant, par-devant Notaires. — Peu de temps après, sur les lettres de madame de la Bedoyere, qui les informoit de l'augmentation de la maladie de M. le Procureur-Général, le Marquis & le Comte de la Bedoyere revinrent à Rennes.

Ce fut le 16 Juin 1759 que mourut M. de la Bedoyere pere, après avoir fait, le 6 Mai précédent, un cinquieme & dernier codicile, par-devant Notaires. Le jour même de sa mort, M. de la Chalotais, exécuteur testamentaire, déposa entre les mains du sieur Richelot, Notaire, l'acte d'exhé-

rédation de 1744, le teſtament olographe, avec les divers codiciles, également écrits de la main du défunt,
& la copie du codicile du 22 Avril
1759, dont il étoit ſaiſi, en qualité
d'exécuteur teſtamentaire, & dont il
avoit fait l'ouverture le matin.

Dès le mois de Novembre de la même
année, le Marquis de la Bedoyere ſe
pourvoit au Préſidial de Rennes, contre
les différens actes d'exhérédation pro-
noncés par M. le Procureur-Général,
& prend des lettres de reſciſion, ſur
leſquelles il aſſigne ſa mere & le Comte
de la Bedoyere ſon frere.

La Cauſe ayant été portée depuis au
Parlement de Bretagne, elle y fut plaidée avec la plus grande ſolennité, pendant une longue ſuite d'audiences.

Le Marquis de la Bedoyere, plaidant
pour lui-même, attaqua l'exhérédation
& tous les actes dreſſés contre lui,
comme ſuggérés à M. le Procureur-
Général, par le Comte de la Bedoyere.

» Ce fut, diſoit-il, le Comte de la
Bedoyere qui, le jour de la célébration
de mon mariage, ſe tranſporta, de ſon
propre mouvement, chez les Curés de
Paris, pour y raſſembler les pieces de

ce mariage, qu'il envoya enfuite à
M. & à madame de la Bedoyere ; démarche qu'il fit fans ordre , & qui ne
peut autorifer la procuration poftérieure
que reçut l'Homme d'affaires de M. le
Procureur-Général ; démarche faite uniquement pour animer fes pere & mere
contre fon aîné ; & les peines dont le
Comte de la Bedoyere demande à profiter , font l'effet de fes follicitations
infidieufes : M. de la Bedoyere ne les
a point prononcées de lui-même ; c'eft
le Comte de la Bedoyere qui a dénoncé
la faute , & fourni les armes pour la
punir.

» M. & madame de la Bedoyere ,
fur les infpirations du Comte, fe font
prêtés à figner , le 2 Mars 1744 , un
acte devant Notaires , par lequel ils
prononcent contre moi une exhérédation éternelle , voulant que , quand
bien même mon mariage feroit caffé ,
l'exhérédation n'en ait pas moins fon
effet. Or la Loi , qui accorde ce pouvoir au pere feul , veut que l'exercice
de ce pouvoir foit l'ouvrage du pere
feul : s'il eft excité , animé , alors l'exercice de ce pouvoir n'eft plus un acte
ltbre , ni que la Loi puiffe admettre ;

& une exhérédation provoquée par le puîné, devient un acte illufoire.

» Nul doute que ce ne foit le Comte de la Bedoyere qui a fourni toutes les inftructions, tous les moyens qui ont fondé l'exhérédation, qui n'a été prononcée que par fon impulfion, & dont les claufes n'ont pu être l'ouvrage libre de la volonté & du cœur de M. & de madame de la Bedoyere. Ils n'ont pu vouloir demeurer implacables pour jamais, & c'eft une furprife qu'on leur a faite. Le Comte de la Bedoyere a tout fait pour lui, lorfqu'il a révélé & réalifé des faits qu'il devoit cacher. Ses démarches pour amener l'exhérédation, doivent l'en faire regarder comme le feul auteur. Il eft dans le cas d'un légataire qui auroit infpiré les difpofitions dont il profite; alors c'eft en vain que le teftateur auroit ufé du pouvoir que la Loi lui donnoit.

» Or pour s'affurer que le Comte de la Bedoyére eft le véritable auteur de l'exhérédation, il ne faut que faire attention aux époques. Le jour même de la célébration du mariage, il vient à la porte de mon époufe; il fait des fommations aux Curés, pour s'en faire

délivrer les pieces ; il accompagne
l'Huissier, agit au nom de M. & de
madame de la Bedoyere, qui n'avoient
pu lui en donner l'ordre ; toutes ses
démarches font son ouvrage personnel....

» Il ne s'agit point ici d'examiner le
motif de l'exhérédation, ni ce que M. &
madame de la Bedoyere avoient le pouvoir de faire, l'acte ayant été suggéré.
Ce n'est point par la cause qu'il énonce,
qu'on peut écarter la suggestion qui lui
a donné l'être ; car il est facile à concevoir qu'un acte dont la cause seroit
légitime, devient nécessairement caduc,
lorsque c'est la suggestion qui conduit
à le former, & la réalité même de la
cause ne justifieroit point une exhérédation suggérée, parce qu'alors l'exhérédation n'appartient pas véritablement
aux peres & meres. En vain des causes
légitimes semblent justifier les peines ;
c'est à celui qui peut le punir, qu'il faut
abandonner la recherche de ces causes,
loin de les développer soi-même, pour
exciter sa sévérité : or c'est le Comte
de la Bedoyere qui est l'auteur de la
dénonciation ; il avoit seul intérêt à
son succès, puisqu'on ne pouvoit me
priver de mes prérogatives sans les lui

affurer en même temps. L'acte qui me
les enleve eft donc l'acte de fon impulfion, l'acte de fon intérêr perfonnel,
l'acte conféquent à fa dénonciation. La
fuggeftion fe manifefte encore par les
difpofitions même de l'acte, qui me
dévouent à la plus irrévocable profcrip-
tion; lorfqu'on y fait dire à M. & à
madame de la Bedoyere, que, quand
même mon mariage feroit caffé, l'exhérédation n'en aura pas moins fon plein
& entier effet : intention qui ne peut
jamais entrer dans le cœur d'un pere
auffi jufte, auffi généreux que le mien,
& qui n'y entra point effectivement,
puifqu'il faifoit plaider en 1745, que la
réclamation contre mon *mariage étoit*
un fûr garant qu'il avoit confervé pour
moi toute fa tendreffe, & qu'il ne vou-
loit point me retrancher du fein de fa
famille.

» M. & madame de la Bedoyere ne
vouloient donc point que l'exhérédation
eût toujours fon plein & entier effet,
dans la circonftance même où mon mariage feroit déclaré abufif ; & cette
difpofition inconcevable, contenue dans
l'acte de 1744, n'appartient point à
M. & à madame de la Bedoyere ; puif-

qu'ils la défavouent eux-mêmes dans un temps où ils ne cedent plus à des impulſions étrangeres.

» En effet (continuoit le Marquis de la Bedoyere)), eſt-il un pere qui puiſſe prononcer qu'il ne pardonnera jamais à ſon fils, lorſqu'il prévoit que ce fils réparera ſa faute ? Non, ce n'eſt point là le langage d'un pere. Auſſi l'acte de 1744 n'eſt-il qu'un acte de ſurpriſe, qu'un pere n'a point craint de contredire, parce qu'il n'eſt point ſon ouvrage, mais celui de la ſuggeſtion, qui éclate, & par les démarches qui l'ont précédé, & par le bénéfice attaché à ces démarches. Or un acte ſuggéré ceſſe d'appartenir à celui qui paroît l'avoir formé : un acte ſuggéré eſt un acte frappé d'une nullité légale, qui l'anéantit ; & cet acte une fois écarté, tous ceux qui en dérivent ſe détruiſent comme lui.

» Mais il y a, outre la ſuggeſtion, pluſieurs eſpeces de révocations ; 1°. par l'événement de la caſſation de mon mariage.

» Je plaidai, en 1745, que l'exiſtence de la faute étant fondée ſur celle du mariage, puiſque, s'il n'y avoit point de mariage, il n'y auroit point de faute, quand le mariage étoit déclaré nul à la propre pourſuite du pere, la faute devoit s'anéantir ; &, pour prouver que M. le Procureur - Général le penſoit lui-même ainſi, lorſqu'il attaqua mon mariage, en 1745, rappelons les propres termes dans leſquels il s'expliquoit, conjointement avec madame de la Bedoyere.

» *Si nous réclamons notre fils, c'eſt que nous déſirons lui pardonner ; c'eſt pour le rétablir dans tous les droits de ſa naiſſance ; pour lui rendre ſa place dans nos ſentimens & dans notre famille,*....

» Voilà donc le motif de la réclamation de M. le Procureur-Général. C'eſt ſur cette aſſurance qu'il l'a fait admettre ; il ne s'annonce pas comme voulant en même temps anéantir mon ouvrage, & laiſſer ſubſiſter l'exhérédation ; au contraire, il révoque l'exhérédation, ſi mon mariage eſt caſſé.

» Cet engagement précis, & ſolennellement dépoſé entre les mains de la Juſtice, ne peut être mis au rang des diſcours frivoles, des aſſurances inſidieuſes, des traités que provoquent la

contrainte & la séduction; cet engagement est libre, & par lui M. le Procureur-Général se trouve lié. Si mon
mariage est cassé, l'exhérédation tombe,
& je me trouve rétabli dans la pléni-
tude de mes droits. Cet événement
s'étant réalisé, l'exhérédation a été
anéantie.

» Il n'est donc plus permis d'argumenter de l'acte de 1744; & si depuis
j'ai fait une nouvelle faute, il est nécessaire de représenter un nouvel acte
qui la punisse, n'étant pas possible de
faire revivre ce qui a été anéanti.

» Si, après l'Arrêt de 1745, je quittai
Paris, ce ne fut point pour renoncer
au pardon qui m'étoit offert, mais pour
me soustraire à la captivité dont j'étois
menacé. Cette fuite, mon attachement
à des paroles données & reçues de
bonne foi, attachement dont je ne me
croyois point dégagé par l'Arrêt de 1745,
ne sont point des fautes qui puissent
donner lieu à renouveler une exhérédation anéantie par l'événement de la cassation de mon mariage.

» Mais cette exhérédation (continuoit le Marquis de la Bedoyere) n'a
pas été anéantie seulement par la cassa-

tion de mon mariage, mais encore par
la réhabilitation, à laquelle M. & madame de la Bedoyere ont non feulement confenti, mais qu'ils ont provoquée, conduite & fait confommer eux-
mêmes ; ce qui ne peut laiffer fubfifter
l'exhérédation fans une contradiction
manifefte. . . . . C'eft effectivement fur
les affurances de M. & de madame de
la Bedoyere, & de leurs amis, que j'ai
penfé à faire réhabiliter mon mariage.
C'étoit, comme on me l'affuroit, leur
défir, & l'unique moyen de recouvrer
leurs bonnes graces. Ils ne dévoient
rien mettre par écrit, & fe laiffer condamner par défaut. Sur ces avis, que
je ne pouvois foupçonner d'infidélité,
je fis les démarches que l'on me difoit
fi agréables, & fuivis la route qu'on
m'avoit tracée. M. & madame de la
Bedoyere, affignés pour avoir main-
levée de leurs oppofitions, ne fe pré-
fenterent point. Après Sentence obtenue
par défaut, je procédai donc à cette
réhabilitation, fans nouvelle oppofition.
J'en donnai avis auffi-tôt à M. & à madame de la Bedoyere, en leur envoyant
l'acte de célébration, qu'ils reçurent &
garderent.

» Toute cette conduite de M. & de

madame de la Bedoyere, conforme à ce qu'ils avoient fait promettre en leur nom, ne prouvent-elles pas leur intention ? M. le Procureur-Général a fait connoître sa volonté. Je m'y suis conformé; & cette réhabilitation qu'il exigeoit, de quelque manière, par quelque motif qu'il l'ait voulue, il suffit qu'il l'ait voulue, & que j'aye rempli son intention, pour me trouver en regle. Pouvois-je, en effet, avoir trop de confiance dans un pere ? Ce pere, qui avoit le droit de punir, n'avoit-il pas aussi celui de pardonner ? Or, lorsqu'il m'a puni pour un mariage contracté sans son consentement, la peine n'est-elle pas remise, lorsqu'il revêt de son consentement ce même mariage ? Comme ce fait gouverne tous les autres, il faut s'y arrêter quelques instans.

» On ne peut (disoit le Marquis de la Bedoyere) jeter de soupçons sur les lettres produites pour constater le désir de M. & de madame de la Bedoyere; leurs intentions sont consignées de la main même de madame de la Bedoyere, dans sa lettre à madame de la Bedoyere de Vannes. Ils ont donné la forme
particuliere

particuliere qu'il leur a plu à la réhabilitation. Je m'y fuis conformé; quelque motif qu'ait pu avoir leur confentement à un mariage qui faifoit ma
faute & la caufe de l'exhérédation, la
peine ceffe dès que ce confentement
exifte. Or il eft prouvé par leurs démarches tendantes à m'engager à la
réhabilitation, par les lettres des parens
& amis, qui m'ont marqué que telle
étoit leur intention, par la conduite
uniforme aux affurances données; le
motif qui les a déterminés eft abfolument indifférent, parce que c'eft toujours un vrai confentement, indépen-
dant du principe qui l'a fondé. La Loi,
qui n'affigne point de fondement au
confentement du pere, eft remplie, lorfque le-pere confent, indépendamment
des motifs. Que ce foit par principe
de confcience que M. & madame de
la Bedoyere aient voulu la réhabilitation, ou par telle autre raifon, toujours eft-il certain qu'ils y ont confenti;
que leur confentement entraîne la remife de la peine, qui ne peut s'étendre
fur un mariage revêtu de leur confentement. Leur filence à l'affignation qui

Tome II.   O

leur fut donnée pour avoir main-levée
de leur opposition, est une suite de
l'ordre de procédure qu'ils avoient exigé, non une marque d'improbation &
d'indignation pour une démarche conforme à leur volonté; & s'ils ont conservé les pieces de mon mariage, c'étoit
comme un gage de mon obéissance,
non comme des monumens de mon
audace & de leur mécontentement.

» Les actes postérieurs, par lesquels
M. le Procureur-Général renouvelle
l'exhérédation, à cause de la réhabilitation, ne peuvent détruire les faits &
les conséquences de l'impulsion & du
consentement à cette réhabilitation; ils
sont prouvés; & jamais M. le Procureur-
Général n'a pu me reprocher une démarche faite pour obéir à sa volonté,
& punir la cessation de ma faute par le
renouvellement de l'exhérédation. Ces
actes font une surprise que la Justice
doit anéantir; ils ne peuvent perpétuer
une peine absolument remise par la
cessation de la faute, opérée par le consentement de M. & de madame de la
Bedoyere. Il y auroit de l'illusion à prétendre que ce consentement, fondé sur
un motif de conscience, n'a trait qu'au

lien fpirituel, puifque le mariage eft un tout indivifible «.

» Le Comte de la Bedoyere, difoit fon Défenfeur, n'a jamais formé le projet d'indifpofer fes pere & mere contre fon aîné ; & quand il l'auroit formé ce projet, il eût été fans fuccès, & les démarches qu'il auroit pu faire avant le mariage, n'euffent point rempli l'intention qu'on lui fuppofe ; il n'auroit point réuffi à aliéner du Marquis de la Bedoyere le cœur de fes pere & mere : leurs foins réunis fur lui, avant 1744, leur tendre inquiétude ne s'accorde point avec le foupçon de féduction, non plus que le défir que témoignoit, en 1743, M. le Procureur-Général au Chef de la Magiftrature, de voir fon fils revêtu d'une Charge dont il avoit demandé pour lui la furvivance dès 1735.

» Peut-on accorder avec le foupçon de féduction, l'intérêt que M. & madame de la Bedoyere prenoient au fort de leur fils aîné, lorfqu'en 1745 ils volerent à fon fecours pour lui faire rompre les liens dans lefquels il s'étoit imprudemment engagé, & dont il ofa foutenir contre eux la légitimité ? Enfin l'accueil que M. & madame de la Be-

doyere firent au Marquis de la Bedoyere en 1759, tout démontre affez
qu'en aucun temps il n'y eut ni indifférence ni féduction dans leurs cœurs.

» La féduction ne peut pas être davantage préfumée dans les claufes des
actes; & fi M. le Procureur-Général
déclara, dans celui de 1744, que fon
intention étoit que l'exhérédation fub-
fiftât, quand même le mariage feroit
déclaré nul, c'eft que la caffation même
du mariage ne pouvoit réparer l'attentat
commis contre l'autorité paternelle, &
que l'anéantiffement de l'exhérédation
ne pouvoit être accordé qu'à un véritable retour. Mais il n'a point fongé à
s'interdire la faculté de révoquer la
punition, dans le cas où le coupable
répareroit fa faute, & cette claufe n'eft
nullement contraire à la tendreffe paternelle.

» Le titre accordé au Comte de la
Bedoyere dans fon contrat de mariage,
de feul & unique habile à fuccéder,
eft relatif à l'exhérédation prononcée
long-temps auparavant contre le Marquis de la Bedoyere; & cette qualité
que lui font prendre fes pere & mere,
prouve leur perféyérance marquée dans

les actes de famille comme dans tous les autres. Ce n'eft point par le contrat de mariage du Comte de la Bedoyere que le Marquis de la Bedoyere eft déshérité ; mais les termes de ce contrat font feulement la fuite de l'exhérédation fubfiftante. D'ailleurs on ne peut faire un crime au Comte de la Bedoyere, d'avoir inféré dans fon contrat de mariage ces claufes, qui étoient l'ouvrage de fes pere & mere, & appofées avec leur participation.

» Le teftament de M. le Procureur-Général, fes codiciles, l'acte du 28 Janvier 1759, ne fe reffentent pas plus de la fuggeftion ; on n'y trouve nul veftige de ces entraves qu'on fuppofe lui avoir été données pour lui interdire la liberté de pardonner entiérement ; liberté qu'il a eue dans tous les temps, mais dont il n'a point ufé «.

Le Défenfeur du Comte de la Bedoyere entroit enfuite dans le détail des preuves alléguées par le Marquis de la Bedoyere, pour faire regarder le Comte de la Bedoyere comme l'auteur de la fuggeftion.

» Ce ne fut point, difoit-il, d'abord le Comte de la Bedoyere qui fe fit délivrer les pieces du mariage de son aîné , mais l'Homme d'affaires de M. le Procureur-Général , qui les leva. Mais, au surplus , que ce soit le Comte qui les ait envoyés à ses pere & mere, cette circonstance peut-elle le faire soupçonner de suggestion ? Il suivoit les intentions de ses parens , qui avoient à cœur de découvrir la vérité de ce mariage ; & de plus , sa qualité de frere ne pouvoit le rendre indifférent à un mariage qui déshonoroit sa famille.

» Le soupçon de suggestion & de séduction , fondé sur l'avantage que le Comte de la Bedoyere devoit retirer de l'exhérédation , n'est pas plus légitime , parce qu'une pareille présomption ne peut faire disparoître le motif de l'exhérédation , qui est le mariage ; exhérédation qui doit subsister, quoique le pere ait fait déclarer le mariage abusif, la validité de la peine étant indépendante de la validité du mariage, dont la nullité ne diminue point l'outrage fait à l'autorité paternelle.

» M. le Procureur-Général n'a point révoqué l'exhérédation en 1745 , par la promesse qu'il faisoit , dans son Mémoire imprimé & dans son Plaidoyer, de pardonner au Marquis de la Bedoyere, s'il fe mettoit en devoir de mériter fon pardon, puifqu'il n'a point, de fa part, rempli la condition à laquelle fes pere & mere avoient attaché l'oubli de fa faute & le pardon de l'injure, puifqu'il n'a fait que braver leur indignation. Il ne peut donc réclamer un engagement dont il n'a pas voulu profiter; il n'a pas dû efpérer le pardon de fes premieres offenfes, en continuant d'offenfer; car fuppofer que la feule caffation du mariage eût rempli les vûes de M. & de madame de la Bedoyere, c'eft leur faire jouer une fcene de pure politique, indigne de leur caractere. L'Arrêt de 1745 ne leur a point rendu le fils qu'ils venoient réclamer, puifqu'alors même il déclaroit, à la face de la Juftice, par des conclufions précifes, qu'il perfifteroit éternellement dans le mariage que fes parens attaquoient. Le Marquis de la Bedoyere n'a donc point cherché à mériter le pardon qui lui étoit offert, & fon mépris & fes refus ne lui permettent plus de le réclamer aujourd'hui.

» Le Marquis de la Bedoyere ne peut pas davantage appuyer la révoca-

tion de l'exhérédation fur la réhabilitation du mariage , quand même elle
auroit été précédée de fommations ref-
pectueufes , fans quoi ce feroit rendre
fans effet les Loix introduites pour faire
refpecter l'autorité paternelle ; ce feroit
autorifer les enfans à braver & à mé-
prifer l'indignation de leurs parens.

» Cette réhabilitation n'a point été
follicitée par fes pere & mere ; leur
prétendu confentement ne s'accorde
point avec toutes leurs démarches. Après
avoir biâmé , attaqué ouvertement les
liens dans lefquels le Marquis de la Bedoyere s'étoit engagé fans leur avis ,
ont-ils pû changer au point de folliciter la réhabilitation de ce même mariage , & de rallumer eux-mêmes le
flambeau d'un hymen qu'ils avoient eu
tant de peine à éteindre ? Auffi M. &
madame de la Bedoyere n'ont-ils jamais
provoqué cette réhabilitation ; ils ont
cédé à ce nouveau coup, pour fauver les
droits de la Religion & de l'honneur ;
pour faire ceffer enfin un fcandale qui
duroit depuis près de dix ans.

» Cette réhabilitation n'en eft pas
moins demeurée la confommation du
premier outrage. La volonté réduite à

opter entre deux maux qu'elle éviteroit
fi elle le pouvoit, n'eft point une volonté libre & qui ratifie. Un abandon
forcé par les circonftances, ne peut jamais être une approbation d'un mariage
contre lequel M. & madame de la Bedoyere n'ont jamais ceffé de s'irriter ;
une approbation par conféquent capable
de révoquer l'exhérédation. La plus
grande partie des lettres produites à
l'appui des prétentions du Marquis de
la Bedoyere, n'ont aucun des caracteres
auxquels la Juftice puiffe ajouter foi.
Qu'on leur donne toute la force poffible, elles repréfenteront uniquement
le défir naturel à des parens Chrétiens,
de voir ceffer l'état criminel dans lequel
leur fils vivoit depuis fi long-temps ; &
c'eft tout ce que veut dire la lettre de
madame la Procureufe-Générale. Elle
annonce que M. & madame de la Bedoyere ne peuvent entendre parler d'aucune efpece de réconciliation, tandis
qu'ils verront leur fils infenfible fur l'article de la Religion & de l'honneur ;
mais que, lorfque ces obftacles feront
applanis, ils écouteront leur tendreffe,
en procurant à leur fils quelque adouciffement. Loin de donner leur confen-

O v

tement à la réhabilitation , la feule propofition d'y donner fon confentement avoit mis M. le Procureur-Général en fureur. Ce fut un abandon forcé de fa part ; abandon bien différent d'un confentement felon la Loi : *Qui tacet non utique fatetur, fed tamen verum eſt eum non negare.* La réhabilitation étant une indécence & non pas un crime , & regardant comme criminelle l'habitude où vivoit leur fils , M. & madame de la Bedoyere ont choifi le moindre de deux maux ; mais ils ne défiroient point le mariage , auquel ils fouhaitoient au contraire qu'il renonçât. Leur éloignement eſt conſtaté par leur refus de donner main-levée de leur oppofition , & de répondre à l'affignation du Marquis de la Bedoyere. Ils laiſſerent prendre défaut, parce qu'ils connurent que leur oppofition deviendroit déformais inutile , & que leurs efforts feroient impuiſſans dans la pofition où ils fe trouvoient. Mais s'ils fouhaitoient la ceſſation de l'état de crime , ils n'approuvoient pas le moyen ; & c'eſt cette attention pour la confcience du Marquis de la Bedoyere , que marquent toutes les lettres produites. On n'y voit autre chofe que le défir ardent de le voir fortir d'un état où ils ne penfoient point qu'il pût refter fans crime.

» Si M. & madame de la Bedoyere ont reçu & gardé les pieces relatives à la réhabilitation, on ne peut en conclure qu'ils aient défiré & qu'ils aient approuvé le mariage ; ils n'ont gardé ces pieces que pour dépofer éternellement contre la défobéiffance foutenue & confommée du Marquis de la Bedoyere. Le filence que fes pere & mere ont gardé avec lui depuis cette réhabilitation, les précautions qu'il prit, en 1759, pour rentrer dans la maifon paternelle, tout prouve le peu de fond du prétendu motif de révocation que le Marquis de la Bedoyere allegue aujourd'hui.

» Quant à la révocation fondée fur la réconciliation & fur les faveurs dont M. le Procureur - Général combla le Marquis de la Bedoyere, on ne peut trouver un plus foible moyen : ce feroit faire de ces marques de tendreffe un nouvel abus ; ce feroit aller directement contre la volonté connue des pere & mere, qui fut toujours de ne donner aucune atteinte à l'exhérédation »

mais feulement d'en adoucir la rigueur;
& c'eft ce qui les empêcha d'adopter le
projet qui leur fut d'abord propofé par un
ami commun. Dans le plan qu'ils envoyerent, ainfi que dans l'acte du 28
Janvier 1759, l'exhérédation eft toujours la claufe principale, & une des
conditions auxquelles ils attachent le
pardon qu'ils vouloient accorder. Ils
avoient voulu commencer par mettre
à couvert les droits de la Juftice & de
l'autorité paternelle. Le père ne penfe
à marquer fa tendreffe, que lorfqu'il a
rendu l'hommage qu'il devoit au Magiftrat.

» La réconciliation ne peut opérer
une révocation tacite de l'exhérédation,
que lorfqu'elle peut faire préfumer que
le pere a eu deffein de révoquer, parce
que c'eft fa volonté qui décide & doit
l'emporter fur toute autre confidération;
mais lorfque cette volonté eft mani-
feftée, & que le pere a fermé lui-même
la porte à toutes les préfomptions, on
ne peut fuppofer qu'il ait eu l'intention de révoquer, encore moins s'il a
formellement déclaré qu'il ne vouloit
pas révoquer..... Le Marquis de la
Bedoyere n'a point obtenu un pardon

abfolu. L'acte qui lui annonce les volontés de fes pere & mere, fait fubfifter l'exhérédation, à laquelle ils veulent feulement apporter quelque adouciffement. On ne peut divifer les conditions de ce pardon ; on ne peut accepter les faveurs & laiffer à l'écart les claufes fous lefquelles elles ont été accordées ; claufes déterminées & expliquées par l'acte du 28 Janvier 1759, & les codiciles, où l'on voit par-tout l'intention déclarée de perfifter dans l'exhérédation ; & cette volonté pouvoit exifter dans le cœur d'un pere fans haine, fans colere. Les Loix mêmes qui autorifent l'exhérédation, profcrivent la vengeance & la haine, ce qui fait voir que l'exhérédation peut fubfifter fans colere, ou du moins que cette colere n'eft pas répréhenfible.

» *Iracundia quæ fit cum caufa, non eft iracundia, fed judicium*. Il n'a jamais été interdit à un pere de pardonner fous des limitations, ou d'adoucir le coup qu'il eft forcé de porter.

» A l'égard de l'acte du 28 Janvier 1759, du billet du même jour de la penfion alimentaire de 6000 livres, il eft facile de voir que rien n'y porte préjudice au Marquis de la Bedoyere, qui n'avoit plus de droit à la fucceffion de fes pere & mere, dont il étoit privé par une exhérédation légitime, & que M. & madame de la Bedoyere n'ont fait, par cet acte, qu'adoucir fon fort, en lui affurant une penfion viagere de 6000 liv., une de 2000 liv. à fon époufe, & une fomme de 250000 l. à fes enfans. Si les parens & amis qui ont figné l'acte n'ont point eu connoiffance de ces claufes, il n'en contenoit pas moins les véritables intentions des pere & mere ; & ces fignatures, fans donner plus d'autorité à l'acte en queftion, y donnoient feulement plus d'éclat ; & le défaut de cette forme purement extérieure & indifférente à la fubftance de l'acte, ne peut le faire confidérer comme un ouvrage de fraude & d'iniquité.

» Cet acte n'eft point un traité, mais un don fait par M. le Procureur-Général ; & la nullité de ce don ne feroit point tomber l'exhérédation, qui en eft abfolument indépendante. Le Comte de la Bedoyere ne fe fert point de cet acte comme d'une acceptation de la part du Marquis de la Bedoyere, néceffaire pour valider l'exhérédation.

Il le repréfente comme un acte portant une faveur non méritée, qui adoucit la rigueur de l'exhérédation, qui pouvoit & qui devoit exifter malgré cet adouciffement..... Il n'y avoit point de violence à fe faire pour accepter un bienfait ; & le Marquis de la Bedoyere ne peut fe plaindre d'avoir manqué de liberté en fignant un acte qui n'apporte aucun changement dans fon état, que d'en adoucir la rigueur ; & fi cet acte eft l'ouvrage de M. & de madame de la Bedoyere, fans que les parens & le Marquis de la Bedoyere y aient part, c'eft une preuve de plus de la volonté conftante de M. & de madame de la Bedoyere, de perfévérer dans l'exhérédation.

» La preuve par témoins outre & contre le contenu aux actes, ne peut avoir lieu. Cette preuve vocale entraîne de fi grands dangers, que les Loix ne l'accordent qu'à regret, & qu'il eft très-facile d'en abufer ; ce qui a fait réduire cette preuve à des objets très-modiques. La circonftance même du mariage du Marquis de la Bedoyere en fournit un exemple, puifqu'il fe trouva quatre témoins qui affirmerent, contre la vérité, le domicile actuel & réel des époux, lorsqu'ils se présenterent devant le Vicaire de Saint-Laurent, pour recevoir la bénédiction nuptiale. Le Marquis de la Bedoyere ne peut donc faire admettre la preuve vocale contre la déclaration expresse de M. le Procureur-Général, contenue dans les actes. Cette preuve d'ailleurs exige un commencement de preuve par écrit, ce qui ne peut s'entendre des lettres qui font produites, parce qu'elles ne prouvent aucun des faits articulés par le Marquis de la Bedoyere. Il faut que ces faits d'ailleurs soient concluans ; la Justice n'admet point la preuve de faits inutiles & frustratoires. Or la plus grande partie des faits allégués par le Marquis de la Bedoyere, font reconnus ou indifférens, ou inutiles, & tous même prouvés, ne peuvent détruire l'exhérédation, ou fonder une réconciliation parfaite, équivalente à une révocation «.

Par Arrêt du 2 Août 1763, l'appel du Marquis de la Bedoyere fut mis au néant ; & cependant il fut ordonné que les dons portés dans l'acte du 28 Janvier, auroient leur pleine & entiere exécution.

AFFAIRE des sieur & dame de Launay, contre les Abbé, Prieur & Religieux de Clairvaux.

CATHERINE-MICHELLE PEUCHET, née à Stenay le 2 Février 1724, étoit fille de Jean-Baptiste Peuchet, Fabricant, & de Jeanne Pierzon. Ses pere & mere l'envoyerent à Paris chez un parent nommé *Louis Langlois*. Un homme nommé *Castille*, qui avoit lié, depuis long-temps, connoissance avec le sieur Langlois, prit du goût pour sa parente, qui joignoit des charmes à l'éclat de la jeunesse. Connu depuis trente ans dans le monde, estimé de tous les Négocians dont il avoit tenu les livres, il avoit, dit-on, amassé, par son travail & son économie, une somme de 36000 liv. Il offrit sa fortune & sa main à la demoiselle Peuchet, qui l'accepta.

Le sieur Langlois ne vit rien que de sortable dans cette union; il en écrivit le projet aux pere & mere de la demoiselle Peuchet. Ceux-ci envoyerent leur consentement & leur procuration; &

par contrat du 6 Octobre 1744, on arrêta les claufes du mariage.

Il fut convenu qu'il y auroit communauté de biens; que des 36,000 liv. qu'avoit Caftille, il y en entreroit 10,000 livres; que le furplus feroit ftipulé propre au futur & aux fiens. Il doua fa femme de 300 livres de rente, lui affigna un préciput de 3000 livres. La demoifelle Peuchet, de fon côté, apporta en dot une fomme de 10,000 livres, qui lui fut donnée par le fieur André, Chapelain de la Sainte Chapelle, fon oncle. La tradition réelle lui en fut faite entre les mains de Robineau, Notaire, qui fe chargea de la dot jufqu'à l'emploi. Les bans furent enfuite publiés dans les Paroiffes des deux parties. Le mariage fut célébré le 26 Décembre à S. Gervais, & l'acte de célébration rédigé en préfence des témoins néceffaires.

Ce nouvel engagement de Caftille étoit bien contraire au premier état qu'il avoit embraffé dans fa jeuneffe.

Né dans la ville de Luxembourg le 14 Septembre 1692, il avoit fait, le premier Novembre 1714, à l'âge de vingt-deux ans, après un noviciat d'une

année, profeſſion dans l'Abbaye d'Orval, ſituée dans le Duché de Luxembourg. On rapportoit les extraits léga-
liſés du Regiſtre des novices & de celui
des Religieux profès. Il en réſultoit,
qu'il étoit entré au noviciat le 16 Juillet 1713, qu'il avoit pris l'habit le 29
Octobre de la même année, & prononcé
ſes vœux le premier Novembre.

Il reſta dans cette Abbaye juſqu'en
1725 : ſa réſidence & ſa fuite paroiſ-
ſoient conſtatées par les pieces. Les minutes originales de deux délibérations
capitulaires, l'une du 14 Mai 1721,
l'autre du 3 Août 1722, auxquelles
Balthaſar Caſtille avoit aſſiſté en qualité
de Religieux, & qu'il avoit ſignées en
cette forme : *F. Balthaſar Caſtille,
Clericus.* La troiſieme étoit un extrait
collationné du procès-verbal d'une viſite
faite dans l'Abbaye d'Orval, par Dom
Gallot, Abbé de Clairvaux, le 31 Juillet 1722. La quatrieme étoit l'extrait
collationné d'un Jugement prononcé
contre Balthaſar Caſtille, fugitif, par
le Commiſſaire Apoſtolique, dans le
cours de ſa viſite, commencée le 14
Septembre 1725.

Nulles preuves qu'il ne ſe fût pas

volontairement engagé : il paroît même qu'il avoit résidé plus de dix années dans l'Abbaye. Jamais on n'avoit connu de sa part aucune réclamation contre ses vœux ; du moins n'en voyoit-on aucune trace.

C'est ce Religieux qui se trouve, en 1744, devenu le mari de la dame de Launay. Ils jouirent en paix de leur inclination mutuelle, l'espace de six années. Leur mariage fut suivi de la naissance d'un premier enfant, baptisé dans l'église de Saint Paul, le 22 Février 1745, & nommé *Balthasar-Claude-Michel*, fils de Balthasar Castille, Bourgeois de Paris, & de Michelle Peuchet sa femme. Vinrent ensuite deux autres enfans, Reine-Michelle, née à Lons-le-Saunier en Franche-Comté, le 22 Avril 1746, & Hyppolite-Louis, né à Paris le 19 Juillet 1750.

Cette année 1750 fut fatale à ces deux époux, après six ans de paix. Un Religieux vint troubler leur union, & les séparer l'un de l'autre pour jamais.

Ce fut la journée du 4 Novembre, qu'un Exempt survint, chargé d'ordres du Roi pour arrêter Castille & sa femme. La femme étoit logée dans la rue de la Verrerie, au troisieme étage, dans une chambre dépendante d'un appartement occupé par la nommée *Delage*, Maîtresse Couturiere. Elle relevoit à peine de ses couches ; elle étoit seule, ou du moins n'avoit que sa fille aînée auprès d'elle. L'enfant qu'elle venoit de mettre au monde, étoit en nourrice au village de Celle en Brie. Castille étoit allé voir cet enfant. L'Exempt entre chez la dame Castille, & l'arrête. Quel est mon crime, dit cette femme toute troublée ? C'est, répond-il, votre commerce avec un Moine que vous donnez pour votre époux. A cette réponse, la dame Castille jette des cris. La dame Delage, sa voisine, est frappée du bruit ; elle accourt. Quel spectacle pour les yeux d'une amie ! Elle s'abandonne à toute la colere de l'amitié, jure à l'Exempt qu'il se méprend, que cette femme a l'estime publique, qu'elle la connoît, qu'elle en répond. L'Exempt dédaigne ses cris, ordonne à ses Archers de se saisir de la dame Castille, qu'on entraîne à Sainte-Pélagie.

Le lendemain, l'Exempt se transporte à Celle en Brie, escorté de nombreux satellites. Castille étoit à Monfano, Paroiſſe de Celle. Ils l'arrêtent, le ſaiſiſſent, le dépouillent, & le mettent en dépôt dans un couvent, d'où, deux jours après, on le transfere hors du royaume, à l'Abbaye d'Orval. Quant à l'enfant Hyppolite-Louis, il reſta entre les mains de ſa nourrice, à Celle en Brie.

C'étoit bien à la requiſition de l'Abbé de Clairvaux que Caſtille avoit été pris; mais Dom Mayeur, Procureur-Général de ſon Ordre, & frere de ſon Supérieur, chargé de ſes pouvoirs pour Caſtille, s'étoit-il auſſi chargé de faire arrêter la femme & l'enfant?

Ce fait étoit un des problêmes importans de la Cauſe, & il étoit enveloppé de ténebres. Un oncle de la demoiſelle Peuchet, pauvre Tabellion de Villette, petit village voiſin dé Sedan, parut dans le même temps ſur la ſcene: avoit-il, ſur l'opinion du libertinage de ſa niece avec un Religieux, ſollicité, en légitime vengeur de ſa famille, des ordres contre elle, ou n'avoit-il fait que ſuivre les plans de Dom Mayeur, en agent ſubalterne & mercenaire?

Un ſoupçon violent de l'aſſociation de ces deux hommes, naiſſoit de la copie qu'on avoit trouvée d'un traité rédigé entre eux.

Elle étoit écrite toute entiere de la main de Peuchet. Dom Mayeur, Procureur-Général de Clairvaux, s'y disoit chargé des pouvoirs de Dom Mayeur, Abbé de Clairvaux, son frere. Par ce traité, où il s'érige en propriétaire de la fortune entiere de Castille, » *il cede* » *& transporte* à Jean Peuchet tous les » biens, meubles & immeubles qui » peuvent appartenir à Frere Balthasar » Castille, quelque part qu'ils soient » situés, à condition de faire les frais » nécessaires, tant pour obtenir les or- » dres du Roi, que pour tous les autres » frais de capture & de conduite du » Frere Balthasar Castille en l'Abbaye » d'Orval, & d'en faire le rembour- » sement sur le vu des quittances du » sieur le Meusnier, Inspecteur de Po- » lice, chargé de l'exécution des ordres » du Roi, & à la charge que Peuchet » ne pourroit frustrer la nommée Peu- » chet sa niece, prétendue femme dudit » Castille, des sommes qui excédoient » celles que Dom Mayeur auroit dé- » boursées, & qu'elles resteroient à la- » dite Michelle Peuchet, pour en dis-

» pofer en faveur de fes enfans, ou
» comme bon lui fembleroit «. L'un
& l'autre afſiſterent, en conféquence de
ce traité, à l'inventaire qui fut fait par
le Commiſſaire Rochebrune, en vertu
d'un nouvel ordre du Roi. Cet ordre
portoit, *que le procès-verbal feroit fait*
en préfence de Frere Jofeph le Mayeur,
Procureur-Général de la Filiation de
Clairvaux, & de Jean Peuchet. Mais
ce procès-verbal d'inventaire contenoit-il
l'état fidele de ce que Caſtille & fa
femme avoient laiſſé chez eux, lors de
leur détention ?

Les fcellés n'avoient été mis que le
6 Novembre, c'eſt-à-dire, deux jours
après l'empriſonnement de la dame Caſtille. Ce retard étoit contre toutes les
regles : il eût fallu les appoſer au moment même. On prétendit que l'on
avoit abondamment tiré parti de ce
délai, pour détourner, entre autres chofes, tous les livres & l'argent comptant. D'ailleurs, le principal objet de
la fortune de Caſtille étoit, difoit la
femme, fon porte-feuille. Plufieurs perfonnes le lui connoiſſoient. Il contenoit
des billets fur particuliers, des effets
royaux, & notamment pour 20000 liv.
d'actions

d'actions de la Compagnie des Indes. Son genre de vie, qui lui donnoit de continuelles relations avec des Banquiers, lui avoit fait préférer de tout temps cette forte de biens. Son contrat de mariage fournissoit la preuve que sa fortune consistoit dès-lors en papiers & autres effets de pareille nature. Très-attentif, & rempli d'ordre, pour peu qu'il s'absentât, il prenoit ce portefeuille avec lui. Il l'avoit porté dans son voyage de Monsano, & l'avoit sur lui quand l'Exempt l'arrêta.

Quoi qu'il en soit, les scellés furent levés le 30 Janvier 1751, en exécution d'ordres du Roi, & en présence d'un Substitut, de Dom Mayeur, & de la femme de Jean Peuchet, fondée de sa procuration. On dressa un procès-verbal des effets qui furent trouvés dans une malle. Le sieur Meunier représenta un paquet de papiers qu'on lui avoit confié, lors de l'apposition des scellés. On en fit la description : ils furent divisés en six liasses : le Commissaire s'en chargea, & les remit, le 29 Mai suivant, à Me. Vitry, Procureur au Châtelet, fondé de la procuration de Michelle Peuchet. Peuchet fit vendre les effets

du mari, & donna à sa niece, le 8
Septembre 1752, un acte, par lequel
il déclare avoir reçu, par les mains
de la femme Delage, 187 liv. 15 sous,
de laquelle somme il a promis de tenir
compte sur ce qu'il prétendoit lui être
dû sur la pension de Sainte-Pélagie. La
dame Delage, plus prudente, garda
les effets de la femme, pour les lui
remettre lorsqu'elle sortiroit de cette
maison.

La dame Castille ignoroit quel sort
l'attendoit dans cette humiliante prison;
elle ignoroit aussi la destinée d'un mari,
d'un fils & d'une fille qu'elle aimoit
tendrement. Ses inquiétudes, mêlées au
sentiment de ses propres souffrances,
déchiroient jour & nuit ses entrailles.
Tout accès étoit interdit aux consola-
teurs, aux amis. Son Procureur même
ne put entrer qu'une seule fois pour
affaires. La dame Delage ayant un jour
tenté de la voir ; » Quel intérêt, Ma-
» dame, lui dit la Supérieure, pouvez-
» vous prendre à une fille qu'on a en-
» levée chez une femme de mauvaise
» vie «?

Mayeur & Peuchet avoient seuls la
liberté de visiter leur captive. Mais

chacun d'eux venoit lui donner des conseils bien différens ; car ces deux hommes s'étoient brouillés. Si l'intérêt les avoit unis, il les eut bientôt divisés. Peuchet étoit chargé, par les ordres du Roi, du payement des pensions de sa niece : il avoit déjà payé 352 livres ; il ne savoit comment se dégager d'un fardeau qui lui étoit à charge. Persuadé, d'un autre côté, de la réalité & de la nullité du mariage de sa niece, il lui conseilla de l'attaquer par la voie de l'appel comme d'abus.

Il paroît que Mayeur craignoit cette démarche, & qu'il avoit quelque intérêt à étouffer les plaintes de cette femme, sous l'épaisseur des murs qui l'enfermoient : du moins est-il certain qu'il chercha à l'engager à se faire Religieuse. Voyant qu'il ne pouvoit l'y déterminer, il écrivit à l'Abbé d'Orval : on ignore ce qu'il lui manda ; mais la réponse qu'il en reçut fut l'extrait de mort de Castille.

Cependant Peuchet ne payoit point. Deux années venoient de s'écouler sans que la Supérieure de Sainte-Pélagie eût rien touché. Les Administrateurs de cette maison présenterent requête au

P ij

Lieutenant de Police, le 27 Janvier 1753. Le 27 Mars suivant, intervint Sentence, qui condamna Peuchet au payement. Peuchet étoit hors d'état d'y satisfaire. Les Religieuses ne vouloient plus garder une Pensionnaire qui leur étoit à charge. Leurs poursuites firent examiner de plus près sa conduite. On en reconnut l'innocence, & elle obtint enfin, après trois ans, sa liberté.

A peine fut-elle dégagée de ses liens, qu'elle revint à sa premiere demeure, chez la dame Delage son amie, où ses connoissances s'empresserent de la dédommager, par un accueil plein de tendresse, des outrages qu'elle avoit soufferts.

Un jeune homme, nommé *Delaunay*, logeoit, depuis un an, dans la maison de cette dame Delage : il avoit souvent écouté le récit des malheurs de la dame Castille. Quand il eut vu cette femme, dont l'infortune l'avoit tant de fois ému, il se sentit pénétré du désir d'apporter quelque consolation dans une ame depuis si long-temps oppressée sous tous les genres d'afflictions possibles. Ses facultés étoient bornées; mais il avoit un emploi à la Compagnie des Indes,

& la dame Castille n'avoit rien : ses malheurs, sa reconnoissance, son amour, furent toute la dot qu'elle apporta à son second mari.

Les premieres démarches des sieur & dame de Launay furent celles que dictent l'honnêteté & la décence ; ils s'adresserent directement à l'Abbé actuel de Clairvaux, pour l'engager à prévenir le scandale d'une contestation judiciaire, & à réparer volontairement des torts qu'ils croyoient être l'ouvrage de son prédécesseur. Enfin, après plusieurs années de patience, de délais, de sollicitations, de promesses vaines, ils se virent forcés de recourir à l'autorité de la Justice. Ils donnerent requête, le 30 Décembre 1762, au Lieutenant-Civil, & firent assigner en dommages-intérêts les Abbé & Religieux de la Filiation de Clairvaux, en la personne de leur Procureur-Général à Paris. L'Abbé de Clairvaux se présenta sur cette assignation, comme Supérieur immédiat de l'Abbaye d'Orval ; & fit évoquer l'affaire au Grand-Conseil.

Les sieur & dame Delaunay, dans le cours de la plaidoirie, demanderent acte de l'aveu fait à l'Audience par les

Religieux de plufieurs faits, appuyés d'ailleurs fur quelques pieces.

1°. Que le Frere Mayeur avoit, par les ordres de l'Abbé de Clairvaux, & à la follicitation de l'Abbé d'Orval, réclamé, au mois de Novembre 1750, Balthafar Caftille, mari de la demoifelle Peuchet, comme Religieux Profès.

2°. Que lors de cette réclamation, fuivie de la capture de Balthafar Caftille, qui fut enfuite conduit à l'Abbaye d'Orval, où il eft mort le 27 Mars 1751, quatre mois environ après y avoir été enfermé, il y avoit près de trente-fix ans qu'il vivoit dans le fiecle, fous l'habit laïque, portant publiquement le nom de *Balthafar Caftille*, fans avoir, pendant tout cet intervalle, été recherché ni inquiété de la part de l'Abbé d'Orval ni de l'Abbé de Clairvaux.

3°. Qu'il y avoit, lors de cette réclamation, fept années qu'il avoit contracté mariage avec la demoifelle Peuchet, dont il avoit eu trois enfans, deux defquiels étoient vivans lors de la capture de leur pere.

4°. Que la veille de fa capture, fa femme avoit été arrêtée & conduite à

Sainte-Pélagie, où elle étoit restée enfermée pendant trois ans.

5°. Que, dans le même temps &
au même moment, Hyppolite-Louis
Castille, l'un de leurs enfans, âgé
alors d'environ six mois, étoit en nourrice à la Celle en Brie, & avoit été
également enlevé.

C'étoit sur les aveux de ces faits, sur
les conséquences qu'en tiroient les sieur
& dame de Launay, qu'ils fonderent
leurs demandes, qui étoient capables
d'alarmer les Religieux. D'abord la restitution de l'enfant, Hyppolite-Louis
Castille, qui avoit disparu, ou cent mille
livres de dommages-intérêts; 2°. la restitution de quarante-six mille livres
pour la dot de la femme & de son
mari, portées en leur contrat de mariage de 1744, avec les intérêts.

Ils demandoient encore à faire preuve
que Balthasar Castille portoit ordinairement sur lui un porte-feuille & une
ceinture, dans lesquels étoient les effets
& especes en or qui composoient sa
fortune.

2°. Que dans des temps voisins de
sa capture, il avoit fait voir à plusieurs

P iv

personnes le porte-feuille renfermant plus de vingt mille livres d'effets, papiers royaux, & actions sur la Compagnie des Indes.

3°. Que l'Exempt de Police qui avoit arrêté Balthasar Castille à la Celle en Brie, d'où il l'avoit conduit à Orval, avoit déclaré, à son retour, à plusieurs personnes, qu'il avoit remis ce porte-feuille aux Religieux.

Ils demandoient enfin, avec plusieurs autres menus objets, que l'Abbé de Clairvaux fût condamné en cent mille livres de dommages & intérêts, pour les outrages que la femme avoit souf-ferts, & cent mille autres livres, dans le cas où l'Abbé de Clairvaux ne justi-fieroit pas que Castille avoit fait pro-fession dans l'Abbaye d'Orval. Sans parler de l'espece d'odieux & des désagré-mens d'opinion attachés à la publicité de cette affaire, les seules demandes pécuniaires devoient effrayer les Reli-gieux, & exigeoient de leur part la plus sérieuse défense. La prévention publi-que, assez encline à se tourner contre eux, éclata dans cette affaire dès les premieres plaidoiries. Aussi essayerentils d'en ralentir l'intérêt, & d'enlever à la dame de Launay cette espece de triomphe prématuré.

Ils avoient découvert que le commerce de Balthasar Castille & de la demoiselle Peuchet avoit précédé leur mariage, & qu'elle étoit enceinte de sept mois entiers lorsqu'ils s'épouserent.

Voilà cette femme, disoient les Religieux, qui vient vanter son innocence, sa vertu, sa bonne foi, & mettre à si haut prix ses trois années de retraite à Sainte-Pélagie! Si elle a formé des liens illicites avec un Religieux; si elle a débuté si hardiment avec lui par le vice, c'est à elle à s'imputer toutes les suites qu'a produites cette association criminelle : elle s'est jetée volontairement dans les bras d'un apostat : qu'elle cesse donc de se plaindre de la séparation violente qui a été occasionnée par la juste pourfuite de ce Religieux parjure à ses premiers vœux.

Ce reproche inattendu fut un trait qui perça le cœur de la femme présente à l'Audience, & sous les yeux de son second mari, qui peut-être n'avoit jamais été instruit de cette premiere foi-

P v

blesse : il fit sur les esprits une impression subite. Le Public se repentit un instant, de l'intérêt qu'il avoit montré pour la dame de Launay ; il reprit son indifférence pour son sort & pour l'événement du procès, ou plutôt il s'indigna d'avoir trop précipitamment compromis sa sensibilité ; & il sortit de l'Audience, en répétant par-tout ces mots : *la cause a bien changé de face.*

Un autre fait qui mit le comble à l'étonnement du Public, & changea tout-à-coup sa faveur en dédains insultans, fut le reproche affreux qui fut fait à la mere en pleine Audience, d'avoir exposé elle-même son premier enfant, le 25 Octobre 1745, dans la rue Saint-Antoine.

Cette conduite d'une mere envers son premier né, lorsqu'elle prétendoit jouir avec son mari d'une fortune aisée, jetoit une défaveur extrême sur la demande qu'elle avoit formée contre l'Abbé de Clairvaux, de lui représenter dans huitaine son troisieme enfant (Hyppolite-Louis), ou de lui payer cent mille livres de dommages-intérêts.

Cette demande, dit leur Défenseur, doit paroître fort extraordinaire. L'enfant n'a point été enlevé par ordre de la Police. C'eſt le 5 Novembre 1750 que Balthaſar Caſtille a été arrêté. Ce n'eſt point des mains de l'Inſpecteur de Police que Nicolas-Louis Noël & ſa femme tenoient l'enfant; la nourrice l'avoit reçu des mains de ſa mere le 21 Juillet 1750, deux jours après ſa naiſ-ſance; elle l'a gardé depuis le 5 No-vembre juſqu'au 21 Janvier ſuivant, c'eſt-à-dire, pendant plus de deux mois; c'eſt librement & ſans aucune contrainte qu'elle & ſon mari ont apporté cet en-fant à Paris, par la ſeule raiſon qu'ils n'en étoient pas payés.

Ce fut le 21 Janvier 1751 qu'ils vinrent à Paris, & s'adreſſerent à la femme Delage. Elle leur dit que la mere avoit été miſe, par ordre du Roi, à Sainte-Pélagie; qu'il étoit inutile qu'ils y allaſſent, parce qu'ils ne pourroient lui parler. La femme Delage les condui-ſit chez un oncle, qui ne voulut pas ſe charger de l'enfant. Alors la nour-rice & ſon mari le porterent chez le Commiſſaire Grimperel, qui dreſſa ſon procès-verbal, & ordonna que l'enfant ſeroit porté aux Enfans-trouvés, où il fut reçu. Cet enfant mourut quelque

P vj

temps après, chez la nourrice à qui il avoit été confié. La Police ignoroit que Balthasar Castille eût un enfant en nourrice à Celle en Brie ; & la Police n'avoit aucun intérêt que cet enfant restât ou ne restât pas entre les mains de sa nourrice. Le procès-verbal du Commissaire ne fait aucune mention d'ordre du Roi. Si le transport de l'enfant à Paris avoit été la suite des ordres donnés contre Balthasar Castille, ç'auroit été l'Inspecteur de Police que l'on auroit chargé d'apporter cet enfant. On auroit employé, pour la rédaction du procès-verbal, le Commissaire Rochebrune, qui avoit été chargé de l'apposition & levée des scellés. L'enlévement de l'enfant auroit été fait dans le même instant. La déclaration de la femme Delage & du meneur peut-elle former la preuve d'un ordre dont l'existence est démentie par toutes les circonstances réunies ?

Mais ce qui doit paroître révoltant, ajoutoit le Défenseur de l'Abbé de Clairvaux, c'est que la dame de Launay, de son propre aveu, avoit connoissance du transport de son enfant aux Enfans-trouvés, & de son décès,

lorſqu'elle en a demandé la repréſen-
tation à l'Abbé de Clairvaux. Elle ſe
flattoit qu'après un eſpace de temps
auſſi conſidérable, l'Abbé de Clairvaux,
qui ne peut avoir aucune connoiſſance
perſonnelle des faits, pourroit être condamné, par l'impoſſibilité où il ſeroit de
ſe défendre : ainſi la dame de Launay a
fait, de ſon aveu, tout ce qui a dépendu
d'elle pour obtenir une condamnation
injuſte. Si les regiſtres de l'hôpital des
Enfans - trouvés n'étoient pas tenus avec
autant de ſoin qu'ils le ſont ; ſi le regiſtre de l'année 1750 avoit été égaré,
la dame de Launay n'auroit pas ceſſé de
faire parade des ſentimens de ſon amour
maternel : elle auroit continué d'en im-
poſer à la Juſtice.

Quelle excuſe donne-t-on à un procédé auſſi contraire à la bonne foi ?
Que la dame de Launay ſavoit bien que
ſon fils avoit été apporté aux Enfans-
trouvés, & qu'il étoit mort ; mais
qu'elle ne le ſavoit pas d'une façon légale. C'eſt un piége qu'elle a tendu à
ſon adverſaire. Elle n'avoit pu avoir la
preuve du décès de ſon fils ; toutes les
portes lui avoient été fermées. En ef-
frayant ſon adverſaire par une demande

de cent mille livres, elle l'a forcé à lui apporter la piece qu'elle n'avoit pas.

Mais est-il permis de tendre ainfi des piéges, en diffimulant des faits dont elle a une connoiffance perfonnelle? La diftinction de la connoiffance légale & de celle qui ne l'eft pas, autorife-t-elle la diffimulation? Eft-il permis d'effrayer fon adverfaire par une demande dont on connoît l'injuftice? La dame de Launay défiroit avoir la preuve du décès de fon fils; fi elle fe croyoit fondée à former cette demande, ne pouvoit-elle pas la préfenter fans déguifement? Il n'eft pas vraifemblable qu'on lui aît refufé le procès-verbal : ce qu'il y a de certain, c'eft que les regiftres des En-fans'-trouvés étant deftinés à affurer l'état de ceux que l'on reçoit dans cet hôpital, on n'en refufe point les expé-ditions aux parties intéreffées.

L'abandon du premier enfant, ce fait fi grave, fi propre à faire préfumer tous les crimes, & une mauvaife foi d'habitude, fut heureufement détruit. Cette mere n'avoit point méconnu le fruit de fes entrailles, rejeté fon enfant de fes bras, & raffemblé fur fa tête in-nocente tous les hafards, tous les dan-

gers au moment où il recevoit la vie. Il
étoit vrai que l'enfant avoit été porté
aux Enfans-trouvés ; mais il n'y avoit
été mis que huit mois après sa naif-
sance : & ç'auroit été la sage-femme
elle-même qui se seroit chargée de ce
crime ; elle attestoit que c'étoit elle qui
l'avoit porté pendant l'absence des pere
& mere, non pas dans la rue, comme
on l'avoit avancé à l'Audience, mais
chez un Commissaire, lorsqu'il lui avoit
été remis par un particulier.

Depuis cinq mois, Castille & sa
femme étoient partis pour la Franche-
Comté. Un acte du 20 Septembre conftatoit leur séjour à Poligny, & le procès-
verbal de réception de l'enfant étoit du
25 Octobre 1745. Un certificat en
bonne forme du Lieutenant-Général de
cette ville, portoit qu'ils y étoient do-
miciliés depuis deux ans, à commencer
du mois d'Août 1745, & qu'ils y me-
noient une conduite irréprochable : &
Poligny n'est pas une ville assez grande,
pour qu'on y cache aisément, dans la
foule des citoyens, le scandale de sa
vie aux yeux des Magistrats.

Le premier fait étoit vrai. Il fallut
soutenir l'aveu public de sa foiblesse :

mais la Loi, toute févere qu'elle eft, ne met pas ces foibleffes au nombre des crimes. La Religion même, plus févere que les Loix, ne dédaigne pas de couvrir cette faute de fon voile facré : la peine qu'elle peut mériter eft abandonnée à l'opinion publique, qui prend foin de diftinguer fi c'eft l'effet d'un déréglement d'habitude & d'un cœur corrompu, ou l'erreur d'un penchant naturel, qui n'exclut pas l'amour de fon devoir & de l'honnêteté.

Mais tout excufable que foit cette foibleffe, elle n'en laiffoit pas moins un préjugé malheureux contre la bonne foi de cette femme, lorfqu'elle époufa Caftille. Les Religieux s'en prévalurent avec avantage : ils conclurent de ce fait, que le mariage étoit, dans de pareilles circonftances, une union néceffaire à la femme, qui n'empêchoit pas qu'elle ne connût l'apoftafie de Caftille ; mais comptant fur fa bonne fortune, fur le long filence de fon Ordre, cette confiance lui fuffit, fans doute, pour former avec fécurité ces liens monftrueux.

Il falloit repouffer les préfomptions par des preuves ; heureufement la dame de Launay fe trouva en état de rendre un compte févere de fa conduite, & de juftifier que, fi fa vertu avoit été ternie d'une tache paffagere, fes mœurs n'en avoient pas été moins pures & moins honnêtés.

Sa famille, exiftante à Paris, atteftoit, par un acte authentique, qu'elle étoit demeurée depuis l'âge de 10 ans jufqu'à fon mariage chez fon parent, qu'elle y avoit toujours mené une conduite fans reproche. A l'égard du temps poftérieur à fon mariage, elle prouvoit par les certificats des Magiftrats des villes où elle avoit demeuré avec fon mari, qu'ils y avoient toujours été connus pour gens d'honneur & de bonnes mœurs. Tout le temps de leur abfence de Paris étoit muni de ces fuffrages, & ces fuffrages n'avoient point été mendiés pour la caufe, mais donnés à chaque fois qu'ils changeoient dè féjour. Une faute unique, auffi-tôt réparée, à laquelle la Société, la Religion & les Loix n'ont point attaché la perte de l'honneur, n'avoit donc pu autorifer à accufer les mœurs de la dame de Launay; jamais la maifon de Sainte-Pélagie ne fut une demeure digne d'elle.

Reftoit à détruire la conféquence

qu'on en tiroit contre fa bonne foi (que le mariage étant alors pour elle une union néceffaire, elle connoiffoit fûrement l'état de Caftille).

A la premiere réflexion, il paroît difficile de penfer que la qualité de Religieux apoftat foit un moyen de féduction. Quand Caftille n'eût eu pour objet qu'une honteufe intrigue (fans parler de l'intérêt du fecret qu'il fe devoit à lui-même, & qu'il étoit en état de garder à l'âge de cinquante-deux ans), une pareille confidence fût-elle entrée dans fes vûes ? Si la paffion la plus déréglée femble s'excufer & s'honorer à fes propres yeux, quelle reffource, quel avenir eût pu faire illufion à une jeune perfonne bien élevée, en fe livrant à un apoftat ? Comment fon ame honnête eût-elle partagé une paffion qui n'eût dû lui paroître qu'une débauche révoltante, plus propre à repouffer qu'à faire naître l'amour ? L'idée du mariage, loin de préfenter à fa foibleffe un voile féduifant, ne l'eût-elle pas rempli d'horreur, en lui montrant la honte & les malheurs auxquels une telle union pouvoit l'expofer ? Une femme débauchée eût fans doute continué fon premier commerce ; mais elle eût craint elle-même de hasarder sa liberté, sa fortune & son sort dans une union punie tôt ou tard par des peines flétrissantes.

Une autre preuve de son ignorance sur cet article, se tiroit du procès-verbal d'apposition de scellés au moment du trouble de son enlévement. En supposant avec les Religieux, que la demoiselle Peuchet n'avoit écouté que la passion ; qu'elle avoit connu Castille pour apostat lorsqu'elle l'a épousé ; que, dépositaire de ce secret, elle n'avoit point été effrayée d'en courir les risques, & qu'elle avoit associé à cet égard sa discrétion & ses précautions à celles de son mari : comment concilier cette confidence avec la conduite qu'elle tient en ce moment ?

Quoi ! une femme qui auroit partagé dès l'instant de son mariage, & depuis sept ans, cet important secret, d'où dépendoit tout son être ; une femme pour laquelle il n'y auroit eu rien de sacré que l'objet de sa passion, à qui l'apparition seule de l'Exempt eût fait lire aussi-tôt le motif d'une présence toujours redoutée par le crime ;

cette femme eût indiqué d'elle-même, circonstancié sans détour la demeure de son mari, l'eût montré comme au doigt au ravisseur de sa femme, eût choisi ceux-ci pour ses confidens, au moment même où ils l'entraînoient dans une prison flétrissante, dont elle eût connu la cause, dont elle eût ignoré les suites, se fût ôté à elle-même & à ses enfans, qu'elle est forcée d'abandonner, la seule ressource qui lui restoit dans la liberté d'un pere & d'un époux à qui elle auroit tout sacrifié, eût enfin dénoncé à la fois son affreuse union, l'apostasie de son mari, sa coupable complicité, la honte de ses enfans, & par quel intérêt, au moment qu'elle sait & qu'elle voit qu'on commence à l'en punir ?

Une pareille conduite répugne à toute vraisemblance ; elle est contre Nature.

Les présomptions de sa bonne foi augmentoient, lorsqu'on venoit à examiner l'état extérieur de son mari. Ce n'étoit plus un inconnu, un étranger dans Paris. Il tenoit publiquement les livres d'un Marchand de la rue Saint-Denis, depuis plusieurs années. Il pouvoit disposer de sa personne à l'âge de cinquante-deux ans. Quant à la fortune, objet ordinaire de ces fortes de recherches, il n'en annonçoit point dans fa patrie ; il l'expofoit tout entiere dans fon contrat : elle confiftoit en effets de commerce & argent comptant. Il n'y avoit donc point de recherches à faire ; car il ne tombe pas dans l'efprit de s'informer fi un homme qui veut fe marier, eft Religieux. Il auroit au moins fallu des foupçons ; & qu'eft-ce qui auroit pu les faire naître ? Les vœux ne fe lifent pas fur le front de l'apoftat. Caftille ne fe cachoit point, ne diffimuloit point le lieu de fa naiffance. Il n'avoit jamais changé de nom. On ne trouve pas un feul fait, un feul déguifement certain, qui pût exciter la plus légere défiance.

Mais quand on fuppoferoit qu'il y eût des recherches à faire (quoiqu'on n'en puiffe indiquer aucun objet raifonnable), étoit-ce la demoifelle Peuchet, mineure, qui devoit s'en occuper ? Ses pere & mere réfidoient à Stenay, tout près de la ville de Luxembourg, patrie de Caftille. C'eft de là qu'ils lui envoyerent leur confentement. Une mineure ne peut-elle pas, ne doit-elle pas même se reposer sur les lumieres, sur la volonté de ses parens, sur le tendre intérêt qu'ils prennent à son sort ? Si elle eût été trompée sur l'état de Castille, ne seroit-elle pas en droit de dire qu'elle l'auroit été par les Loix mêmes, puisqu'on avoit satisfait à tout ce qu'elles ordonnent ? Son mariage n'étoit ni clandestin, ni secret.

Dix-huit mois après, en 1746, dans un temps qui n'est point suspect, les Echevins & Hauts-Justiciers de la ville de Luxembourg, qui avoient légalisé (à l'occasion d'une autre affaire) l'extrait baptistaire de Castille, attestoient que cet homme & ses parens avoient toujours vécu en gens d'honneur & de probité, & qu'il ne leur étoit jamais rien parvenu qui puisse mériter le moindre reproche. A Luxembourg, dans la patrie de Castille, dans le pays d'Orval, on ne le connoît que comme un Citoyen libre ; & l'on veut qu'à Paris, une mineure qui l'épouse, vingt-six ans après sa sortie d'Orval, l'ait connu pour être Religieux !

Castille, depuis vingt-cinq ans, vivoit dans le siecle ; il y vivoit sous les habits du siecle : ses vêtemens, ses relations, ſes emplois, tout annonçoit un Citoyen libre. La croyance publique étoit donc que Caſtille appartenoit au ſiecle; la Société civile le comptoit parmi ſes membres. Or ce que tout le monde croit, on a droit de le croire. *Jure creditur*, dit Godefroy, *quod communiter creditur*. Clairvaux ne pouvoit donc reprocher à la dame Caſtille ſon erreur; c'étoit elle, au contraire, qui la pouvoit imputer à Clairvaux.

Si en effet les Moines euſſent ſuivi leurs Statuts, leur eût-il fallu tant d'années pour découvrir & redemander aux Magiſtrats un fugitif? Tout Supérieur de monaſtere doit, chaque année, faire recherche exacte de ſes Religieux : *Fugitivos & ejectos ex Ordine ſuo, requirant ſollicitè, annuatim*. Voilà la Regle. Les Bernardins l'ont-ils pratiquée ?

Ils laiſſent vingt-cinq années s'écouler entre la ſortie de Caſtille & leurs perquiſitions. Celui-ci, durant ce long eſpace de temps, ne change point ſon nom, n'habite point des retraites obſcures; il parcourt des provinces remplies de monaſteres de la Regle de Saint Bernard; car la Champagne & la

Franche-Comté font tellement femées
de maifons de cet Ordre, qu'un voya-
geur peut aifément en vifiter trois dans
un jour. On s'en rapporte fur ce point
aux Itinéraires des Bernardins eux-
mêmes. Ainfi c'eft prefque au milieu
d'eux que Caftille vit, & porte le même
nom qu'il avoit à Orval ; & ils demeu-
rent durant vingt-cinq années dans
la plus profonde inaction ! C'eft donc
à leur négligence que fa femme pourroit imputer l'erreur qui a fait le malheur de fa vie. Caftille lui-même, s'il
étoit Religieux, avoit eu, en quelque
forte, le temps de l'oublier.

Ce long filence des Bernardins lui
auroit à la fin perfuadé à lui-même, qu'il
pouvoit compter pour toujours fur une
liberté dont il jouiffoit depuis fi long-
temps & fans aucun trouble. Il con-
tracte publiquement le plus facré des
engagemens : fes bans font folennelle-
ment publiés ; des témoins atteftent
qu'il eft libre. Quelle femme fe fût mé-
fiée d'apparences fi impofantes !

Quand on fuppoferoit maintenant
que, quelques années après fon mariage,
il lui fût parvenu des avis fur l'état de
Caftille ; de tels rapports n'auroient pû
alors

alors lui ravir la bonne foi qu'elle avoit
au moment du mariage : ils ne lui auroient pas même ôté sa bonne foi ac-
tuelle : car ce n'eût pu jamais être que
des bruits, des soupçons, qu'un seul
mot d'un mari auroit bientôt dissipés.
Quand il seroit convenu d'avoir demeuré dans le monastere d'Orval, il lui
eût suffi de dire, ou qu'il n'y avoit
jamais fait de vœux, ou qu'il s'en étoit
fait relever. Une telle explication n'eût-
elle pas trouvé dans la dame de Launay,
cette croyance que sa bonne foi rendoit
facile, que sa situation rendoit nécessaire, que la conduite de son mari envers elle & dans la Société rendoit
indispensable ? Exigeroit-on d'une femme, d'une mere, qu'elle fût venue, à
sa honte, & sans preuves, se rendre la
délatrice de son époux, exciter contre
lui des hommes dont le long silence
déposoit en sa faveur, & , par de vaines
inquiétudes, travailler elle-même à lui
préparer des fers ?

Il n'étoit pas possible de résister à ces
preuves multipliées de la bonne foi de
la femme. Mais dès qu'il étoit prouvé
que la dame de Launay étoit dans la
bonne foi lorsqu'elle avoit épousé

Balthafar Caftille, on pouvoit foutenir alors qu'il falloit, pour détruire fon mariage, une profeffion certaine & authentique, & que c'étoit aux Religieux à prouver à leur tour à la dame de Launay, à la Juftice, à la Société entiere, que Balthafar Caftille leur appartenoit.

Cette obligation devenoit plus forte, par la différence même du mariage aux vœux de religion. L'engagement du mariage eft tout à la fois de droit naturel, de droit divin, & de droit pofitif. Mais la nullité du mariage contracté par un Religieux, n'eft fondée ni fur le droit naturel, ni fur le droit divin. Quoique l'Eglife fe foit toujours élevée contre l'inconftance de ceux qui abandonnoient leur premier deffein pour retourner au fiecle, on ne peut trouver, dans les premiers temps, un exemple où l'on ait déclaré ces mariages nuls. Les plus favans Peres de l'Eglife n'ont pas cru qu'ils le fuffent; & l'Eglife n'a point défapprouvé leur fentiment. Cependant, dans les Loix générales, & dans les Canons qu'elle a publiés pour maintenir l'honnêteté des mœurs, elle a cru devoir s'expliquer en termes pro-

hibitifs, & prononcer des menaces &
des peines, pour imprimer la terreur ;
mais elle laiſſoit encore alors à la prudence & à l'arbitrage des Evêques, la
liberté d'en modérer la rigueur avec
connoiſſance de cauſe. » Ce qui juſtifie
(diſoit le célebre M. Talon, dans une
queſtion de cette nature) ; ce qui juſtifie que la nullité des mariages des
Religieux eſt un établiſſement purement
humain, & de droit poſitif, utile pourtant, bienſéant, & même néceſſaire,
mais qui n'a pu ſe faire par la ſeule
autorité de l'Egliſe, & qui a eu beſoin
du concours des Loix civiles & de la
puiſſance ſéculiere, à qui ſeule appartient, véritablement de juger de l'état
des perſonnes, de la validité des mariages, & de l'ordre des ſucceſſions ;
quoique, lorſqu'il s'agit du fond du
vœu & de ſa validité, on ait laiſſé,
avec beaucoup de raiſon, les Juges
Eccléſiaſtiques en poſſeſſion d'en connoître «.

Depuis, l'Egliſe a jugé à propos d'a-
jouter à ces Loix générales, la peine
de nullité : par une ſuite de cet établiſſement, les préſomptions ont été
pour toujours ſéparées de la certitude.

Cette nullité n'étant que de droit positif, n'a pu être désormais prononcée que sur des preuves légales : avec d'autant plus de raison, qu'un acte aussi important & aussi violent que celui par lequel un homme se dépouille des droits de sa naissance, de sa propre volonté, de sa liberté naturelle, n'a dû jamais être un acte équivoque, sans regle certaine, sans preuve légale de sa vérité ; un acte abandonné à l'interprétation de l'intérêt & des occurrences du temps.

D'après ces principes, il étoit aisé de fixer le véritable état de la question.

Balthasar Castille avoit vécu vingt-six ans dans le siecle ; il s'étoit marié publiquement, & suivant les Loix. Sa femme, dans la bonne foi, étoit restée sept ans en possession publique de son mariage. C'est alors que Castille est enlevé comme Religieux d'Orval. C'est donc la nullité de ce mariage qu'il falloit justifier par la preuve authentique qu'il avoit fait des vœux ; c'étoit aux Religieux à établir le fait même de sa profession.

Tant que la dangereuse incertitude des professions tacites a duré, la possession de l'état religieux devoit être d'un grand poids dans les Jugemens, parce qu'on lui donnoit la force de prescrire. Un autre motif d'ordre public, qui ne subsiste plus, avoit encore attaché à la durée du séjour dans les monasteres, l'effet de la profession. C'étoient des asiles ouverts à l'impunité. Les coupables s'y renfermoient jusqu'à ce qu'on eût perdu les traces & la mémoire de leur crime. Ils en sortoient quand ils n'avoient plus de recherches à craindre, en disant qu'ils n'avoient pas fait profession. Il falloit donc, pour la sûreté publique, que ces asiles où ils s'étoient jetés, leur servissent au moins de prison perpétuelle, au hasard d'y renfermer quelques innocens. Mais la possession seule n'est plus une preuve légale, depuis qu'on a séparé le vœu tacite du vœu solennel, la profession verbale de la profession écrite ; parce que cette séparation même a été précisément faite pour décider, sur l'existence certaine du vœu, la nullité du mariage contracté par un Religieux, depuis que cette nullité a été établie par l'Eglise.

La preuve de l'engagement de Castitle devoit donc se trouver dans l'acte de sa profession.

Celui que les Religieux présentoient comme écrit de sa main, n'offroit aucune espece de signature, ni de témoins, ni de celui qui l'avoit reçu, ni même du Profès.

Leur conduite ne présentoit donc qu'un tissu d'irrégularités & d'injustices révoltantes, le mépris de la Jurisdiction Episcopale, & l'abus de leur propre Jurisdiction.

Cette conduite, tenue par les Religieux, n'avoit pu manquer d'influer sur les malheurs de la dame de Launay. S'ils eussent pris des voies plus régulieres, elle n'eût pas essuyé les vexations dont elle avoit été accablée. Que Castille eût été arrêté par l'ordonnance de l'Evêque, conduit dans les prisons de l'Officialité; qu'on eût suivi les regles de la procédure prescrites contre les Religieux apostats : Castille eût été interrogé; il eût allégué ses moyens : la bonne foi de sa femme eût été connue; & s'il avoit été reconnu comme Religieux, & convaincu d'autres délits, sa femme du moins n'eût pas été enveloppée dans la punition de ses crimes.

Mais qu'eft-il arrivé de la conduite irréguliere qu'ont tenue les Religieux? En féparant même le Frere Mayeur d'avec Peuchet, deux Mémoires parviennent dans le même temps fous les yeux du Miniftre. Dans l'un, la femme eft repréfentée par fon oncle même, comme une fille de débauche, à charge au Public & aux mœurs. Ce n'eft pas là un motif déterminant pour obtenir un ordre du Roi, pour abaiffer les yeux du Prince fur des détails foumis à l'attention d'un Magiftrat auffi éclairé que vigilant. Mais par un hafard, fingulier fi l'on veut, un Procureur de l'Abbaye de Clairvaux repréfente, dans un autre Mémoire, un Religieux comme un apoftat dangereux pour la Société, & coupable fans doute des plus grands excès; & il fe trouve que cet apoftat eft celui à qui un commerce infame proftitue cette fille, dont on fe plaint dans le premier : alors cette rencontre qu'on n'a pas lieu de prévoir & de foupçonner, porte la conviction. Un Ordre entier & refpectable fe trouve d'accord avec un proche parent. C'eft un fcandale affreux, qu'on n'étouffera jamais affez tôt. *Flagitia abfcondi, fcelera*

Q iv

oſtendi neceſſe eſt. L'on ſe croit forcé de faire une prompte juſtice : & connoiſſons-nous encore les conſidérations particulieres qu'on a pu y joindre ?

Mais ſi les Religieux euſſent réclamé leur fugitif par toute autre voie, jamais Peuchet n'eût rien obtenu, parce qu'alors la revendication même du Religieux faiſoit éclater la publicité du mariage, la bonne foi de la femme ; & elle eût trouvé ſon ſalut à côté du malheur de ſon mari.

Que Caſtille eût été réclamé dans le pays de Luxembourg, c'étoient encore les mêmes Loix. L'Edit de Charles V y eſt formel. C'eſt à l'Official du lieu qu'il appartenoit de le faire arrêter ; & Caſtille n'eût point été précipité, ſans être entendu, dans la priſon du Monaſtere. L'Edit veut que le Juge le faſſe mettre dans quelque autre lieu religieux pendant le Jugement. Sténay, Orval, Luxembourg, patrie des trois parties intéreſſées, ſont voiſins, & la dame de Launay ne fût point reſtée ſans défenſes. Elle & ſes enfans pouvoient s'en repoſer ſur l'intérêt ſeul d'un époux & d'un pere.

C'eſt ici le lieu de placer l'éloquent réquiſitoire du Miniſtere public contre les irrégularités de la conduite des Religieux : il paroiſſoit ſortir naturellement du fond de la cauſe ; & s'il ne fut pas adopté par les Juges, il ſervit du moins à donner une nouvelle force aux moyens de la dame de Launay.

» Quelle circonſpection extrême les circonſtances de cette affaire n'exigeoient-elles pas des Religieux dans toutes leurs démarches ? Balthaſar Caſtille, paiſible poſſeſſeur de l'état ſéculier pendant vingt-ſix ans, marié publiquement depuis ſept ans ; s'il eſt Religieux, il eſt apoſtat ; ſi ſon engagement eſt certain, ſa poſſeſſion eſt un abus ; ſi la preuve en eſt légale, le mariage eſt nul. Nous ſommes bien éloignés de ſouiller notre voix en faveur de ces parjures ; & le Temple des Loix n'eſt pas fait pour leur ſervir d'aſile. Mais les Jugemens déjà rendus, & cette cauſe même, nous apprennent que tous les Religieux qui ſont ſortis des monaſteres, ne ſont pas des apoſtats ; que tous les mariages qu'ils peuvent avoir contractés ne ſont pas déclarés nuls. Si leur apoſtaſie eſt certaine, il eſt juſte, & c'eſt le devoir des Communautés, d'employer les voies preſcrites, pour retirer au plus tôt de la

Q v

Société ces fantômes civils qui reviennent la troubler encore après la mort
volontaire qui les en a retranchés. Mais
il faut au moins qu'un rayon de juftice
éclaire leur pourfuite & leur punition,
& fuive l'accufé jufqu'à ce qu'il ne préfente plus qu'un coupable. Il faut au
moins s'affurer fi ce font des cadavres
ou des hommes vivans, avant de les
enfevelir dans la prifon monaftique qui
les attend. Il le faut pour la fûreté des
citoyens, pour le droit de ceux qui fe
trouvent liés à leur fort, pour l'intérêt
facré de la Juftice & des Loix, pour
l'honneur même des Ordres réguliers,
à qui il ne doit pas être permis de s'expofer à des foupçons même injuftes.

» Quoi! un Religieux forti dès fa jeuneffe d'un monaftere, aura vécu vingt,
trente années dans la Société; il aura
joui publiquement & paifiblement de
tous les droits des citoyens; il aura
formé mille engagemens de commerce
qui mettent la fortune de plufieurs d'entre eux dans fes mains; il aura contracté
mariage à la face des Autels & des
Loix, fous fon véritable nom, & fans
aucune omiffion qui annonce ni précaution ni défiance; fon nom aura même

retenti dans le Diocefe de fon Monaftere & dans des lieux de fa naiffance :
une femme trompée par l'opinion publique, par fa famille, par les Loix
mêmes, s'enchaînera pour jamais à fon
fort, & confondra fa fortune avec la
fienne : des enfans naîtront à l'ombre
paifible de cette union ; & au premier
fignal du Supérieur, après vingt - fix
ans de calme, il ne tiendra qu'à l'Ordre d'invoquer en fecret la foudre fur
le pere, & de faire difparoître avec
lui le nuage même qui fervit à la former; d'envahir tous fes biens, fans rendre aucun compte à la Société, fans
daigner feulement avertir ni la puiffance
civile, ni la puiffance eccléfiaftique,
de pourvoir aux befoins de ceux que leur
bonne foi fépare du crime de l'apoftat
prétendu, & que l'enlévement d'une
époufe & d'un pere livre en proie à la
plus humiliante indigence !

» Au fond d'un monaftere étranger,
un Supérieur, partie du Religieux, aura,
par Jugement fecret & irrégulier, tel
que celui qu'on nous repréfente, jugé
d'un feul mot la validité des vœux &
leur exiftence, contre les preuves mêmes de fa Regle; aura convaincu, fans

Q vj

l'entendre, fans que perfonne ait pris fa défenfe, un abfent d'apoftafie; aura caffé d'avance un mariage public & folennel; décidé que les enfans qui en font fortis, n'ont point de pere; difcuté & réglé fans détour les droits que les citoyens peuvent avoir fur cette famille & fur fa fortune : & l'exécution nocturne & provoquée d'un pareil Jugement, tiendra lieu du titre fondamental de l'acte d'une profeffion réguliere & légale, de l'exiftence même de cette profeffion !

» Ce n'eft pas tout encore : lorfque l'excès même du trouble occafionné par la violence des Religieux aura frappé l'oreille des Tribunaux; lorfque, tous les coups étant portés, la Juftice voudra fermer au moins les plaies que le temps n'a pas encore rendues incurables, alors il faudra les en croire par-tout, prefque fur leur parole, fur le défaut de toute fignature, tant de l'acte de profeffion que des regiftres, fur un ufage allégué & démenti par la Regle même, fuivant laquelle Caftille a dû s'engager par les Loix du pays, par celles de l'Ordre, par le décret formel & antérieur du Chapitre général de 1672 ; décret affez voifin du temps de cette profeſſion , pour n'être pas oublié , aſſez éloigné pour avoir reçu ſa parfaite exécution ; ſur des actes de profeſſion apportés à la veille du Jugement , dont rien ne conſtate ni la vérité ni la date , & qui jettent au contraire ſur la formule attribuée à Caſtille les plus juſtes ſoupçons !

» C'eſt ainſi que le ſeul aſpect de cette affaire fournit , comme de lui-même , à notre Miniſtere les moyens les plus forts & les conſidérations les plus touchantes. Mais ſi , du défaut de preuves & de titres de la part des Religieux , nous paſſons à l'extrême négligence dont, ſelon eux-mêmes , ils ſe ſont rendus coupables , n'y trouverons-nous pas une nouvelle obligation de leur part , d'apporter , dans la circonſtance , cette circonſpection dont ils n'ont pas craint de s'écarter ?

» Quel eſt , en effet , le véritable motif qui arme la ſévérité des Loix contre les apôſtats , & qui porte à éclairer ſans ceſſe leur évaſion & leur vie errante dans le ſiecle ? Si leur parjure n'intéreſſoit que le Dieu qu'ils outragent , elles lui en auroient laiſſé la vengeance; mais l'objet des Loix , en ordonnant

leur recherche, eft de prévenir les troubles qu'apportent dans la Société & dans
les familles ces réapparitions; c'eft la
crainte des engagemens monftrueux
qu'ils pourroient former; c'eft l'intérêt
de la femme qu'ils tromperoient, des
enfans qui naîtroient fous ces aufpices
malheureux, qui animent leur zele. Mais
lorfque, par la négligence même de
leurs Supérieurs, ou au moins par leur
ignorance, ils font reftés des vingt,
des trente années dans le fiecle; lorfque tous ces engagemens font formés,
que l'époufe eft trompée, qu'une famille croit avoir un pere & un chef;
s'il eft permis de rompre brufquement
tous ces liens, de les faire rentrer dans le
monaftere auffi rapidement & auffi fecrétement qu'ils s'en font enfuis, fans
que la Juftice puiffe attendre alors
aucun figne de leur exiftence que l'acte
qui en annonce la fin : n'eft-ce pas
changer un fcandale particulier en un
fcandale public, porter le trouble dans
la Société, par les Loix mêmes deftinées à l'en garantir, & tourner contre
les victimes des apoftats, le glaive qui
devoit les protéger contre eux ?

   » Dans la foixante-feizieme Lettre,

Saint Bernard, confulté fur la voie qu'il falloit fuivre à l'égard d'un Religieux fugitif & marié, a répondu d'une manière conforme aux Canons & aux Loix. Il s'agiffoit d'un fecond mariage contracté depuis les vœux ; & vous y voyez la preuve de ce que nous avons dit, que la nullité de ces mariages n'eft établie. que depuis la féparation du vœu fimple d'avec le vœu folennel, de la preuve légale de la profeffion d'avec les actes de Profès.

» Il eft dangereux, & peut-être illi-
» cite, difoit ce dernier des Peres de
» l'Eglife, qu'un homme, après avoir
» long-temps refté dans la maifon &
» fous l'habit de la profeffion religieufe,
» retourne au fiecle, après avoir fi long-
» temps & fi courageufement gardé la
» continence pendant la vie, & du con-
» fentement de fa premiere femme «.

» Ce Pere ne penfoit pas qu'il fût à propos que le Religieux fe féparât de fa femme fans fon confentement, à moins qu'il n'y fût autorifé par un Jugement de l'Evêque ; & il finit par exhorter l'Abbé qui le confultoit, ou à engager la femme à y confentir, ou à s'adreffer à l'Evêque.

» Cet exemple n'eſt pas le ſeul qui ſe trouve dans les Ecrits de Saint Bernard ; & ce n'eſt pas dans ſa propre opiniòn qu'il a puiſé l'idée de cette modération.

» Voilà la voie que la lecture de ſes Ouvrages auroit montrée à ſes enfans. Si on l'eût ſuivie, le temple de la Juſtice ni cette Capitale n'auroient point retenti des ſcandales de cette Cauſe. Mais que du moins le bien naiſſe du mal, & que l'affligeant éclat de cette affaire puiſſe devenir l'occaſion d'en épargner à l'avenir de ſemblables à l'Etat & à l'Egliſe. Eh quoi ! notre Légiſlation ſeroit-elle aſſez imparfaite ou aſſez foible, pour ne pas trouver ou ne pas employer des voies ſûres qui répriment les abus, plus fréquens qu'on ne penſe, des apoſtaſies publiques ou cachées, & qui préviennent dans la ſuite le danger des unions ſacriléges ?

» Pourquoi les Religieux ne ſont-ils pas toujours préſens aux yeux des Juges, par un domicile certain & connu, comme les autres Citoyens ? Pourquoi les voyons-nous ſe ſouſtraire à l'autorité ſéculiere, par des obédiences rapides & preſque clandeſtines, qui les font paffer d'une extrémité du royaume à l'autre, lorfque les Juges féculiers, ou même eccléfiaftiques, font dans le cas de les interroger ou de les reprendre ? Ceffent-ils donc d'être Citoyens & Sujets, pour avoir fait vœu d'une obéiffance qui feroit criminelle, fi elle pouvoit détruire, ou feulement affoiblir celle qu'ils doivent au Prince & à fes Magiftrats ?

» Cependant, & qu'au moins cet exemple vous frappe, depuis près d'un fiecle que l'Ordonnance civile a établi des regles fages & faciles pour conftater la mort des Citoyens, ils n'ont pas daigné fe foumettre à cette Loi, quoique l'article 13 du titre 20 les renferme expreffément. N'avez-vous pas vu auffi qu'il a fallu un Edit en 1719, une Déclaration en 1720, une autre en 1736, pour connoître fûrement le domicile des Bénédictins pourvus de bénéfices de leur Ordre, qui, entraînés eux-mêmes par une obéiffance aveugle, ignoroient qu'ils fuffent titulaires, & donnoient à leurs Supérieurs des fignatures dont ils ne connoiffoient ni la deftination ni l'ufage ?

» Les Religieux François ignorent-ils

donc que nos Rois, comme protecteurs des Canons & confervateurs de la
difcipline, ont fur eux la même infpection immédiate, qu'ils exercent avec
un zele fi pur fur tout le Clergé de
leurs Etats ? Ignorent-ils que Louis le
Débonnaire, envoyant dans les provinces fes *Miffos Dominicos*, les char-
geoit principalement d'examiner fi l'on
obfervoit dans les Maifons religieufes
les regles monaftiques ? Ignorent-ils que
nos Rois de la troifieme race, & leurs
Cours, ont fouvent donné des ordres
pour la réformation des Monafteres ; &
que le chapitre 34 des libertés de l'E-
glife Gallicane, renferme fur ce point
les monumens les plus folennels & les
plus inconteftables ?

„Qu'il feroit digne de votre zele pour
la Religion & pour l'Etat, de folliciter
auprès du Prince une Loi qui pût conftater à l'avenir, d'une maniere certaine
& réguliere, l'exiftence des Religieux
dans leur cloître, leur fortie hors du
Royaume, leur émigration d'une maifon dans une autre ; qui détruisît ce
mur de féparation qu'ont élevé une
crainte mal entendue, ou des opinions
fauffement conçues dans des temps d'i-

gnorance & de fanatifme ; qui rappe-
lât à une jufte & refpectueufe confiance
dans l'autorité féculiere, des hommes
qui doivent s'honorer d'être Citoyens &
François.

» Qu'il feroit heureux pour nous, d'a-
voir été les promoteurs & les organes
d'un réglement fi utile & fi fage ! Les
Ordres Religieux y applaudiroient eux-
mêmes, parce qu'il feroit tomber en
même temps les calomnies dont la malignité publique fe plaît à les accabler.
Car en conftatant l'exiftence de tous les
Religieux du Royaume de la maniére
preſcrite par l'Edit de 1719 & la Déclaration de 1720, & en les repréſen-
tant à la premiere réquifition, foit à
l'Official, foit au Juge Royal, ils ne
s'entendroient plus reprocher des corrections fecretes & meurtrieres, des châ-
timens inhumains, qui feroient moins
une pénitence qu'un fupplice ; des prifons inconnues, qui dérobant à tout
l'univers & à la lumiere un malheureux
caché dans les entrailles de la terre, ne
lui montrent dans un affreux avenir que
l'horreur, le défefpoir & la mort. Par
l'effet d'un réglement fi fage, en même
temps que les obédiences monaftiques

continueroient d'être librement & reli-
gieufement pratiquées, l'œil du Prince
fuivroit fon Sujet d'une extrémité du
Royaume à l'autre, & ce Sujet feroit
toujours préfent aux regards de fes Cours
& de fes Tribunaux, pour recevoir
avec refpect leur infpection & l'application de leurs Jugemens «.

C'eft aïnfi que l'irrégularité de la conduite des Bernardins fut mife dans tout
fon jour. Mais s'ils méritoient à cet
égard la cenfure du Miniftere public;
s'ils avoient à fe faire les reproches les
plus graves fur leurs démarches, & à
gémir de ne pouvoir donner à leurs Juges
& au Public des preuves fatisfaifantes,
& de la profeffion de Caftille, & de leur
prudence dans fa capture, du moins n'é-
toit-il pas démontré qu'ils euffent ag-
gravé ces imprudences par un attentat
téméraire fur fa fortune & fur la liberté
de fon époufe; la main qui avoit arraché au Miniftre l'ordre contre la femme,
reftoit toujours couverte d'un nuage
qu'il paroiffoit impoffible de pénétrer.
La fociété de Frere Mayeur avec Peuchet n'étoit également qu'un foupçon
qu'on ne pouvoit ériger en certitude.

L'Abbé de Clairvaux foutenoit que

la détention de la dame de Castille lui étoit absolument étrangere. Mais deux faits prouvoient jusqu'à quel point on avoit porté la calomnie contre le mari, & l'oppression de la femme.

Peuchet, alors concordant encore avec son complice, osa demander, le 17 Juillet 1751, qu'elle fût reléguée dans un autre monde : demande injuste, qui fut rejetée par le Ministre éclairé. Soit que Peuchet crût alors qu'il devoit racheter auprès de sa niece, en brisant ses fers, le pardon des maux qu'il lui avoit fait souffrir ; soit que, devenu inutile à Dom Mayeur, il en eût été traité avec le mépris qu'éprouvent les traîtres, quand leur trahison est consommée : on le vit deux mois après changer comme de caractere, & presser la demande en cassation de mariage. Mais trois mois encore après cette désertion, Frere Mayeur persiste, s'oppose vivement au conseil de Peuchet, fait entendre à la dame de Launay que le seul parti qui lui reste est d'ensevelir dans la retraite sa honte & ses malheurs, assure la mort de Castille, dont la preuve est devenue nécessaire pour empêcher la demande en cassation de

mariage, & promet de prendre des mesures, c'est-à-dire, continue de la tromper par de fausses espérances qui l'assu-
roient de sa captive.

2°. On avoit accusé Castille d'un
délit grave : cette imputation se trouvoit dans la commission émanée de l'Abbé de Clairvaux. » Convaincus, y est-il
dit, de faits qui mériteroient la punition corporelle de la Justice séculiere,
& étant obligés de conserver l'honneur de l'Ordre, nous vous commet-
tons, &c. «.

Mais il se trouvoit condamné & convaincu dans cette commission sans aucune instruction ni preuve. Il n'y avoit
ni plaintes, ni information, ni décret.

Ce prétendu fait étoit que Balthasar
Castille avoit volé dix mille livres à
un Marchand de Paris, & qu'il étoit
allé avec sa femme les dissiper à Poligny, proche Besançon. Mais ce fait se
trouvoit démenti par différentes pieces
que la dame de Launay avoit remises
entre les mains du Ministere public,
sans en prévoir l'usage. Il y avoit une
quittance en bonne forme de l'année
même de son départ en 1745 : quittance de dix mille livres d'un Mar-

chand de Paris, à qui Caftille fit remettre, le 20 Septembre 1745, deux billets de cinq mille livres par le fieur
André, ftipulant pour lui & par acte
devant Notaires, & pour reliquat de
compte dont il lui étoit refté redevable; lefquels deux billets avoient été
envoyés de Poligny.

Il étoit d'ailleurs prouvé au procès,
qu'il avoit laiffé entre les mains du
même Notaire les dix mille livres de
la dot de fa femme jufqu'à l'occafion
d'un folideemploi; & ces dix mille livres
auroient au befoin fourni ce reliquat
de compte. Caftille n'étoit donc pas un
fugitif, qui allât diffiper le bien d'autrui
ni le fien à Poligny. Les Magiftrats des
villes où il a demeuré avec fa femme,
certifient tous qu'ils y avoient vécu en
gens d'honneur & de probité.

La fuppofition même de ce fait in-
culpoit les Religieux. Le prétexte de
fauver l'honneur de leur filiation, &
d'empêcher les punitions de la Juftice
féculiere, employé par des Religieux
pour lui dérober des coupables, atteftoit l'irrégularité de leurs vûes, & des
voies qu'ils avoient prifes.

Ce dernier fait achevoit de jeter le

plus grand jour fur ces confidérations particulieres employées dans les ténebres, ces faux expofés de proftitution & de crimes fur lefquels on avoit forcé l'autorité du Prince. On y voyoit Dom Mayeur tromper fes Supérieurs par des accufations calomnieufes ; & quoique l'Abbé de Clairvaux ne partageât pas ces délations, que fon nom fembloit autorifer, on n'en voyoit pas moins les plus funeftes effets en rejaillir fur cette trifte famille, le contre-coup frapper la Société entiere, un plan formé & exécuté de fouftraire les Religieux coupables à la vengeance des Loix, de prendre leurs biens fans acquitter leurs engagemens, & de les livrer à des punitions monacales auffi fufpectes qu'arbitraires.

» Hâtons-nous, dit le Miniftere public avant de conclure, de rabaiffer le voile fur ces excès. La vérité les a gravés dans vos efprits, l'indignation les a empreints dans vos cœurs, & ces femences de calomnies & de malheurs n'y produiront que des fruits de réparation & de juftice. Un époux & un pere infortuné, jouiffant depuis vingt-fix ans de tous les droits de Citoyen, ravi tout

tout à coup à fa femme, à fes enfans & à la Société, précipité dans un cachot!, pour expier une apoftafie dont il n'eft pas juftifié qu'il fût coupable ! La bonne foi de fa femme démontrée, reconnue même de fes perfécuteurs, au moment qu'ils l'oppriment ! Biens, honneur, réputation, outrages ! Trois années d'une prifon déshonorante ! Dangers qu'elle a courus d'y refter à jamais, ou de n'en fortir que pour être reléguée dans un autre monde ! Dangers des Citoyens dans cette maniere de réclamer des Religieux, & des Religieux mariés ! Calomnies affreufes, qui ont été la reffource de leurs malheurs ! Coupable affociation de Frere Mayeur, l'ame du complot, & de Peuchet, fon vil inftrument ! Traité inique, qui n'a pas même en l'exécution qu'il devoit avoir dans la feule claufe jufte qu'il renfermât, celle de conferver les biens à la mere & aux enfans ! Ordres du Roi violés à Celle en Brie, pour faciliter la fpoliation du captif ! Perfécutions de Frere Mayeur, pour enfevelir dans la profeffion religieufe la dame de Launay ! Contrat de mariage, acte authentique, & qui doit faire foi fur-tout contre de

Tome II. R

tels excès ! Fortune aifée de Caftille &
de fa femme envahie par les manœuvres
les plus condamnables ! Mort de leur
troifieme fils, qu'elle auroit peut-être
encore, fi du moins fa nourrice eût pu
avoir dans la prifon où gémiffoit la
mere, le même accès que fes coupables
oppreffeurs !

» Tels font, Meffieurs, les objets
que nous déférons bien moins à votre
fenfibilité qu'à votre juftice. Qu'un Jugement folennel, & dont le fouvenir
puiffe durer au moins autant que les
outrages foufferts par la dame de Launay, en réparant fes malheurs, apprenne
aux Religieux que l'oppreffion retombe
toujours fur fes auteurs, & que les
Loix retrouvent tôt ou tard le coupable
qui les fuit. Vous devez à la dame de
Launay, & à tous les Citoyens dans fa
perfonne, une juftice éclatante, & qui
leur affure qu'ils dorment en paix, à
l'abri des Loix, dont la lumiere veille
pour eux. Vous le devez, nous ofons le
dire, Meffieurs, aux Miniftres eux-
mêmes, dont la juftice & la bienfaifance
connues ont fi fortement à fe plaindre
de l'indigne furprife qu'on leur a faite
fous le voile de la Religion & de l'ordre

public. Vous le devez enfin, Meſſieurs, à cette autorité même dont vous êtes les ſacrés dépoſitaires, & qui deviendroit bientôt impuiſſante dans vos mains, ſi les méchans pouvoient ſe dérober à vos regards, en ſubſtituant les voies ſourdes & obliques des délations à la marche réglée des Loix, les calomnies ténébreuſes à l'accuſation publique, & l'oppreſſion à la juſtice «.

Le Grand-Conſeil, par ſon Arrêt du 7 Septembre 1763, condamna les Bernardins en trente mille livres de dommages-intérêts envers Catherine-Michelle Peuchet, & en pareille ſomme de trente mille livres de dommages-intérêts au profit de Reine-Michelle Caſtille, ſa fille, dont il ſeroit fait emploi. Faiſant droit ſur les concluſions du Procureur-Général, il ordonna que l'Abbé de Clairvaux & tous les Supérieurs de l'Ordre de Cîteaux ſeroient tenus de faire exécuter la définition du Chapitre général de leur Ordre de l'année 1672, au ſujet des ſignatures ſur les regiſtres & au bas des actes d'émiſſion des vœux, tant des Novices, que du Supérieur qui reçoit les vœux, & des témoins; & pareillement, que les

R ij

actes d'émiſſion de vœux qui ſeroient mis ſur l'autel par les Novices, ſeroient écrits ſur papier, & non ſur parchemin, & que les dates des jour, mois & an deſdits actes ſeroient écrites en toutes lettres, & non en chiffres. Il fut encore permis à la dame de Launay de faire imprimer l'Arrêt, juſqu'à concurrence de cent exemplaires, aux frais des Religieux.

Cet Arrêt fut reçu avec les applaudiſſemens du Public, qui partagea vivement la joie de la dame de Launay, & la reconduiſit en triomphe, ſous une pluie de fleurs que lui jeterent des Bouquetieres mêlées dans la foule,

PROCÈS de Deshayes, Notaire, condamné, par contumace, à être pendu, comme Banqueroutier frauduleux.

L'AUTEUR du Code des Banqueroutiers, après avoir parcouru les différentes espèces de Banqueroutiers, arrête
ses regards sur la classe des Notaires &
des autres gens d'affaires. » De tous les
Banqueroutiers (dit-il avec une énergie
qui fait l'éloge de son cœur), ceux
qui méritent, à mon avis, le châtiment
le plus rigoureux, sont les Notaires &
tous les Gens d'affaires, qui ne sont,
pour ainsi dire, que les colporteurs &
les gardiens des fonds du Public. Un
Notaire est un Officier, dont le ministère doit se borner à constater l'au-
thenticité des actes que tous les membres de la Société font entre eux. Si
l'intérêt des familles exige quelquefois
qu'un Notaire se charge d'argent, ces
fonds ne lui sont confiés que par forme
de dépôt, qu'il ne peut dénaturer, sous

quelque prétexte que ce puiffe être. Un
Officier de cette efpece, qui divertit
les fommes qu'on a mifes entre fes
mains, ne peut jamais alléguer des
pertes propres à le mettre à l'abri des
pourfuites de fes créanciers. C'eft un
voleur public qu'il faut punir, un monf-
tre qu'il faut étouffer, & non un Négociant malheureux qu'il faille plaindre.
En vain dira-t-il qu'il a imprudemment prêté ces fonds à des perfonnes
devenues infolvables; en vain voudra-
t-il s'excufer fur quelque entreprife
malheureufe où il a échoué. Ces allégations frivoles dépofent même contre
lui. Sa tête doit répondre du moindre
des dépôts dont il s'eft chargé; &
l'ouverture feule des facs qu'on a placés
chez lui, fous la feule garantie de fon
miniftere & de fa bonne foi, eft une
audace criminelle, qui mérite d'éprouver un châtiment exemplaire «.

A ces réflexions nous pourrions en
ajouter d'autres que M. Poncelin a faites pour prouver la néceffité de rendre
la Compagnie des Notaires garante des
dépôts du Public. Mais quoique plufieurs exemples affligeans femblent juftifier le zele de l'Auteur du Code des

Banqueroutiers, il faut cependant convenir qu'il n'eſt point de Corps qui mérite plus la confiance du Public que celui des Notaires.

Ce ſont, en effet, les Notaires qui exercent la premiere eſpece de magiſtrature dans la Société, & leurs fonctions ſont d'autant plus précieuſes, qu'elles préviennent ſouvent l'éclat & les ſuites des diſcuſſions judiciaires. Combien de familles ne doivent-elles pas aux ſages conſeils des Membres de cette Compagnie la conſervation de leur patrimoine, qui ſeroit devenu la proie de la chicane ? Combien de citoyens prêts à voir dévorer leur fortune, n'ont-ils pas écarté les malheurs dont ils étoient menacés, par les ſecours généreux qu'ils ont trouvés dans la Compagnie des Notaires ? Combien enfin de traits honorables la vertu modeſte des Membres de ce Corps n'a-t-elle pas couverts d'un voile impénétrable ? . . . .

Nous ſommes donc bien éloignés d'adopter, dans cette partie, les idées de défiance que l'Auteur du Code des Banqueroutiers a inférées dans ſon ouvrage. Nous croyons que toute application générale de la conduite de quelques indi-

R iv

vidus, eft injufte, & nous nous faifons un plaifir bien doux, avant de rendre compte du procès de Deshayes, de payer ce jufte tribut d'éloges à une Compagnie auffi eftimable que celle des Notaires.

Cet Officier infidele & peu délicat étoit entré dans la Compagnie des Notaires en l'année 1728. Il paroît qu'il étoit né avec un caractere fouple & infinuant, & qu'il joignoit à l'adreffe la plus perfide, l'art de s'offrir aux regards du Public fous les dehors refpectables de la probité la plus févere. Avec de pareils moyens, il parvint facilement à acquérir la plus grande confiance. Ce qui augmenta encore fon crédit, fut fa nomination à une place d'Echevin de la ville de Paris. On fait que ces places ne font deftinées qu'à des citoyens honnêtes & irréprochables. Deshayes s'en fervit pour tromper le Public & pour parvenir à commettre plus promptement & d'une maniere plus utile pour lui, le crime qu'il méditoit depuis longtemps.

On prétend en effet que ce vil fripon exerçoit fon brigandage fur la claffe la moins inftruite de la Société, & que, pendant qu'il étoit Echevin, il avoit attiré dans son cabinet une foule innombrable de Domestiques, d'Artisans & de gens du peuple, qui lui portoient le fruit de leurs travaux & de leurs épargnes, sous prétexte d'emplois qu'il leur annonçoit sur le Domaine de la Ville.

Il a été convaincu, non seulement d'avoir supposé des emplois, mais encore d'avoir trahi la confiance de ses cliens, en abusant des dépôts volontaires, & de leur avoir fait souscrire des billets à son profit, sous prétexte de leur avancer de l'argent pour compléter l'emploi qu'il leur avoit proposé.

Après avoir ainsi usurpé la confiance publique pendant plusieurs années, & après avoir recueilli des sommes considérables qui étoient le fruit de ses brigandages, Deshayes prit la fuite à la fin de l'année 1763, & laissa une foule de malheureux dans la consternation.

Une conduite aussi lâche & aussi criminelle excita la plus forte indignation dans la Capitale. Le Ministere public, instruit de l'évasion de Deshayes & de toutes les circonstances de son crime, rendit plainte & fit informer. Les preuves de fraude, de mauvaise foi & de

R v

friponneries les plus criantes, ne furent que trop faciles à acquérir. Elles exigeoient un exemple éclatant, pour rassurer le Public alarmé par un genre de délit d'autant plus dangereux, qu'il avoit été commis sous les apparences trompeuses de la probité ; le Châtelet rassura la Capitale par une condamnation aussi juste que capable d'effrayer ceux qui seroient tentés de commettre le même crime dont Deshayes s'étoit rendu coupable.

Par Sentence du 24 Février 1764, qui déclara la contumace bien & valablement instruite, le Châtelet condamna Deshayes à faire amende honorable devant la principale porte du Grand-Châtelet, où il seroit conduit & mené, dans un tombereau, par l'Exécuteur de la Haute-Justice, ayant écriteau devant & derriere, portant ces mots : *Notaire, Banqueroutier frauduleux*; & là, étant à genoux, nu-tête, nu-pieds & en chemise, ayant la corde au col, dire & déclarer, à haute & intelligible voix : » que méchamment, témérairement & comme mal avisé, il a, dans l'exercice des fonctions de la charge de Notaire au Châ-

telet de Paris, dont il étoit revêtu depuis 1728, commis les abus de confiance, malverfations, prévarications,
infidélités & manœuvres mentionnées
au procès, notamment quant aux dépôts, tant en deniers qu'en effets royaux,
ou autres effets mobiliers qui lui étoient
confiés, foit volontairement, foit par autorité de Juftice.

» Qu'il a, à cet effet, par un abus
criminel de la confiance publique, qu'il
s'étoit acquife par les dehors d'une probité apparente, difpofé à fon profit def-
dits dépôts pendant nombre d'années,
& finguliérement dans les temps voifins
de fa fuite, au lieu de les employer
au défir des propriétaires, ou de les
conferver intacts, aux termes des Jugemens qui lui en avoient confié la garde;
& quant aux dépôts volontaires, pour
pallier fa fraude & fon crime, payé les
intérêts, foit des fommes d'argent, foit
des papiers publics, qu'il retenoit in-
dûment, ou dont il avoit fecrétement
& frauduleufement difpofé.

» Qu'il a fuppofé des emplois con-
fommés, que cependant il n'avoit pas
faits, prétextant aux Parties intéreffées

R vj

des obstacles imaginaires pour éloigner
la remise des contrats qu'il auroit dû ,
mais ne pouvoit délivrer.

» Qu'il a trahi la confiance d'aucuns
de ses cliens , en leur déclarant fausse-
ment qu'il avoit constitué leurs fonds,
dont il étoit dépositaire , sur des personnes distinguées par leur état , leur
fortune & leur probité , qui ne lui
avoient pas même donné charge de leur
trouver de l'argent à emprunter.

» Qu'il a , en abusant de sa qualité
d'Echevin , annoncé des emplois publics , particuliérement sur le Domaine
de la Ville , qui dans la réalité n'a-
voient pas lieu , & , par ce moyen ,
attiré nombre de personnes , & notamment des Domestiques, Artisans & autres, de l'inexpérience & de la foiblesse
desquels il a su profiter , & s'en faire
remettre des sommes plus ou moins
considérables qu'ils avoient pu amasser
de leurs épargnes. Qu'il a fait souscrire ,
par aucunes desdites personnes , des billets à son profit, sous le prétexte de leur
avancer de l'argent pour compléter l'emploi qu'il leur avoit proposé.

» Tous lesquels faits plus amplement
détaillés au procès , établissent , qu'il

faifoit fervir depuis long-temps fon miniftere, & la confidération qu'il avoit
ufurpée, même dans ces derniers temps,
par la qualité d'Echevin dont il jouiffoit,
à tromper le Public; ce qui l'a conduit à faire la banqueroute la plus frau-
duleufe, dont il fe repent & demande
pardon à Dieu, au Roi & à la Juftice;
ce fait, conduit à la place du Pont-
Marie, où il fera pendu & étranglé,
jufqu'à ce que mort s'enfuive, par ledit
Exécuteur de la Haute-Juftice, fes biens
acquis & confifqués au Roi ou à qui il
appartiendra, fur iceux préalablement
pris la fomme de 200 livres d'amende
envers le Roi, au cas que confifcation
n'ait pas lieu au profit de Sa Majefté;
laquelle condamnation fera tranfcrite
dans un tableau qui fera attaché à une
potence, qui pour cet effet fera plantée
en ladite place du Pont-Marie, &c. «.

Après avoir rendu compte de la condamnation de Deshayes, nos Lecteurs
ne regarderont pas comme une digref-
fion étrangere au fujet que nous trai-
tons, l'examen d'une queftion qui nous
a été propofée.

On nous a demandé, fi un Négo-

ciant ou un Homme d'affaires ne doivent pas être punis, lorfque, pendant
qu'ils jouiffoient de la confiance publique, ils ont fait fervir les fonds de leur
commerce, ou les fommes qui leur ont
été confiées, à des objets de luxe, &
fur-tout aux dépenfes qu'entraîne l'entretien d'un carroffe.

Ce n'eft pas fans raifon qu'on prétend que le luxe eft la caufe la plus
commune des banqueroutes. Le luxe
des voitures en a fur-tout occafionné un
grand nombre, depuis que les Négocians, les Gens d'affaires, & même
les Marchands, n'ont pas acquis un
crédit un peu étendu, qu'il leur faut
une voiture & des chevaux. Il n'eft
que trop ordinaire de voir des hommes
avides de jouir, & affez indifcrets pendant qu'ils font heureux dans leurs opé-
rations, pour ne s'occuper que de plaifirs, au lieu de pofer, dans une fage
obfcurité, les fondemens d'une fortune
folide. Mais qu'arrive-t-il ? Si le moindre
revers vient déranger leurs fpéculations,
il ne leur refte plus la reffource d'une
prudente économie ; ils font obligés de
manquer à leurs engagemens, & fou-

vent ils font payer à leurs créanciers le plaifir qu'ils ont eu d'étaler en public un luxe impudent.

Toutes les fois qu'un Commerçant ou un Homme d'affaires font affez heureux pour fournir à ces dépenfes fans manquer à leurs engagemens, il eft fans doute indifférent à la Société qu'ils ne fe refpectent pas affez pour fe tenir dans les bornes de leur état : mais lorfqu'après avoir affiché un luxe fans pudeur, ils ceffent leurs payemens, & compromettent la fortune du Public, on devroit peut-être faire revivre contre eux les effets falutaires de la cenfure des Anciens. On pourroit certainement, fans injuftice, regarder cette circonftance comme un indice fuffifant pour motiver une procédure criminelle, & pour exciter la vigilance du Miniftere public. Nous ne penfons pas qu'un Commerçant indifcret, qui a eu la facilité de céder au torrent du Siecle & de l'exemple, doive être puni comme un criminel, s'il prouve d'ailleurs des malheurs réels ; mais fi fa conduite eft équivoque, fi la plus légere preuve de fraude fe trouve réunie à celle d'une vie con-

sacrée au plaisir & au luxe, il n'y auroit peut-être pas de moyen plus effi-
cace pour diminuer le nombre des
banqueroutes qui font chaque jour de
nouvelles plaies au Commerce, que de
punir le Négociant ou l'Homme d'affaires qui auroient employé à des jouif-
fances de luxe les fruits de leur induf-
trie, & qui auroient exposé leurs créanciers à des pertes qu'ils leur auroient
évitées en s'interdifant des plaifirs qui
devenoient criminels par leur fuite.

La peine qu'on infligeroit au Commerçant téméraire ou à l'Homme d'affaires indifcret qui n'auroient pas réfifté
au penchant général du Siecle pour le
luxe, ne devroit pas, fans doute, être
auffi rigoureufe que celle que mérite le
Banqueroutier frauduleux ; mais tout
Homme d'affaires, tout Commerçant
qui auroit dérangé fa fortune par fa
paffion pour le luxe, & qui feroit éprouver des pertes à fes créanciers, devroit
être regardé comme coupable d'un abus
de confiance digne de la févérité des
Loix ; & nous ne penfons pas qu'on
nous accufe d'avoir des principes trop
aufteres, en difant que l'efpece de délit

dont nous parlons, mérite une de ces peines d'opinion qui flétrit l'individu, & le montre à la Société sous les traits d'un membre dangereux dont elle doit se défier.

Ces réflexions ne paroîtront pas déplacées dans un temps où chaque jour le crédit public reçoit de nouvelles atteintes par les banqueroutes que le luxe occasionne. Les Négocians honnêtes & les Gens d'affaires délicats nous sauront gré d'élever la voix contre un des abus les plus funestes au bien public. Leur suffrage est le seul qui puisse nous flatter. Nous n'ignorons pas que nos vûes pourront déplaire à ceux qui redoutent une réforme qui les forceroit à être honnêtes ; mais leurs vaines clameurs, loin de suspendre notre zele, lui donneront au contraire de nouvelles forces.

AFFAIRE de Savary & de Lainé, Soldats au Régiment des Gardes Françoises.

LA maniere dont les événemens se font combinés dans cette affaire, a quelque chose de si étonnant, les effets qu'ils ont produits sont en même temps si attachans, que nous avons cru qu'ils pouvoient se reproduire avec intérêt dans ce Recueil.

Savary & Lainé, tous deux soldats du Régiment des Gardes Françoises, étoient entrés, le 13 Novembre 1764, avec deux bourgeois de leurs amis, dans le cabaret qui forme le coin de la rue Saint-Martin & de la rue du Verbois. Le nommé Lamet, soldat du même Régiment, passoit, vers les quatre heures après midi, devant ce cabaret. Ses camarades l'appelerent : il entra, & les trouva pris de vin, ainsi que leurs deux amis. Son premier mouvement, à la vue de ces hommes, ivres tous quatre, fut de se retirer. Mais, comme eux-mêmes se disposoient à sortir, il attendit un inftant, pour prêter la main à ceux d'entre eux qui pourroient le moins fe conduire. Les deux bourgeois demeuroient rue du Verbois, en face d'un autre cabaret, qui a pour enfeigne la Providence. Lamet remit d'abord ces deux particuliers à leur porte, puis il eut pour Lainé & pour Savary la complaifance d'entrer encore dans le cabaret de la Providence, où ils burent, entre eux trois, une chopine de vin fans s'affeoir. Comme ils fortoient, ils rencontrerent, dans l'allée, une bande d'ouvriers qui fortoient auffi. Deux de ces ouvriers étoient plus ivres que Savary & Lainé. Savary & l'un d'eux fe coudoyerent par l'effet de l'ivreffe, & fe heurterent dans le paffage. L'ouvrier fe retourna, & adreffa à Savary ce mot groffier & bas, dont on eft accoutumé à croire qu'on doit tirer vengeance. Savary voulut fe faire juftice par un foufflet, que para le jeune Lamet, qui étoit de fang froid. Mais l'ouvrier prit Savary aux cheveux : en même temps les cinq autres artifans tomberent fur lui, lui meurtrirent le vifage, l'accablerent de mille coups. Lainé, furieux de voir battre fon ca-

marade , tira l'épée. Lamet, craignant
que l'ivreſſe de Lainé ne lui fît potter
quelques coups fâcheux, ſe jeta au devant de lui , le prit à braſſe-corps , le
repouſſa hors l'allée, avec tant de vi-
gueur , qu'il l'appliqua contre l'autre
mur de la rue. Cependant les ſix arti-
ſans ne ceſſoient de frapper Savary ,
qui ſe trouvoit ſeul contre eux ſix.
» Vois-tu donc, dit Lainé à Lamet ,
» qui le ſerroit toujours contre la mu-
» raille , vois-tu comme ils traitent
» notre camarade « ? Et diſant ces
mots , donne une ſecouſſe ſi vive ,
qu'il échappe des mains de Lamet. Celui-ci court , le reſſaiſit à l'entrée de
l'allée , s'attache à ſon ceinturon par
derriere , l'attire ſi violemment , qu'il
manque de le renverſer ſur lui-même.

C'eſt alors que Savary , ſe croyant
abandonné des ſiens , & craignant juſ-
tement pour ſa vie , mit enfin l'épée à
la main , non dans le deſſein de faire
un meurtre , mais pour épouvanter
cette bande acharnée. La colere des
ouvriers , à la vue d'une épée tirée ,
redoubla. Celui d'entre eux que le vin
avoit le plus troublé , voulut lui ſauter
au collet ; & cet homme ivre , nommé

Bulson, se précipita de lui-même sur l'épée que Savary agitoit au hasard, afin de s'ouvrir une voie pour échapper à la rage des six bourgeois. Bulson expira sur l'heure. Cet accident rendit à Savary tous ses sens. Il vit le danger qu'il couroit ; & ses deux camarades luttoient encore ensemble auprès de la porte de l'allée, l'un par prudence, l'autre par zele pour l'opprimé, que déjà celui-ci, s'élançant du fond de cette allée, étoit en fuite. Pour lors Lamet lâcha Lainé, & le pressa de fuir avec lui ; car le peuple s'assembloit & crioit *à l'assassin ! au meurtre !* Déjà Lamet avoit parcouru les trois quarts de la rue, lorsqu'il regarda si Lainé le suivoit. Comme celui-ci ne venoit point, il eut regret de le laisser dans la bagarre : il l'avoit empêché d'agir, il eût voulu l'empêcher d'être pris. Il revint sur ses pas ; mais voyant que le peuple l'avoit enveloppé & le tenoit bloqué, il eut peur pour lui-même, & prit le parti de s'évader seul. La garde du régiment accourut sur les cris du peuple, qui lui livra Lainé. Comme Savary étoit disparu avant que la populace eût eu le temps de s'amasser,

ce fut Lainé que la voix publique accufa d'être l'auteur du coup. Il fut conduit aux prifons de l'Abbaye Saint-
Germain.

Tandis qu'on lui imputoit l'action
de Savary, celui-ci, tout troublé, en
faifoit l'aveu indifcret à une fille nommée *Lahaye*, chez qui il s'étoit réfu-
gié. Il lui conta qu'il avoit eu le malheur de donner un coup d'épée, & cela
pour fauver fa vie, mife en péril par
les excès des gens qui étoient fur lui.
Il montra même à cette fille fon épée,
qu'il n'avoit point eu la force d'effuyer.
Ce fut elle qui l'effuya avec fon mouchoir. De là il retourna à fa compagnie,
& demanda à la fentinelle qui étoit
en faction, s'il n'y avoit rien de nouveau. La fentinelle ayant répondu que
non ; ce malheureux, toujours hors de
lui-même, lui répéta ce qu'il venoit
de confier à la Lahaye : il le dit encore à d'autres foldats ; & ce fut fur
fa propre déclaration, que fes Sergens
le firent conduire aux mêmes prifons
où étoit Lainé.

Le procès fut auffi-tôt inftruit, felon
toute la rigueur des Ordonnances. Le
plus grand point étoit d'apprendre le-

quel des foldats avoit commis l'homi-
cide : c'étoit-là l'objet effentiel. Or
aucun des témoins ne favoit les noms
de ces trois foldats. Ce n'étoit donc
que par la voie de la confrontation,
qu'il étoit poffible de découvrir le véritable auteur du meurtre. Succeffive-
ment confrontés à Savary & à Lainé,
les témoins convinrent, en préfence
de l'un & de l'autre, qu'ils ne pouvoient dire fi c'étoit l'accufé préfent
qui avoit donné la mort à Bulfon. Tel
fut le langage uniforme que les témoins
tinrent tous, à l'exception d'un feul,
qui porta un témoignage pofitif. Mais
ce qu'il eft bien néceffaire de remarquer, c'eft que ce ne fut pas Savary,
véritable auteur de l'accident, ce fut
Lainé, qui n'y avoit aucunement participé, que ce témoin unique accufa
d'avoir porté le coup mortel. Ce témoin fe nommoit *François Mercier*,
& étoit fondeur de profeffion. Il dépofa, » qu'étant à travailler, vers les
quatre heures du foir dans fa boutique,
en face du cabaret de la Providence,
il en vit fortir cinq à fix particuliers,
du nombre defquels étoit Bulfon, qu'il
connoiffoit ; que ces fix hommes ren-

contrerent dans l'allée trois Gardes Françoises; qu'ils fe heurterent, qu'ils fe difputerent ; qu'un des Gardes tira un de fes camarades hors de l'allée, le pouffant même jufqu'à la porte de la boutique du dépofant, & lui difoit: *Laiffe cela, viens-t'en ;* que celui des Gardes qui étoit refté dans l'allée, fe colleta avec Bulfon ; qu'en fe démenant & s'agitant l'un fur l'autre, le chapeau du foldat tomba ; qu'auffi-tôt celui qui étoit retenu par l'autre, s'écria: *Tiens, vois-tu, les voilà qui battent notre camarade ;* qu'alors ces deux Gardes Françoises mirent l'épée à la main ; qu'ils coururent à l'endroit où ce camarade étoit aux prifes avec Bulfon & les autres ; qu'ils donnerent à ceux-ci plufieurs coups de plat d'épée, & qu'au même inftant le foldat qui avoit été retenu contre la boutique, paffa fon épée au travers du corps de Bulfon ".

Pendant cette inftruction, M. le Duc de Biron avoit demandé & obtenu des lettres de grace de la clémence du Prince ; &, d'après la dépofition du fondeur, le rédacteur de ces lettres avoit mis fur le compte de Lainé le meurtre

meurtre de Savary. Lorfqu'il fut queftion de leur entérinement, le Lieutenant-Criminel, chargé d'interroger les
coupables, demanda à Lainé s'il étoit
vrai qu'il eût porté le coup qui avoit
donné la mort à Bulfon. Lainé, innocent, alloit répondre que non : on lui
fuggéra qu'étant dénommé dans les
lettres de rémiffion pour avoir donné
la mort à Bulfon, fon défaveu alloit
annuller les lettres. Croyant donc fe
procurer la liberté, ainfi qu'à fes camarades, il fe chargea volontairement
d'un meurtre qu'il n'avoit pas commis,
& dit qu'il en étoit l'auteur. Comme
on le reconduifoit dans les cachots, il
rencontre, fur l'efcalier, fes deux camarades ; il leur fouffle en paffant,
que le feul moyen de fe fauver tous
les trois & de ne pas fe rendre la clémence du Prince inutile, c'eft de laiffer
le Juge dans l'erreur, & de confirmer
le menfonge qu'il venoit de faire. Les
deux autres dépoferent en conféquence.

Bien loin de les fauver, cette erreur
manqua de leur devenir funefte. En
fuppofant que Lainé fût le meurtrier,
les Juges ne pouvoient voir dans lui
qu'un affaffin. D'après la dépofition du

Fondeur, du premier moment de la rixe au crime, il s'étoit écoulé assez de temps pour qu'il ne fût pas dans le cas graciable d'un premier mouvement. Ses Juges ne virent dans lui qu'un meurtrier volontaire, sur la tête duquel devoit se déployer toute la sévérité de la Loi, qui prive de la faveur des Lettres graciables tous les homicides de sang froid.

Le débouter de ses Lettres de grace, c'étoit lui annoncer le supplice. A la nouvelle de ce jugement, Savary frémit plus que Lainé lui-même : il vit l'erreur où le témoin Mercier alloit entraîner les Magistrats. Que fait ce courageux infortuné ? Il se hâte d'instruire, du fond de ses cachots, ses Supérieurs, de la vérité des faits : il écrit à M. le Maréchal de Biron son Colonel : il écrit à M. le Marquis de Cornillon son Major : il écrit à M. de Cheneviere, Conseiller en la Cour. Savary ne s'en tint pas là ; il administra contre lui-même tous les témoins qui pouvoient désabuser les Juges. On sent bien que cette démarche fit changer de face à l'affaire : on ordonna qu'avant de procéder au jugement définitif de Lainé,

Lamet, qui ne s'étoit rendu volontairement en prifon què pour profiter de
fes Lettres de grace, feroit écroué, puis
interrogé de nouveau. Il le fut le premier Octobre. Ce fut là qu'il détailla
tous les faits dans la plus exacte vérité.
M. le Lieutenant-Criminel lui objecta
que, lorfqu'il avoit été amené à l'Audience, il avoit répondu que c'étoit
Lainé qui avoit donné le coup d'épée.
Savary avoua, fans nul détour, qu'il
avoit eu tort ; que c'étoit par le confeil de Lainé lui-même qu'il avoit fait
cette déclaration : que celui-ci leur re-
commanda, dans l'efcalier de la prifon,
de dire que c'étoit lui qui étoit le coupable, parce qu'autrement leurs Lettres
ne feroient point enregiftrées.

Seconde Sentence intervint, qui porta, qu'avant de juger définitivement
Lainé, de nouveaux témoins feroient
entendus.

Catherine de Lahaye dépofa que le
13 Novembre, vers les quatre heures
& demie du foir, Savary vint la trouver à la porte Saint-Denis ; qu'elle parloit, dans ce moment, fur l'efcalier à
la femme Thibault ; qu'elle entendit Savary qui, du bas de l'efcalier, la prioit,

d'une voix entrecoupée, de descendre;
que la femme Thibault & elle furent
étonnées de l'air effrayé qu'avoit Savary ; qu'elle lui demanda ce qu'il venoit de faire, & que sûrement il avoit
fait un mauvais coup; qu'il en convint, & dit qu'il avoit tué un homme;
qu'il lui fit voir son épée teinte de
sang depuis la pointe jusqu'à la garde;
qu'elle lui dit : *Donne-moi ton épée,
misérable, que je l'essuie*, ce qu'elle
a fait avec un mouchoir tout blanc
qu'elle avoit sur elle; qu'une fille nommée *Louison*, qui loge avec elle dans
la même chambre, a vu le mouchoir,
& a su cette histoire, comme tous ceux
de la maison. La déposition de cette
femme Thibault se rapportoit dans ses
points avec le témoignage de Lahaye,
& lui servoit de preuve & d'appui.

Antoine de Latour, Sergent aux Gardes, déposa qu'ayant reçu ordre de
M. de Chaban, Major, de visiter au
Châtelet Lainé, Savary & Lamet, pour
savoir qui des trois avoit tué Bulson,
il les fit venir dans les guichets; que
Lamet & Lainé lui nièrent d'en être
les auteurs : que Savary convint de
bonne foi, que c'étoit lui qui avoit tué,

& que le déposant rapporta à M. de Chaban ce qui venoit de lui être déclaré.

François Mainaud, soldat, & Jean Belamour, Caporal, déposerent encore, qu'aussi-tôt après l'accident, Savary étoit venu leur dire tout bas à l'oreille, qu'il venoit d'avoir le malheur de tuer un homme.

Les trois accusés furent ensuite confrontés, tant entre eux qu'avec les témoins de la nouvelle information. Ce fut alors que Savary confessa juridiquement sa faute involontaire. Il avoua, sous la foi du serment, que c'étoit sa main qui avoit fait le coup, mais qu'il n'avoit eu ce malheur qu'à son corps défendant, & après avoir été considérablement maltraité par Bulson & les autres. Il convint, à la lecture de chaque déposition nouvelle, qu'elle contenoit la vérité. Lamet & Lainé en convinrent aussi ; seulement Lainé ajouta, que s'il s'étoit chargé lui-même, c'est que les Lettres l'annonçant comme l'auteur du coup, il avoit cru qu'elles seroient entérinées dans cet état, & qu'il auroit sa liberté, d'autant plus que le public qui l'entouroit

S iij

à l'Audience, lui crioit de dire ainsi.

Cette affaire se divisoit tout naturellement en deux parties ; la défense de Lainé, & la défense de Savary.

Si Lainé eût tué Bulson de la manière dont on a cru qu'il l'avoit tué, il eût été criminel ; mais il ne l'avoit pas tué.

Savary, il est vrai, avoit tué Bulson, mais il l'avoit tué d'une manière qui n'avoit rien de lâche ni de réfléchi.

Si Savary, du fond des cachots, n'eût crié : *C'est moi seul qui ai porté le coup mortel, on vous trompe, vous vous trompez, écoutez-moi ;* Lainé périssoit innocent.

Mais d'où étoit provenue l'erreur de la déposition de Mercier? Il ne faut pas imputer à fausseté ce qui n'étoit, chez lui, que l'effet de la méprise de ses yeux. Il accusoit Lainé d'avoir tué Bulson, parce qu'il le croyoit ; & il est demeuré constant au procès qu'il s'étoit trompé. Il assistoit au tumulte, du fond de sa boutique. La scene se passoit de l'autre côté de la rue. Le jour baissoit. Il avoit vu Lainé s'élancer des mains de Lamet, qui s'efforçoit de le retenir, & fondre vers la porte de l'allée où le meurtre se commit. Bulson alors, dans une convulsion d'un homme blessé à mort, se précipite hors de l'allée, & tombe mort à leurs pieds. L'étonnement, la frayeur avoient tellement troublé l'imagination de ce témoin, que les idées se brouillerent dans sa tête : toutes les fois qu'il fut confronté à Laîné ou à Savary, il imputa à Savary ce qu'avoit dit Lamet, *laisse cela, allons-nous-en*, & à Laîné le meurtre de Savary.

Cette erreur involontaire donne lieu au défenseur (a) de faire quelques réflexions sur les preuves testimoniales. » Un témoin a vu, dit-il, eh! qu'a-t-il vu? Souvent mille causes physiques, comme dans cette affaire, l'ont trompé ; &, sans parler de ce genre d'obstacles, combien peu de témoins savent voir ! combien peu savent garder, dans ces querelles populaires, le calme & le sang froid, seuls capables d'accuser juste. Toute l'effervescence des auteurs du bruit passe en eux. Leurs passions s'é-

_____

(a) M. Loiseau de Mauléon.

S iv

veillent ; leurs organes s'émeuvent ; les têtes s'échauffent ; on s'intéresse , on prend parti ; chaque caractere juge à sa guise. Le méchant verra tout en mal ; l'homme paisible excusera tout. La présomption , la mal-adresse modifieront les récits que chacun va faire. Et qu'on observe que je supprime ici ces monstrueux intérêts des témoins qui se vendent pour calomnier , qui calomnient pour se venger. O vérité ! si quelques routes nous sont données pour arriver à toi , qui peut compter celles qui nous égarent « ? Ce qu'il y avoit de plus étrange , & en même temps de plus cruel , c'est que la moitié de la déposition du Fondeur étoit vraie , & ce qui se trouvoit être vrai dans sa déposition, rendoit pour Lainé le meurtre d'une nature irrémissible. Dans la supposition que Lainé se fût rendu coupable de la mort de Bulson , son meurtre ne pouvoit pas être regardé comme l'effet d'une défense naturelle , ou d'un premier mouvement , les seuls cas qui soient graciables. Il étoit constant que Lamet avoit arraché Lainé du combat , qu'il l'avoit transporté de l'autre côté de la rue , qu'il l'avoit tenu serré contre

le mur : cet intervalle laiſſoit de la
place à la réflexion. Il étoit encore vrai
que ce n'étoit point ſur lui que s'étoit
acharné Bulſon, c'étoit ſur Savary. L'excuſe de la défenſe naturelle ne pouvoit
donc pas avoir lieu. Les Lettres prê-
toient à l'événement les couleurs d'un
coup imprévu , d'un coup malheureux ;
les charges le repréſentoient comme
un crime. Les Jugés ne crurent pas
que Lainé fût dans le cas de jouir du
bienfait du Prince. Il encouroit la rigueur de l'Ordonnance , qui le débou-
toit de ſes Lettres.

Il eſt vrai qu'il n'y avoit qu'un ſeul
témoin qui chargeât Lainé de l'aſſaſſinat ;
& ſi un témoin unique ne peut pas
faire périr un homme, il ne peut pas
détruire l'effet des Lettres du Prince.
Mais une autre ſingularité , qui marque
cette affaire à un coin extraordinaire ,
c'eſt que Lainé lui-même avoit avoué
un crime qu'il n'avoit pas commis ; &
l'on ſait qu'en matiere criminelle, l'a-
veu du coupable fait l'office d'un ſecond
témoin, & qu'à l'aide d'un premier ,
avec cet aveu, la preuve complette eſt
acquiſe.

S v

On avoit fait entendre à Lainé, que les Lettres n'auroient pas lieu, s'il re-jetoit la mort de Bulson sur Savary. Croyant sa grace & celle de ses cama-rades irrévocablement consignée dans les Lettres, il s'en chargea, & se dit coupable sans l'être. Le meurtre, qui n'étoit qu'un premier mouvement dans Savary, & une défense naturelle, par les circonstances désignées au procès, devenoit, dans Lainé, un véritable délit. La Loi étoit formelle. Par une combi-naison d'événemens malheureux, il al-loit périr innocent du supplice des scé-lérats, tout à la fois victime de la bonté du Prince, de l'erreur d'un témoin, & d'un faux aveu, si Savary, du fond de ses cachots, ne se fût fait entendre, & ne se fût offert à sa place.

On a déjà vu que celui-ci, par un effort de courage sublime, préféra la mort à la douleur de laisser périr Lainé, qui étoit accusé, mais qui n'étoit point coupable. Le coup que j'ai porté, s'é-cria-t-il, est involontaire; mais si la mort est due à ce coup, que Lainé descende, c'est à moi de monter à l'échafaud. A ces cris, l'exécution est suspendue , une nouvelle instruction est entamée. Savary administre lui-même des preuves contre lui. Le seul crime dont Lainé reste chargé, c'est de s'être trouvé mêlé dans la bagarre , d'avoir juré , blasphémé ; mais, par la nouvelle information , le soldat n'avoit ni tué ni frappé.

La justification de Lainé se trouvoit donc dans le seul mot : *Il n'a pas tué.* Si-tôt que cette assertion étoit devenue une vérité démontrée , de deux accusés que l'on avoit eu d'abord à défendre , il n'en restoit plus qu'un à sauver.

Toutes les fois qu'il arrive aux Juges d'enlever à un impétrant ses Lettres de grace , c'est qu'ils ont trouvé son délit de la nature de ceux que le Roi a déclarés irrémissibles. Lorsqu'ils ne voient dans le meurtre aucun dessein formé de le commettre, ils s'empressent d'entériner ; lorsqu'ils l'y voient , ils refusent l'entérinement. L'unique objet est donc de savoir si le coup qu'a porté Savary, a été réfléchi ou non.

Jamais Savary ni Bulson ne s'étoient vus. Les trois soldats & la bande d'ouvriers fe rencontroient pour la premiere fois. Savary n'apportoit donc en ce lieu, ni affront à punir, ni jaloufie à fatif-faire, ni aucun de ces motifs de haine ou de cupidité qui font préméditer les meurtres. La rixe naît fur le lieu, à l'heure même. L'injure eft faite par les ouvriers aux foldats. Ceux-là leur don-nent ces noms vils & grofliers qui troubleroient l'homme le plus calme. A ces mots, Savary fait un gefte. La troupe auffi-tôt fond fur lui. En vain Lainé le voudroit fecourir; Lamet, plus fage, retient Lainé. Que va faire Sa-vary contre fix? On le renverfe, on le meurtrit, on l'écrafe, il fuccombe. Of-fenfé & battu, ce malheureux voit fa vie en péril, n'a de reffource que dans l'arme qu'il porte, & fuit, dans ce moment critique, cette loi gravée en nous par la Nature, qui rend légitime tout moyen pour fauver fa vie.

Les ouvriers font tombés les pre-miers, & tous, fur Savary, n'ont ceffé de l'accabler, y font reftés, n'ont lâché prife qu'après qu'il eut frappé lui-même. Dans cette continuité d'outrages & de coups fans ceffe répétés, où placer l'in-

tervalle néceffaire pour réfléchir & ré-
foudre ? Ses premieres Lettres ne pouvoient fubfifter, puifqu'en préfentant
Lainé comme coupable, elles ne contenoient pas la vérité. Mais de ce que
celui-ci s'étoit trouvé dans le cas d'une
défenfe naturelle, & qu'il avoit la faveur du premier mouvement, fon Défenfeur concluoit qu'il falloit retourner
au pied du Trône, folliciter de la bonté
du Souverain de nouvelles Lettres. Les
circonftances particulieres à Lainé, &
qui l'avoient fait condamner, n'ayant
pas lieu pour Savary, les Juges, ajou-
toit-il, ne pouvoient que fe hâter de
le faire jouir du bienfait du Prince.
Ses Lettres étoient une grace, & l'entérinement un droit.

A ces motifs, les feuls que confi-
dere la Loi, fe joignoit encore un intérêt perfonnel ; c'étoit le courage hé-
roïque avec lequel il avoit provoqué
le fupplice fur fa tête, pour fauver un
innocent qui alloit périr à fa place. La
moindre récompenfe que méritoit un
homme qui préféroit la vérité à fon
honneur & à fa vie même, étoit qu'on
la lui confervât.

Aussi M. le Maréchal de Biron sollicita de nouvelles Lettres pour Savary; les Juges mêmes joignirent leurs sollicitations à celles de ce Colonel. Les Lettres furent obtenues & entérinées.

RÉCLAMATION contre des vœux en religion.

RENÉ LE LIEVRE, fils d'un Tanneur, naquit à Laval, le 3 Juin 1734. Ses parens l'envoyerent à Angers, chez les Prêtres de l'Oratoire, pour y faire fes études. Ayant perdu fon pere & fa mere lorfqu'il n'étoit âgé que de feize ans, il fut émancipé. Le curateur qu'on lui avoit nommé mourut peu de temps après. Ainfi abandonné à lui-même, il revint à Laval au mois de Septembre 1754, après fa premiere année de Philofophie. Pendant ces vacances, il joua, & perdit l'argent deftiné à payer fa penfion l'année fuivante. Cette perte eft la fource de tous fes malheurs.

Il fit part de fon accident à fes freres & à tous fes parens; il les pria de lui remplacer cette fomme. Sur leur refus, il eut l'indifcrétion de les menacer de fe faire Chanoine Régulier.

Né avec un caractere fimple, un génie étroit, la féduction, difoit-on, produifit facilement fon effet. On le

préfenta au Prieur de la maifon de Laval, qui fe chargea de le faire agréer
par le Général de Sainte-Génevieve. La
famille s'affemble enfuite ; on lui fait
figner une renonciation à tout fon bien ;
on s'engage à faire tous les frais de la
profeffion, & à lui conftituer une rente
de vingt écus.

Il part feul, arrive à l'Abbaye de
Sainte Génevieve au mois de Décembre 1754. A peine y fut-il entré, qu'il
trouva tout autre chofe que ce qu'il
avoit efpéré : une vie férieufe & occupée, toute partagée entre l'étude & la
priere, des exercices continuels de piété.
Il fe dégoûta, voulut quitter, & fit
part de fon deffein au Maître des Novices. Ce Religieux, qui s'étoit apperçu
que fon poftulant n'étoit point appelé à
la vie de Chanoine Régulier, loua fa
réfolution, & en fit part à l'Abbé.

Celui-ci lui dit qu'il étoit un inconf-
tant; que plufieurs honnêtes gens s'in-
téreffoient pour lui; que fi le noviciat
de Sainte-Génevieve étoit trop dur,
celui de la maifon de Sainte-Catherine
étoit plus doux. Il acheva fon temps de
poftulance, & prit l'habit de Chanoine
Régulier, le 7 Juin 1755.

Il eut le malheur de trouver dans cette maison un Maître des Novices plus indulgent & moins attentif. Il se dispensoit des exercices qui lui déplaisoient, & l'on fermoit les yeux sur sa négligence.

La veille de sa profession, le Maître des Novices prit la singuliere précaution de lui faire brûler toutes les lettres qu'il avoit reçues de ses parens pendant son année de noviciat.

Ce fut le 15 Février 1756 qu'il fit profession. Dès le soir du même jour, le Maître des Novices le conduisit dans une Auberge, d'où il partit le lendemain pour Saint-Lô en Basse-Normandie, où il y avoit un cours d'études.

Il y arriva à dix heures du soir, & dès le lendemain matin il porta, avec la plus grande confiance, au Prieur de la maison, un long mémoire de toutes les choses qu'il prétendoit lui être nécessaires. Le Prieur ne fit que rire de sa simplicité ; mais voyant son jeune Religieux insister fort sérieusement, il tâcha de le ramener, en lui montrant qu'il étoit meublé comme tous ses Confreres, qu'il ne manquoit de rien, que du reste il pourvoiroit à tous ses befoins. L'Ecolier fe retira fort mécontent de cette réponfe.

Dès le même jour il revient trouver le Prieur, & lui demande de l'argent. On fent quelle furprife dut lui caufer cette nouvelle démarche. Il crut que ce jeune homme avoit perdu la tête; &, après avoir tâché de lui faire entendre raifon, il voulut le renvoyer; mais dans l'inftant le Profès entre en fureur : Je veux de l'argent, s'écria-t-il, on m'en a promis; mon Pére Maître, mes parens, tout m'a trompé.

Ce fut à cet inftant que les yeux de l'infortuné le Lievre commencerent à s'ouvrir. Il comprit alors la grandeur de fon engagement. Il écrit à fes parens, leur demande de l'argent; on ne lui répond point. Il prend la réfolution de ne plus fe regarder comme Chanoine Régulier; il renonce aux études & à tous les exercices de la Communauté.

Les autres Etudians, au lieu de ménager fa foibleffe, en font des plaifanteries; il n'en devient que plus furieux; & dans un de ces accès de fureur, il lui arriva un jour de tomber fans connoiffance, & de demeurer dans une efpece de léthargie, qui fut fuivie d'un dépôt à la cuiffe. C'eft un fait dont toute la Communauté de Saint-Lô fut témoin : *Aut mors, aut libertas, ou la mort, ou la liberté*, crioit-il fans ceffe. Il écrivit aux Supérieurs de Sainte-Génevieve, pour les engager à lui accorder fa liberté.

On n'en fit rien ; on le rappela au mois d'Août à Sainte-Génevieve ; on commença par le faire faigner, dans l'efpérance d'adoucir fon fang agité ; mais l'idée de la liberté reprenoit bientôt le deffus. Deux fois il comparut devant la Diete affemblée les 8 & 9 Août 1756. La vue de tous les Supérieurs majeurs ne l'effraya point : aux premieres queftions qu'on lui fit, il répondit par ces mots, qui ne fortoient plus de fa trifte imagination : *Aut mors, aut libertas*, dit-il fiérement ; & fur ce qu'on vouloit le faire expliquer : *Meffieurs*, dit-il, *je me fuis trompé & on m'a trompé pour une penfion ; je ne demande rien que de vivre librement, ou qu'on me faffe mourir : A U T MORS, AUT LIBERTAS.*

Ces réponfes furent confignées dans un procès-verbal, qui contient en même temps un Jugement qui le condamne à être renfermé dans la tour de Sainte-Génevieve, sans autre motif que sa réclamation.

Cette premiere prison ne dura que deux mois.

Ce fut au mois d'Octobre 1756 qu'on l'en fit sortir; on le confia à la conduite d'un ancien Maître des Novices de Sainte-Catherine. On se flattoit que la douceur & les talens de ce Religieux pourroient guérir son ame blessée. Lorsqu'on le crut plus tranquille, on le fit partir, au mois de Novembre, pour le Val des Ecoliers, au pays de Liege.

A peine y fut-il arrivé, que ses agitations recommencerent. Il demanda de l'argent à l'Abbé & au Procureur, qui ne voulurent pas lui en donner. Il fut outré de ce refus; il avoit appris, depuis sa sortie de prison, qu'il falloit, pour se faire relever de ses vœux, protester authentiquement : il demanda un Notaire pour dresser son acte de protestation ; mais au lieu de lui accorder une demande si juste, autorisée par toutes les Loix ecclésiastiques & civiles, on ajouta au refus la défense la plus expreſſe de ſortir de la maiſon. *Je vous donne la maiſon pour priſon*, lui dit l'Abbé, ſans vouloir entendre ſes raiſons.

Cet infortuné, ſe voyant iſolé dans une terre étrangere, s'abandonna plus que jamais aux accès les plus noirs de la mélancolie. Il ceſſa une ſeconde fois de ſuivre & les études, & les exercices de la Communauté.

Le Viſiteur & le Général, inſtruits de ce qui ſe paſſoit, donnerent à l'Abbé de Liège leurs pouvoirs pour procéder contre le ſieur le Lievre. Ce Magiſtrat domeſtique, & tout à la fois Juge & Partie, fait aſſembler le Chapitre; on procede; & en conſéquence de cette procédure, la malheureuſe victime eſt dépouillée de ſes habits religieux; on le revêt d'un mauvais habit noir; on le traîne en priſon, & il y demeure trois mois enfermé.

On l'en tira au mois de Novembre 1757, en conſéquence d'une délibération du Chapitre général; mais ce fut pour le conduire dans une priſon plus affreuſe.

Il y avoit à Saint-Jean-aux-Bois, ſi l'on en croit ſes récits exagérés par ſon intérêt, des cachots préparés pour ceux qui, dans la Congrégation, ont eu le malheur de mal-faire, ou de déplaire au régime. Quatre Chanoines Réguliers se trouvoient déjà renfermés chacun dans un de ces cachots ténébreux. Le sieur le Lievre fut destiné à en remplir un cinquieme.

C'est dans ce lieu que l'infortuné le Lievre a, disoit-il, passé deux ans & demi, privé de tout secours temporel & spirituel, livré à l'infection la plus horrible, dévoré par les rats, ne recevant sa nourriture que par un guichet, sans feu, sans lumiere, sans livres, sans consolation.

Cependant les parens du sieur le Lievre qui, depuis plusieurs années, ne recevoient point de ses nouvelles, en prirent de l'inquiétude. Après bien des recherches pour savoir s'il étoit mort ou vivant, ils découvrirent enfin qu'on le tenoit renfermé à Saint-Jean-aux-Bois. Leur tendresse se réveilla : ils écrivirent la lettre la plus forte à l'Abbé de Sainte-Génevieve, & menacerent d'un coup d'éclat.

L'Abbé ordonna de relâcher un peu le prisonnier, & d'imaginer quelque moyen de donner satisfaction à la famille. Voici l'expédient que l'on trouva. On fit sortir du cachot le sieur le Lievre ; mais on lui donna en même temps la maison pour prison, lui défendant même d'aller dans le jardin. L'excès de douceur & de simplicité du prisonnier lui fit promettre tout ce qu'on voulut. Il donna parole de ne point s'échapper, & il la tint scrupuleusement. Ce fut au mois de Décembre 1759 qu'on lui accorda cette espece de liberté.

Au bout de quelque temps, le Prieur lui dit qu'il convenoit qu'il écrivît à ses parens, qu'ils étoient inquiets sur son compte ; mais qu'il falloit sur-tout se bien garder de leur parler de sa prison ; qu'il devoit au contraire leur témoigner qu'il étoit heureux & content, & leur annoncer qu'il changeroit bientôt de maison. Le simple le Lievre ne se défia de rien ; incapable de résistance, il fit littéralement tout ce qu'on lui prescrivoit.

Dès que la lettre fut partie, dès que l'honneur du Corps fut à couvert, le Prieur, qui venoit de faire écrire par le sieur le Lievre qu'il alloit changer de maison, & qu'on ne fût point inquiet de lui, remit auffi-tôt au cachot le miférable, qu'il n'en avoit tiré que pour fe jouer de fa facilité.

Ce captif au défefpoir conçut alors, mais trop tard, qu'il n'y avoit de reffource pour lui que dans fon évafion. Déjà il avoit vu périr de mifere deux de fes compagnons d'infortune.

Il fe trouvoit ainfi fans reffource & fans efpoir, n'ayant devant les yeux que des objets funeftes. Il fongea, dût-il lui en coûter la vie, à s'échapper de ce cachot horrible. Il regarde d'abord tout autour de lui : les murs étoient forts & impénétrables : il fe mit à gratter la terre qui formoit le plancher de fon cachot. Il découvre enfin qu'il y a une voûte au deffous de lui, & que le feul moyen de s'évader eft de la percer. Il trouve heureufement un caillou dans la terre qu'il remuoit avec les ongles. Il fe met à frapper avec ce caillou fur les pierres de la voûte. Chaque coup en détachoit quelques légeres parcelles. Il continue à frapper fans ceffe, & voit avec plaifir le trou s'augmenter peu à peu. Enfin, à force de patience, à force de réduire les pierres en pouffiere, avec le foible inftrument que la Providence
lui

lui avoit fourni, il vient à bout de se
faire jour. La premiere ouverture étant
faite, il ne lui fallut plus qu'un peu
de perſévérance pour l'augmenter inſen-
ſiblement. Lorſque le trou fut aſſez
large, il attache ſes draps au bois de ſon
lit, & ſe laiſſe tomber dans un caveau
fort profond.

Il étoit alors minuit; il ignoroit encore s'il pourroit s'échapper de ce nouveau cachot. Il va tâtonnant, & rencontre une porte. Il vient à bout de
l'ouvrir, & s'enfuit. Mais il falloit encore eſcalader un mur. Il s'élance deſſus,
& en ébranle une pierre, qui, lorſqu'il
voulut ſauter de l'autre côté, lui retombe ſur le dos, & le jette dans un
foſſé qui étoit le long du mur en dehors. Il reprend peu à peu le courage
que ce coup inattendu lui avoit fait
perdre. L'amour de la liberté eut bientôt ranimé ſes forces. Il partit donc ſans
ſouliers & ſans bas, n'ayant que de
mauvaiſes guêtres & des pantoufles. Il
parcourt les bois dont la maiſon étoit
entourée, & ſe trouve en pleine campagne, lorſque le jour commença à
paroître. Son deſſein étoit de retourner dans ſa patrie.

Tome II.   T

Mais le moyen de faire une route auſſi longue ſans argent ! Il avoit ſix mouchoirs que la Congrégation lui avoit fournis ; il en vendit quatre pour 48 ſols , & arriva à Paris avec bien de la peine. Le long eſpace de temps qu'il avoit été renfermé , lui avoit preſque fait perdre l'uſage des jambes. À peine eut-il fait quelques lieues , que ſes pieds étoient écorchés de toutes parts. Cependant il arrive à Paris, en prenant la précaution de n'y entrer que le ſoir , de peur d'être reconnu , & de ſe loger dans un fauxbourg.

Il alla donc dans une mauvaiſe Auberge du fauxbourg Saint-Marceau. Son air timide & embarraſſé , des yeux hagards , un viſage flétri par la douleur, un extérieur pauvre & miſérable, tout faiſoit redouter un pareil hôte. Cependant il expliqua une partie de ſon infortune : dans ce triſte récit, il lui échappa de dire qu'il étoit originaire de Laval. L'Aubergiſte ſaiſit ce mot ; & , ſoit pour éprouver la bonne foi d'un étranger que tout ſon extérieur lui rendoit ſuſpect, ſoit dans la vûe de lui procurer quelque ſoulagement, elle lui dit qu'il y avoit dans le voiſinage un

garçon Tanneur de son pays. On le fit
venir ; ils se reconnurent , & ce généreux compatriote exerça envers l'infortuné le Lievre tous les devoirs de l'hof-
pitalité. Il le fit coucher dans sa chambre , il l'y tint caché , il lui fournit des
bas & des souliers dont il manquoit ,
& paya sa place à la messagerie de Laval ; car il étoit hors d'état de continuer sa route à pied.

Il arriva à Laval au mois d'Avril
1760 ; il commençoit à respirer dans
sa famille ; il crut que ses fers étoient
brisés à jamais : le calme rentra dans
son ame, & il se conduisit avec la plus
grande sagesse.

Trois mois étoient à peine écoulés ,
que les Supérieurs de Sainte-Génevieve
le firent sommer , par un Huissier , de
se rendre à la maison de Saint-Jean-
aux-Bois. Il n'eut garde d'obéir. On lui
fit trois sommations, au bout desquelles
il se vit arraché un matin de son lit ,
séparé de sa famille , livré à toutes les
horreurs de l'avenir le plus funeste. Il
se laissa conduire comme une victime
obéissante ; & , quoiqu'il n'opposât aucune résistance, on lui mit les chaînes
aux pieds. Le Procureur des Chanoines

Réguliers de Laval préſidoit à cette expédition cruelle ; & qui fut faite avec ſi peu de ménagement, qu'il en a eü long-temps la jambe malade.

Cette ſcene ſe paſſa le 18 Août 1760; il arriva le 24 à Paris : on le conduiſit à Sainte-Génevieve. Les chaînes dont il étoit attaché avoient été ſcellées avec tant d'attention, que le Serrurier qui les ôta ne put le faire ſans lui cauſer les plus vives douleurs. On le remit dans la tour de Sainte-Génevieve. C'eſt ici ſa quatrieme priſon.

Il apperçut, à la petite fenêtre par laquelle il recevoit un peu de jour, une targette de fer qu'on pouvoit arracher. Cette fenêtre étoit fort élevée : il s'élance & ſaiſit la targette. Avec cet inſtrument, il gratte tant entre la jointure de deux pierres, qu'enfin il ſe fait jour. Alors il regarde, & voit au deſſous de lui un toit, ſur lequel il peut ſe laiſſer tomber. Il redouble de travail, & continue à gratter tout autour de la pierre qu'il vouloit détacher. A la fin elle s'ébranla. Mais il falloit la jeter en dehors; elle étoit lourde, & n'offroit aucune priſe.

Le haſard lui fournit un autre inſtrument. On avoit laiſſé dans ſa priſon une groſſe pierre. Il ſe flatte qu'avec ce ſecours, il peut venir à bout de ſon entrepriſe. On conçoit que l'opé-ration devoit être bruyante. Il attend, pour l'exécuter, un Dimanche. Pen-dant que tout le monde étoit à Vêpres, il prend cette pierre trouvée dans ſa priſon, &, raſſemblant toutes ſes for-ces, il frappe ſur celle qu'il vouloit chaſſer, avec un tel effort, qu'une veine de ſes jambes s'ouvrit, & que le ſang en jaillit avec vivacité. Malgré cet accident, il ne ſe décourage pas; il fait tant, qu'il chaſſe la pierre ébranlée, qui lui laiſſe bientôt une ouverture. Auſſi-tôt il ſe précipite ſur le toit qui étoit au deſſous de lui, & tombe dans une gouttiere. Si ſa chute eût été un peu plus rapide, il ſe précipitoit de plus de cinquante pieds de haut. Il trouve, au bout de la goutiere, une petite lucarne qui donnoit dans une galerie, par laquelle il ſortit. Le mi-racle de ſon évaſion fit bruit dans le quartier, & plus de deux mille per-ſonnes vinrent voir le trou par lequel il s'étoit échappé.

Tous ces ſpectateurs ne pouvoient ſe

laſſer d'admirer & ſon adreſſe & ſon bonheur. Ils ſe rappelerent que, trois ans auparavant, un Religieux, enfermé dans le même lieu, avoit auſſi voulu s'évader, mais qu'il ne fut pas ſi heureux. Tout Paris a ſu la mort tragique de ce Religieux, qui ſe briſa en tombant ſur le pavé.

Le ſieur le Lievre, échappé de ſa priſon, prend la réſolution de s'engager dans les Gardes Françoiſes. Il ſe préſente, en conſéquence, au Sergent d'affaires de ce Régiment. Celui-ci l'engage le premier Septembre 1760, pour la Compagnie du Marquis de Dallot, qui étoit alors en campagne. Lorſqu'on le mena chez le ſieur de Senneville, Commiſſaire des Guerres de ce Régiment, pour s'y faire enregiſtrer, *le ſieur le Lievre déclara & répéta encore, devant les Officiers à l'ordre, qu'il avoit porté l'habit de Chanoine Régulier, en vertu de vœux qu'on lui avoit ſuggérés, vœux contre leſquels il déclara qu'il proteſtoit depuis quatre ans.*

Ce ſont les termes dont ſe ſervit le Sergent, dans le certificat qu'il délivra au ſieur le Lievre. Il ajouta dans le même certificat :

Sur quoi j'ai été à la maison de Sainte-Génevieve de Paris, avec le sieur le Lievre, habillé pour lors d'un habit uniforme du Régiment des Gardes. J'ai demandé à ces Messieurs si je pouvois librement engager ledit le Lievre, & m'informai de ses vie & mœurs, & s'il n'y avoit rien sur son compte qui l'empêchât de servir le Roi, & que l'on ne fût point dans le cas de le réclamer. Avant que de me répondre, ces Messieurs se sont assemblés, & après en avoir délibéré entre eux, m'ont dit que je pouvois l'engager en toute assurance, & qu'ils ne connoissoient rien en lui de mauvais.

Dans un autre certificat du Marquis de Dallot, pour la Compagnie duquel le sieur le Lievre avoit été engagé, cet Officier atteste *qu'il ne l'a engagé qu'après avoir envoyé vers Messieurs de Sainte-Génevieve, savoir s'il pouvoit, sans craindre de réclamation de leur part, prendre ledit le Lievre dans sa Compagnie, & que, sur la réponse rendue à M. le Major, que l'on pouvoit l'engager en toute assurance, sans crainte de réclamation de leur part, & que ledit le Lievre n'avoit ni vice*

T iv

ni vertu, il a été reçu .dans **le Régi-**
ment.

Le Marquis de Dallot, après avoir
certifié que le sieur le Lievre s'étoit
très-bien comporté à Paris & en campagne, ajoute encore : *Il est même ar-*
rivé que, sur les mouvemens qu'il s'est
donnés pour se faire relever de ses vœux,
après s'être adressé au Nonce & à l'Ab-
bé de Sainte-Génevieve, ledit sieur Ab-
bé m'a fait dire par le Procureur gé-
néral de la Congrégation de Sainte-Gé-
nevieve, qu'il ne s'opposoit point qu'il
se fît relever de ses vœux, s'il pou-
voit ; qu'il me demandoit de lui faire
faire campagne, & de le faire mettre
au cachot, s'il s'avisoit d'écrire, comme
il faisoit, à tous les gens qu'il croyoit,
pour cette fin, lui être utiles.

En effet, le sieur le Lievre étoit si
fortement pénétré de la cruauté de sa
situation, qu'il se persuada qu'elle étoit
capable d'attendrir toutes les ames sensibles & bien nées. Il prit donc le parti
d'écrire à tous ceux qu'il croyoit pouvoir contribuer à lui assurer la liberté.

Ce malheureux écrivit mille lettres
différentes au Pape, au Grand-Péniten-
cier de Rome, à Messieurs les Arche-

yêques de Paris & de Tours „ à tous
les Miniftres, à toutes les perfonnes
enfin qui, par leur rang & leur dignité,
pouvoient lui rendre quelque fervice.
Il fit plus : l'excès du malheur l'avoit
rendu audacieux & téméraire, & la
diftance infinie qui fépare le Souverain
de fes Sujets, ne l'effraya point. Il éleva
fes regards jufqu'au Trône, & ne craignit point de faire entendre le cri de
fa mifere au pere commun de fes peu-
ples; il ofa écrire au Roi.

Louis XV ne dédaigna pas d'abaiffer
fes regards jufqu'à fa mifere; il ordonna
qu'on lui rendît juftice.

Les Supérieurs de Sainte-Génevieve
dégagerent le fieur le Lievre au mois
de Décembre 1761, & l'envoyerent à
foixante lieues de Paris, dans leur maifon de Gatines, près de Tours, *pour y
vivre comme un penfionnaire féculier.*
On lui fournit abondamment toutes les
chofes néceffaires à la vie; on lui accorda une honnête liberté; il ne fut
plus queftion ni de prifons, ni de mauvais traitemens.

Malgré un changement fi peu attendu, le fieur le Lievre ne pouvoit fe
croire heureux, tant que l'ombre de

T v

ses liens subsisteroit encore. Il falloit, pour sa tranquillité, que sa profession fût déclarée nulle. Il écrivit, à ce sujet, plusieurs lettres aux Supérieurs de Sainte-Génevieve; ils s'obstinerent à garder le silence, & à le tenir éloigné.

Le sieur le Lievre les pressoit toujours; & voyant que trois mois s'étoient écoulés sans qu'il eût pu obtenir de réponse, il les avertit qu'il alloit encore recourir à ses illustres protecteurs. Les premieres marques de bonté qu'il en avoit reçues l'enhardirent à cette nouvelle démarche. Ses espérances ne furent point trompées; & quoique ses importunités fussent indécentes & téméraires, l'humanité de ses bienfaiteurs les lui fit pardonner.

Ce fut alors qu'on obligea enfin l'Abbé de Sainte-Génevieve de rappeler à Paris ce prétendu Profès, pour le mettre à portée de suivre sa demande en réclamation de vœux. Voici la lettre qu'il écrivit au Pensionnaire de Gatines, pour lui permettre de revenir à Paris:

» La multitude & l'impertinence de vos lettres me forcent enfin à vous répondre : vous avez tendu à me lasser, vous y avez réussi : je ne suis pas le feul. J'ai été mandé par M. le Nonce, M. le Chancelier, M. l'Archevêque de Paris, MM. le Lieutenant de Police & Procureur du Roi du Châtelet ; ils font aussi fatigués de vos importunités que moi. M. de Choiseul, ainsi que M. de Saint-Florentin, se sont plaint également. Je suis décidé à vous imposer silence par toutes les voies, de droit d'abord, & de rigueur ensuite. En conséquence, voici ce qui a été réglé entre M. de Saint-Florentin & moi. Venez à Paris, vous serez logé & nourri ici ; mais, d'abord que vous y serez arrivé, vous consulterez Avocats & Procureurs sur vos chimériques desseins. Si leurs avis, par hasard, favorisent votre idée de pouvoir faire casser vos vœux, comme je le souhaite plus que vous-même, il y sera pourvu sur le champ ; mais si, comme il y a beaucoup plus d'apparence, vous êtes forcé de rester dans vos engagemens, je ne vous cache pas que je suis résolu de ne rien ménager pour vous contraindre à les observer. Il faut avoir perdu tout sens commun & toute pudeur, pour oser avancer dans toutes vos lettres, que vous êtes sécularisé. Votre preuve est

que vous portez des habits de toutes
couleurs, comme fi la moindre peine
que l'on pouvoit vous impofer pour
vos écarts, n'ait pas été de vous ôter,
du moins pour un temps, un habit que
vous n'avez ceffé de déshonorer, depuis qu'on a eu le malheur de vous
admettre dans la Congrégation. Pour
tout le refte de vos motifs, ils font
tous auffi frivoles. En un mot, fi vous
êtes véritablement Chanoine Régulier,
comme tous les Canoniftes, tant eccléfiaftiques que féculiers, le prétendent,
la Congrégation vous doit ce qu'elle
doit à tous fes membres qui font leur
devoir : & fi vous ne l'êtes pas, comme
je le fouhaite ardemment, nous ne vous
devons rien. Ce que vous nous avez
couté paffe le double de ce que vous
avez donné pour être admis. Mais,
en attendant, comme vous prétendez
n'être pas du Corps, je charge M. le
Prieur de vous donner douze francs
pour vous conduire jufqu'ici. Vous avez
appris à marcher à pied pendant que
vous avez été dans les Gardes Fran-
çoifes. Je vous défends très - expreffément de paffer dans aucune de nos
maifons : vous n'y feriez regardé que

comme un apoſtat. Vous pouvez partir
dès le lendemain de *Quaſimado* ; & ſi
vous n'êtes pas arrivé ici huit jours
après, je vous regarderai de nouveau
comme un fugitif, & je prendrai des
meſures conſéquentes. Je vous dirai le
reſte de vive voix. Je vous promets
que, d'une façon ou d'une autre, votre
affaire ſera promptement décidée, &c. «.

Dès que le Lievre eut reçu cette lettre, il partit à pied, fit la route en cinq
jours, & arriva à Paris le 15 Avril
1763.

C'eſt au mois de Juillet ſuivant qu'il
fit aſſigner, en l'Officialité de Paris,
la Congrégation de France, pour faire
déclarer, vis-à-vis d'elle, que ſes vœux
ſeroient déclarés nuls, qu'il ſeroit reſ-
titué au ſiecle, & que les Chanoines
Réguliers ſeroient condamnés à lui
payer des dommages & intérêts, & une
penſion de ſix cents livres par an.

Les Chanoines Réguliers déclarerent
qu'ils s'en rapportoient à la Juſtice ſur
la réclamation de le Lievre contre ſes
vœux, & conclurent à ce que, dans
le cas où elle ſeroit admiſe par le Juge
d'Egliſe, les autres demandes fuſſent
renvoyées devant les Juges ordinaires.

Une premiere Sentence, rendue en l'Officialité de Paris, le 23 Juillet 1763, ordonna qu'avant faire droit, il subiroit interrogatoire sur les faits & articles qui lui seroient signifiés à la requête du Promoteur.

L'interrogatoire fut commencé le 22 Août, & continué le 23.

Sentence le 8 Octobre 1763, qui déclare le sieur le Lievre non recevable en ses demandes.

Celui-ci, peu de temps après, reçut, de la part des Chanoines Réguliers, une sommation de reprendre l'habit & les exercices de la vie religieuse : mais il n'y déféra pas, & répondit qu'il entendoit se pourvoir par la voie de l'appel comme d'abus. En effet, il obtint, au mois de Novembre, un Arrêt qui le reçut Appelant comme d'abus de l'émission de ses vœux, & de la Sentence de l'Officialité, par laquelle sa réclamation avoit été rejetée.

Il demanda acte de ce qu'il articuloit tous les faits qui viennent d'être rapportés, & d'autres que nous avons supprimés.

Les Chanoines Réguliers, de leur côté, déclarerent qu'ils s'en rapportoient

pareillement à la prudence de la Cour
fur les appels comme d'abus. Mais
ils demanderent qu'en tout événement
René le Lievre fût déclaré non recevable dans fes demandes contre eux en
dommages & intérêts, & en reftitution
des fommes qu'il appeloit mal-à-propos
fa dot. Ils demandoient auffi la fuppreffion du Mémoire imprimé & de
deux Requêtes de René le Lievre,
comme calomnieux & diffamatoires,
& que l'Arrêt fût imprimé & affiché.

D'après les faits dont on vient de lire
le récit, on prévoit aifément quels
étoient les moyens de réclamation que
fit valoir René le Lievre.

Il fondoit l'abus de fes vœux, en
premier lieu, fur ce que la foibleffe
de fon efprit le rendoit incapable de
confentement & de volonté.

» Il fuffit, pour s'en convaincre, difoit fon Défenfeur, de jeter un coup-
d'œil fur toute la fuite de fa conduite,
fur ces lettres qu'il a pris la liberté
d'écrire au Roi & à toutes les perfonnes
en place. On y voit un caractere de
naïveté, de fimplicité & de niaiferie,
qui décele l'ame la plus foible, la tête
la moins réfléchie, & qui approche le

plus de l'enfance. Si l'on n'y remarque pas une raison aliénée, on y voit une raison naissante, & dont on n'apperçoit que la premiere aurore. Il est à trente ans dans l'état où l'on est à dix. S'il a la candeur & l'innocence de cet âge, il en a la foiblesse & la pusillanimité. En un mot, ce n'est autre chose qu'un grand enfant, & un enfant fort sage & fort tranquille. Il est donc évident que son état est véritablement l'état de l'enfance, un état fort approchant de l'imbécillité. Ce n'est pas une raison renversée, c'est une raison qui ne fait encore que germer. Il ne dira rien contre le bon sens, mais il ne pourra s'élever jusqu'à la combinaison de deux idées. Non seulement, comme le disoit l'Abbé de Sainte - Génevieve dans une lettre à M. le Lieutenant de Police, il n'a ni vice ni vertu, mais il en est incapable.

» N'ayant donc pas le discernement nécessaire pour se décider par lui-même sur un engagement aussi important que des vœux irrévocables, il n'a pu y être poussé que par des impressions étrangeres.

» Les mêmes faits qui établissent qu'on l'a long-temps privé des moyens de recourir aux voies de droit, établissent aussi qu'il a souffert d'injustes persécutions, pour lesquelles on lui doit accorder, non seulement la restitution de la dot que l'Abbé de Sainte-Génevieve est convenu d'avoir reçue pour son admission, mais encore des dommages & intérêts proportionnés à ce qu'il a souffert, & suffisans pour lui assurer une subsistance que ses malheurs passés, & la situation où ils l'ont réduit, l'ont mis hors d'état de se procurer à l'avenir par lui-même «.

Tels étoient les moyens par lesquels le Lievre se flattoit de s'ouvrir la rentrée dans le monde. Les Chanoines Réguliers, quoiqu'ils ne combattissent point sa réclamation contre ses vœux, & qu'ils s'en rapportassent, à cet égard, à la prudence des Juges, ne se croyoient pas dispensés, pour cela, de rétablir la vérité des faits qui ont été absolument altérés par ce sujet indocile. Ils se devoient cette justice à eux-mêmes, soit afin de repousser des demandes hasardées contre eux, qui n'ont pour base que de fausses suppositions, soit pour effacer les couleurs odieuses que la

malignité & la calomnie ont répandues
fur leurs démarches.

La premiere propofition , d'admettre
René le Lievre dans la Congrégation,
fut faite par une lettre du Prieur de
la Maifon de Laval à l'Abbé de Sainte-
Génevieve, au mois de Novembre 1754.
Vers la fin de Décembre fuivant, ce
fujet, âgé pour lors de vingt ans, fe
rendit feul, & de lui-même, à Paris.

Il fut examiné par deux Religieux
délégués par les Supérieurs. Il leur parut avoir affez bien fait fes Humanités,
& qu'avec des talens médiocres, il étoit
paffablement inftruit de ce qu'on enfeigne au Collége fous le nom de *Philofophie*. Au refte, il ne témoigna rien
qui pût indiquer qu'on l'eût contraint
à prendre l'état de Religieux.

Après avoir été huit jours à l'Abbaye
de Sainte-Génevieve, comme fimple
poftulant, portant encore l'habit féculier, on l'envoya au Prieuré de Sainte-
Catherine, non pour y trouver un noviciat plus facile & moins exact, mais
au contraire pour qu'on pût veiller fur
lui avec plus de foin, dans une maifon
où le nombre des Novices étant moins

confidérable qu'à Sainte - Génevieve,
l'attention de leur Maître étoit moins
partagée ; & l'on prit le parti de le mettre à portée d'être veillé de plus près,
parce qu'on avoit cru s'appercevoir à
Sainte - Génevieve , pendant le féjour
qu'il y avoit fait , qu'il avoit befoin
du noviciat le plus laborieux.

Son noviciat dura plus de treize mois
fans aucune interruption. Il ne montra,
pendant tout ce temps, ni regret, ni
dégoût, ni nonchalance : il affiftoit,
avec exactitude, à tous les exercices ;
il s'inftruifoit avec attention ; il parloit
auffi bien qu'aucun autre des Novices,
dans des conférences où tantôt on traitoit des fujets de morale & de piété,
& tantôt on expliquoit la regle. Jamais
fon zele pour entrer dans la Congrégation ne parut fe démentir, & il fou-
tint toutes les épreuves requifes fans
donner le moindre figne d'inconftance.

Il eft abfolument faux que, pour
l'y déterminer, on lui ait promis de
l'argent ; le Maître des Novices lui dit
feulement, pour le faire renoncer à une
penfion de foixante livres qu'il s'étoit
réfervée de fa famille, qu'il ne man-
queroit de rien dans la Congrégation,

& qu'il auroit de l'argent dans les cas
où cela feroit néceffaire.

Il n'eft pas moins faux que les parens
de le Lievre lui euffent écrit des lettres
pour le forcer à faire des vœux. Son impofture paroît démontrée par une lettre
que les Supérieurs de Sainte-Génevieve
repréfenterent. Elle étoit du 20 Juin
1755 ; c'eft-à-dire, du fixieme mois
avant fon noviciat. Elle eft adreffée à
fa fœur : il lui marque, *qu'il fe trouve*
content dans fon état, & la prie de
dire à fon frere, *qu'il lui écrira auffi-*
tôt après fon Chapitre de fix mois ;
fi l'on veut le recevoir à ce Chapitre.
La correfpondance de le Lievre avec
fa famille n'étoit donc pas celle d'un
homme contraint ou féduit pour embraffer l'état religieux.

Si le Maître des Novices l'avertit de
retirer ou de brûler les papiers qui
pouvoient être dans fa chambre, voici
le motif de cette précaution.

Le noviciat de Sainte-Catherine étant
très-refferré, on en faifoit fortir les Profès, le jour même de leur profeffion,
pour faire place aux nouveaux récipien-
daires. Le Maître des Novices étoit
dans l'ufage d'avertir ceux qui fortoient,

de prendre leurs mesures pour qu'il ne restât dans leur chambre aucun écrit ou lettre qui pût exciter la curiosité de leurs successeurs (*a*). Le Lievre, qui partit de Sainte-Catherine le jour même de sa profession, reçut pareil avis.

Pour établir que cette profession étoit le fruit de la séduction & de la violence, on soutenoit que quand il avoit prononcé ses vœux, il étoit incapable de volonté & de consentement.

» Le sieur le Lievre, s'écrioit le Défenseur de la Congrégation (*b*), le sieur le Lievre incapable de volonté ! il n'y a pas d'homme plus inébranlable, *propositi tenax.* C'est ce qu'il dit de lui-même dans une lettre du 22 Août 1762.

» Depuis le mois de Novembre 1754, jusqu'au 15 Février 1756, qu'il a prononcé ses vœux, il a voulu être Religieux, & pendant seize mois il n'a

_____

(*a*) Une confession générale écrite par un Novice, qui l'oublia dans sa chambre en quittant la maison, avoit inspiré cette pratique au Pere Maître.

(*b*) M. Cochin, neveu du célebre Cochin.

pas vacillé un inftant fur cette réfolution.

« Dégoûté de fon état, il n'a plus voulu en remplir les devoirs, reconnoître ni Supérieur, ni regle. Exhortations, remontrances, prieres, menaces, corrections même, rien ne l'a ému. Il a préféré la mort à l'obéiffance ; & pour affranchir fa volonté de l'empire d'une regle qu'il avoit embraffée par la feule impulfion de cette même volonté, il a rifqué fa vie pour fortir du cloître.

» Depuis, il a voulu fe marier ; il l'a écrit à toute la terre. De toutes parts, on lui a dit que fon projet étoit abfurde : n'importe ; il écrit au Roi, il a écrit aux Miniftres : *Je veux me marier.* M. l'Archevêque de Tours lui mande, qu'*il ait à ne plus écrire au Roi, ni à M. le Duc de Choifeul ; qu'il fait pofitivement qu'ils ne le trouveront pas bon, & que fes lettres lui attireroient quelque ordre défagréable.* Auffi-tôt qu'il a reçu cette lettre, il prend la plume, & écrit à M. le Duc de Choifeul : *J'écris, j'écrirai lettres fur lettres ; j'ai pris mon parti : jamais je ne cefferai d'agir que fin ne*

soit mise à mon affaire ; je veux AB-
SOLUMENT prendre un état , & me
marier «.

La Congrégation de France voulut
ensuite se laver des imputations dont
le Lievre l'avoit chargée.

Ce qu'il appelle la tour de Sainte-
Génevieve , est un bâtiment carré ,
dont un des murs fait partie des bâtimens de la rue des Prêtres-Saint-
Etienne , & dont le mur, en retour d'é-
querre du premier , est parallele à la
rue Bordet. On monte aux chambres
supérieures de ce bâtiment, par un escalier qui a la forme d'une tour : c'est
à raison de cet escalier que le Frere le
Lievre appelle tout ce bâtiment la tour
de Sainte-Génevieve.

La chambre dans laquelle il fut refferré est au second étage. Pour la hauteur, ce second étage répond au troisieme des bâtimens voisins. Cette chambre a treize pieds de long sur dix de
large , une fenêtre dont la largeur est
de deux pieds sur trois de haut , &
une cheminée.

Le Frere le Lievre y a été retenu
pendant six semaines.

Il a déclaré depuis, dans un Mémoire écrit de fa main, *qu'il étoit monté gaîment dans la tour de Sainte-Génevieve, qu'on y avoit eu bien foin de lui, qu'il n'y manquoit de rien, & que le Maître des Novices venoit le voir de temps en temps.*

Enfin, dans la fixieme femaine, il parut déterminé à changer. L'Abbé de Sainte-Génevieve en fut averti, & le rappela à tous les exercices de la Communauté, dans laquelle il eft refté jufqu'au mois de Décembre 1756, qu'il reçut une obédience pour l'Abbaye de Liége.

Il partit pour Liége au mois de Décembre 1756, avec le Frere Raulet, auquel il s'étoit attaché pendant qu'il vécut dans la Communauté de Sainte-Génevieve, & qui venoit d'être nommé Abbé Régulier de l'Abbaye dans laquelle on l'envoya.

Dans cette Abbaye, le Lievre fe comporta affez bien pendant les premiers mois. Il écrivit, de ce nouveau féjour, à l'Abbé de Sainte-Génevieve, pour lui marquer qu'il efpéroit y être content, & l'affurer qu'il rempliroit mieux,

mieux, que par le paffé, fes engagemens. Il demeura dans ces difpofitions
jufqu'au mois d'Avril de l'année fuivante. Mais il reprit bientôt fon fyftême d'indépendance. Il recommença,
à cette époque, à négliger les devoirs
de fon état. Il n'affiftoit point aux exercices, foit de piété, foit d'étude, ou
il y affiftoit de la maniere la plus indécente. Il fe vantoit de ne point dire
le bréviaire; il fortoit fans permiffion.
Il déclara enfin au Supérieur, qu'on le
tueroit plutôt que de l'empêcher de
faire fa volonté; il rechercha des compagnies fufpectes; il annonça des défirs
de fe marier. Il quitta même l'habit,
qu'il n'a pas repris depuis.

Cependant il ne fit jamais aucune
démarche pour parvenir à une protef-
tation juridique contre fes vœux. Il fe
contenta de demander à fes Supérieurs
qu'ils fiffent déclarer fes vœux nuls.

Le refus que lui firent les Supérieurs
de brifer des liens qui étoient irrévocables, & que perfonne ne pouvoit brifer, aigrit tellement l'efprit de le Lievre, qu'il fe mit à tenir ouvertement,
dans la maifon, des difcours impies.

Tome II. V

Pour arrêter le cours d'un scandale si funeste, on le fit paroître devant le Chapitre assemblé, où il déclara nettement qu'il ne changeroit point, & qu'il aimoit mieux être renfermé que d'observer aucune regle. On lui ordonna de demeurer dans une chambre de la maison, sans en sortir. Il trouva, dans cette chambre, une cheminée, & toutes les choses nécessaires : on lui fournit des livres ; on lui donna même du papier. Mais il n'en fit usage, que pour se livrer aux écarts de son imagination sur le désir du mariage.

Son opiniâtreté inflexible détermina enfin les Supérieurs à le transférer dans une maison plus isolée, & à l'y tenir enfermé. On l'envoya à Saint-Jean-aux-Bois.

Dans cette maison, il y avoit des loges, c'est-à-dire, des lieux disposés pour recevoir les Chanoines Réguliers de la Congrégation, en qui des maladies dont on n'est pas plus exempt dans le siecle que dans le cloître, avoient opéré des aliénations d'esprit, accompagnées de fureur ou d'accidens aussi fâcheux. Ces loges ne subsistent plus depuis que la maison de Saint-Jean n'eſt plus conventuelle ; mais il en reſte des veſtiges ſuffiſans pour prouver qu'au deſſous de ces loges il y avoit une cave qui répondoit à toute leur étendue, qu'elles étoient hors terre, dominant le rez-de-chauſſée de deux pieds ; qu'elles étoient au nombre de cinq, chacune ayant neuf pieds de large ſur dix-huit de long, & qu'elles étoient toutes du même côté, à la droite de la cour qui y conduiſoit.

Ce n'eſt point dans une de ces loges que le Lievre a été détenu pendant qu'il a été à Saint-Jean-aux-Bois.

A gauche de la même cour où étoient les loges, il y avoit un bâtiment ſéparé, voûté par-deſſus & par-deſſous, contenant une ſeule piece, à laquelle on parvenoit en montant ſept degrés depuis le rez-de-chauſſée. Cette chambre avoit neuf pieds de long ſur dix de large ; il y avoit une cheminée ; elle étoit éclairée par une croiſée de vitres de trois pieds de haut ſur deux de large, & défendue par un treillage de fer du côté du clos des Religieux, ſur lequel elle avoit vue.

C'eſt dans cette chambre que le Lievre a vécu pendant le temps de

V ij

pénitence qu'il a paffé à Saint-Jean-aux-Bois. Elle exifte encore dans le même état où elle étoit quand il l'a habitée.

De cet état, & de celui des veftiges des loges ; il a été dreffé , le 19 Mars 1764, un procès-verbal par le Juge Royal du lieu, affifté du Procureur du Roi & du Greffier ; & c'eft dans ce procès-verbal que l'on a puifé le détail que l'on vient de préfenter.

Pendant tout le temps que le Lievre a habité la chambre à gauche des loges, il a été nourri comme la Communauté , & il n'avoit à défirer que la liberté ; l'hiftoire des rats eft un menfonge.

Il eft vrai que le Lievre a été refferré très-long-temps dans cette chambre ; mais il avoit porté à Saint-Jean le fyftême d'indépendance qu'il avoit affiché à Saint-Lo & à Liége : il y fut auffi inflexible ; & parce qu'un abîme attire un autre abîme , il y joignit des excès non moins déplorables.

Non feulement il perfévéra dans fon inflexible indocilité, mais il fe permit des déclamations fcandaleufes contre des dogmes effentiels de la Religion,

Il refufa opiniâtrément un Confeffeur, foit régulier, foit féculier. Il ne voulut accepter aucun livre de piété : il ne s'occupoit que de littérature profane, ou de fes penfées déréglées. Il dit un jour au Prieur, qu'il ne s'étoit fait Chanoine Régulier que par un dépit amoureux ; qu'il avoit cru qu'une maîtreffe qu'il avoit à Laval fe feroit religieufe ; que fes vœux étoient fubordonnés à ceux qu'elle devoit faire ; & que, comme elle n'en avoit pas fait, les fiens étoient nuls.

Enfin, au bout de deux ans, il donna quelque lueur de converfion : fa liberté lui fut rendue fur le champ. Mais il prouva bientôt qu'il n'avoit été rien moins que fincere dans fes promeffes. Après quelques femaines, il fe mit à fortir fans permiffion, & l'on s'apperçut qu'il avoit beaucoup d'empreffement pour le fexe : on lui défendit de fortir. Cette défenfe le replongea dans tous fes égaremens d'irréligion ; & les fcandales qu'il donna dans ce genre, le firent reconduire à l'appartement de la cour des loges.

Le Lievre s'évada enfin de Saint-Jean-aux-Bois au mois d'Avril 1760. Voici comment il raconte lui-même cet événement, dans une lettre que reçurent les Supérieurs de Sainte-Génevieve, fous le timbre de Luzarche.

» Las d'attendre, & craignant de devenir fou en prison, je fuis forti de Saint-Jean-aux-Bois. On m'y a engagé plufieurs fois, & il y a environ quinze jours que M. le Prieur de Saint-Jean-aux-Bois m'a dit par amitié, lorfqu'il eft venu me voir (& c'eft la derniere fois qu'il m'eft venu voir), *fi vous aviez du cœur, il y a long-temps que vous ne feriez plus là, vous feriez allé fervir le Roi de Pruffe : vous n'avez pas plus de cœur qu'un cochon* (a); ce qui m'a engagé à faire *bien vîte* un trou pour m'en aller ; & le Mercredi, le 23 Avril, je m'en fuis allé à trois heures, pendant vêpres. On m'a arrêté, parce que je m'en allois le jour, & on m'a dit : Il falloit vous en aller la nuit. On m'a renfermé dans une autre loge, de laquelle je pouvois fortir fans faire de trou ; je n'avois qu'une pierre, qui ne tenoit pas du tout, à arranger ; ce

(a) Le Prieur défavoua ces propos.

que je pouvois faire , & ai fait *en moins d'une minute*, à minuit , le Vendredi (25 Avril) de la même femaine. Il paroît par-là qu'on avoit envie que je m'en allaffe. Il y avoit quelque temps qu'on m'avoit laiffé les deux portes ouvertes , & pendant près d'un mois on m'en a toujours laiffé une ouverte. On m'a promis plufieurs fois qu'on ne courroit pas après moi. Plufieurs fois on m'a fait entendre que mes vœux étoient nuls , que je n'étois pas Chanoine Régulier.

» Je vous prie , mon Révérendiffime & mes Révérends Peres, de ne pas me faire de peine, de me laiffet tranquille , de pas me recevoir chez vous, fi on vouloit que j'y rentraffe. Je n'ai pas de mauvaife intention ; je ne ferai pas de bruit «.

Le 14 Mai 1760, le Lievre, arrivé à Laval, écrivit à l'Abbé de Sainte-Génevieve la lettre qui fuit.

» Je fuis arrivé par le fourgon à Laval, le 13 de ce mois. *Mon arrivée a fait une peine infinie* à toute ma famille ; mes deux fœurs font tombées en foibleffe ; mon frere aîné ne veut

pas me garder dans fa maifon fans
votre confentement : accordez-moi la
grace de paffer quelques jours dans ma
famille, pour prendre mon air natal,
& diffiper entiérement mes troubles.
Je me jette à vos pieds ; je reconnois
mes égaremens ; pardonnez-les-moi,
ayez pitié de ma foibleffe : je me fou-
mets à vos ordres, & je n'aurai d'autre
regle que de remplir mes devoirs : ayez
la bonté de me recommander aux Supérieurs auxquels vous me renvoyerez,
pour qu'ils me reçoivent avec la même
charité que vous avez (pour) tous ceux
qui s'égarent & reviennent avec fincé-
rité. Je fuis dans une extrême affliction
& la plus parfaite réfignation, &c. «.

L'Abbé de Sainte-Génevieve répondit à le Lievre, qu'il concevoit qu'il
avoit befoin de repos, & qu'il ne trouvoit pas mauvais qu'il paffât quelque
temps dans fa famille ; mais que, s'il
étoit fincérement difpofé à revenir, il
devoit retourner dans la maifon dont
il étoit forti.

Une lettre du frere aîné de le Lievre,
donna quelque efpérance à l'Abbé de
Sainte-Génevieve ; elle eft du 22 Mai
1760.

» Nous n'avons pas manqué, auſſi-
tôt l'arrivée de mon frere à Laval,
de vous en donner avis. Nous vous
prions en grace de nous marquer
vos intentions. *Son arrivée nous a
fait beaucoup de peine ; nous l'avons
reçu avec toute la dureté poſſible.* Nous
lui avons demandé les raiſons qu'il pouvoit alléguer ; *il ne peut ſe contenter
de nous donner des preuves de toutes
les bontés que vous avez eues pour lui,
auſſi bien que tous ſes Supérieurs.*
Enfin il pleure ſans ceſſe, *ſans diſcon-
tinuer d'accuſer que c'eſt ſon peu d'o-
béiſſance qui l'a plongé dans les peines
qu'il reſſent à préſent.* Nous n'avons
pas manqué de lui faire entendre *qu'il
eſt tout à vous,* & qu'il ne prétend
plus rien à Laval. Nous vous prions en
grace de renouveler vos bontés, & de
le recevoir en grace, ſur la promeſſe
qu'il vous a faite, ayant eu l'honneur
de vous écrire. Il a commencé aujour-
d'hui à faire une confeſſion générale ;
enfin il paroît tout contrit de la démarche qu'il a faite, ſi ce n'eſt quelques ſoupirs qu'il jette ſans ceſſe, diſant qu'il ſera peut-être renfermé pour
toujours. Nous vous prions, au nom

du Ciel, de vous joindre à nous; nous n'avons besoin que de votre cœur, qui est rempli d'une douceur naturelle qui peut faire son bonheur. Nous attendons de jour en jour, aussi bien que lui, avec empressement, de vos nouvelles, vu qu'il n'ose sortir de chez moi «.

Le 12 Juin 1760, le Lievre écrivit de Laval une lettre qu'il adressa à l'Abbé de Sainte-Génevieve & à ses assistans. Celle-ci ne lui étoit certainement pas dictée par ses parens.

» Mille excuses de vous fatiguer tant de mes lettres. Je vous écris encore, & c'est, je crois, pour la derniere fois.

» Mon frere aîné vient de recevoir du Pere Général une lettre dont il m'a donné lecture. Voyant (ceci s'applique au frere aîné), voyant que je ne voulois pas retourner, que je n'avois pas du tout de vocation pour la vie religieuse, il m'a menacé de me faire enlever & de me faire renfermer. Je vous prie en grace d'empêcher mon malheur, bien loin d'y avoir part, de continuer de ne vouloir pas entendre parler de moi, de laisser agir mes freres & sœurs, qui seuls veulent me faire

renfermer, peut-être afin que je ne leur
fois pas à charge, & de ne me pas
rendre le reste de mon bien. Je ne cherche pas à leur être à charge. Mon père
étoit Tanneur, je me mettrai Tanneur.
Si j'ai le malheur d'être renfermé,
j'aime beaucoup mieux être renfermé
par ordre du Roi, que par un autre
ordre. Excusez, je vous prie, ma foiblesse : ce sera une consolation pour
moi. J'aime mieux être renfermé dans
une prison publique, que dans un monastere. Ainsi, quelque chose qui arrive, je vous prie de ne me pas recevoir. Ce n'est pas par mépris pour la
Congrégation : je me ferai toujours honneur d'en avoir été ; mais parce que
j'ai eu des peines dans le monastere,
& que j'y deviendrois fou ».

La lettre du 12 Juin 1760, & les
nouvelles qu'on reçut d'ailleurs de la
maniere dont le Frere le Lievre se com-
portoit à Laval, firent disparoître le
rayon d'espérance qui avoit lui aux yeux
de l'Abbé de Sainte-Génevieve. Il auroit abandonné & oublié ce Religieux
indomptable, sans les ordres de M. l'E-
vêque du Mans, qui fit notifier au
Prieur de Laval, qu'il vouloit que le

Frere le Lievre rentrât dans les maifons, de l'Ordre, & qu'il y pourvoiroit au défaut de la Congrégation.

Le Lievre, ramené par force à Sainte-Génevieve le 24 Août 1760, ne pouvoit être placé dans la Communauté de cette Abbaye. La chambre qu'il y avoit occupée dans le temps de fa premiere correction, étoit le lieu où il convenoit de l'établir jufqu'à nouvel ordre. Quelques jours après qu'il y eut été conduit, il fe fit jour à travers le gros mur de cette chambre qui eft parallele à la rue Bordet, dans un endroit qui répond à la hauteur du troifieme étage des maifons de Paris, & fe fauva en expofant fa vie aux périls les plus imminens. On a déjà vu comment il parvint à s'évader. Mais avant d'aller plus loin fur ce qui le concerne, il eft à propos de parler des Religieux qu'il a accufé la Congrégation d'avoir traités fi cruellement.

Il n'eft que trop vrai qu'en 1755, un Religieux, retenu à Sainte-Génevieve dans la chambre dont on vient de voir fortir le Frere le Lievre, tenta même aventure que lui, & qu'il y perdit la vie.

C'étoit un Religieux indifciplinable

& fcandaleux. Deux apoſtaſies lui furent
pardonnées ſans corrections, ce qui fut
peut-être un excès d'indulgence. Envoyé, après la ſeconde, dans un cours
d'études qu'il penſa empoiſonner, il
reçut une obédience pour Saint-Jean-
aux-Bois, s'évada en chemin, & cou-
rut le monde. Sa famille s'en rendit
maîtreſſe, & l'amena à Sainte-Génevieve. Il fut établi dans la chambre où
le Frere le Lievre a été retenu depuis.
Il s'en ſauva une premiere fois par le
haut du tuyau de la cheminée, & ne
périt point. Sa famille, qu'il déshonoroit dans le monde, s'en fit reſſaiſir
une ſeconde fois, & preſſa les Supérieurs de le recevoir. Un Curé de Paris
ſe joignit aux inſtances de la famille.
Les Supérieurs réſiſterent : un ordre du
Roi leur enjoignit de le recevoir & de
le reſſerrer. On le mit dans la même
chambre, après avoir garni le haut de
la cheminée de barres de fer pour en
rendre le paſſage impraticable. Malgré
cette précaution, il s'évada une ſeconde
fois, & par la même cheminée, il
creva le tuyau, tomba ſur un toit, de
là ſur le pavé, & ſe tua. Les Officiers
de la Police furent avertis de cet évé-

nement, aussi bien que le Ministere.

Le Frere le Lievre s'est engagé dans les Gardes-Françoises. Un Lévite n'est pas fait pour être Soldat : mais de deux maux nécessaires, il faut éviter le pire. Le Lévite se tuera aux pieds des Autels ; il vivra dans les troupes : qu'il vive. L'historique de cet engagement n'étoit pas plus exact.

Est-il vrai que les Supérieurs aient reçu des ordres du Roi pour dégager le Frere le Lievre ? Le contraire est attesté par une lettre de M. le Comte de Saint-Florentin à l'Abbé de Sainte-Génevieve : » Mon Révérend Pere, je n'ai point eu connoissance qu'il ait été donné d'ordre du Roi pour retirer des Gardes - Françoises le nommé le Lievre. Vous n'en aviez pas besoin d'ailleurs pour le réclamer, dès qu'il étoit Religieux de votre Ordre. Je vous ai *seulement* fait mes plaintes, afin que vous vissiez le parti qu'il y avoit à prendre à son égard pour faire cesser les lettres multipliées qu'il ne cessoit d'écrire «.

Le Frere le Lievre fut retiré des Gardes-Françoises le 16 Décembre 1761.

Rendu à la Congrégation, le Frere

le Lievre demanda une maifon. Il témoigna le defir le plus vif d'y paffer
quelque temps en habit féculier , &
fans être aftreint à fuivre rigoureufe-
ment tous les exercices de la Communauté , mais avec promeffe de s'en rap-
procher le plus qu'il pourroit. Sa foibleffe , que l'on vouloit ménager en
tout point , pour le gagner plus fûrement , lui fit accorder fa demande. Il
n'eût pas été raifonnable d'exiger qu'il
paffât brufquement des exercices militaires à la pratique fcrupuleufe du cloître. Quant à l'habit, on ne doutoit point
que s'il vouloit vivre chez les Chanoines Réguliers , il ne redemandât
bientôt celui qui s'attire le plus de confidération dans leurs maifons. On lui
affigna celle des Gatines en Touraine.

Au lieu d'y reprendre le goût de
fon état, il s'y eft livré à des idées de
mariage, qui font la vraie caufe de
l'empreffement qu'il a aujourd'hui d'être
relevé de fes vœux. Toutes fes lettres,
entre autres celle qu'il a écrite au Roi
le 18 Septembre 1762 , & qui a été
renvoyée par M. le Duc de Choifeul ,
portent que la demoifelle qu'il veut
époufer , eft une demoifelle de vingt-

deux ans, sœur de sa belle-sœur, &
qu'il dit être un parti de 20000 livres.
Il demande que la Congrégation lui
fasse une pension de 600 livres, &
que sa femme soit douairée sur cette
pension.

Telles sont les folies dont il a étourdi
toute la France, par les lettres qu'il a
écrites de Gatines depuis qu'il y a été
envoyé. Les Supérieurs Ecclésiastiques,
les Magistrats, les Grands de la Cour
& de la Ville ont reçu des lettres de
cette espece. Il a fait plaider qu'il en
avoit écrit au Roi jusqu'à cinquante.
Dans l'instant on verra M. le Comte
de Saint-Florentin assurer qu'il en recevoit réguliérement deux par semaine.
Dans une lettre au Général de l'Ordre,
du 11 Novembre 1762, le Frere le
Lievre dit qu'on a tort de lui reprocher la multitude de ses lettres, qu'il
n'en remet au Messager que trente à
trente-une par mois. La plupart de ces
lettres étoient renvoyées à l'Abbé de
Sainte-Génevieve, & l'obligeoient d'aller, de porte en porte, donner les instructions qu'on lui demandoit sur le
Frere le Lievre.

Ici doivent trouver place quelques-

unes de ses lettres à l'Abbé de Sainte-
Génevieve.

Dans une lettre du 2 Mars 1762,
il lui écrivoit :

» Je suis très-flatté de demeurer à
Gatines : on y a bien des bontés pour
moi ; cependant je ne puis pas y rester,
parce que nous sommes dans des bois,
& que j'aime mon pays.

» *Nescio quâ natale solum dulcedine cunctos*
» *Ducit, & immemores non sinit esse suî* «.

Une application aussi heureuse dé-
ment l'automate.

» Je vous prie en grace, mon Révérendissime, de me faire le plaisir de
me permettre de demeurer à Laval,
mon pays, ou à Sainte-Catherine, ou
au Port-Ringeard, & de faire finir au
plus tôt mon affaire. Je demande mon
bien ou une pension. Je dépense plus
de 600 liv. à Gatines. Si j'avois 600 liv.
de pension, ou mon bien, j'épouse-
rois une demoiselle de mon pays de
20000 liv. Elle a vingt-deux ans . . . .
Je suis séculier, je n'ai pas de femme,
je puis me marier. Faites pour moi,

mon Révérendissime, ce que je ferois pour vous, & soyez persuadé qu'il n'est rien que je ne fasse pour vous. Je suis très-parfaitement, &c.

» Quelle idée, disoit M. de Saint-Fargeau, qui porta la parole dans cette affaire, pouvons-nous nous former du degré d'intelligence de l'Appelant comme d'abus? Sa conduite nous présente tantôt des défauts de pénétration, tantôt une sorte d'adresse, tantôt de l'incertitude, tantôt une volonté fixe, persévérante, inflexible; tantôt une facilité surprenante, tantôt une étrange opiniâtreté; tantôt des inconséquences, tantôt un système suivi; tantôt une simplicité qui semble pusillanime, tantôt une hardiesse supérieure à tous les dangers.

» De la lecture de ses lettres, on peut conclure que René le Lievre est un homme qui, sans être vraiment raisonnable, n'a point perdu la raison; un homme dont le cœur est plus foible que l'esprit; un homme dont l'entendement est entier, quant à ses facultés, quoique les bornes en soient étroites; en un mot, un homme capable de vouloir, de penfer, de fe déterminer par lui-même, quoiqu'il faffe de cette faculté un ufage peu judicieux.

» S'il eft encore tel, ajoutoit M. l'Avocat-Général, que nous le dépeignons, après tant de traverfes & d'aventures étranges, après que fon imagination s'eft échauffée de plus en plus fur des projets ardemment défirés, fans être remplis; enfin après que fon efprit s'eft agité long-temps dans un vuide affreux, & s'eft, pour ainfi dire, ufé lui-même.... s'il lui refte encore aujourd'hui une intelligence commune, une raifon fuffifante; avant ce qui a pu les affoiblir, il devoit avoir du moins un efprit ordinaire, & par conféquent la faculté de donner un confentement valable.

» Quand il a fait fes vœux, il étoit en poffeffion de tous les droits attachés à l'état d'un homme dont l'efprit n'eft point altéré; il n'étoit point interdit; on n'avoit fait aucune procédure pour conftater qu'il fût imbécille. Ce feroit aller contre toutes les Loix, contre tous les principes, que de l'admettre maintenant à prouver par témoins cette imbécillité fuppofée. Il étoit tel que mille

autres quand il a fait profession; mille
autres peut-être seroient bientôt tels
que lui; mille autres affecteroient la
même foiblesse d'esprit qu'il prétexte,
si le succès de sa tentative leur donnoit jour à espérer que, pour s'affranchir de leurs liens, il leur suffiroit d'ar-
ticuler, en termes vagues, sans faits
positifs de démence ou d'imbécillité,
une foiblesse d'esprit supposée, & d'a-
voir des témoins tout prêts à en déposer.

» Aucun des abus objectés par le
Lievre contre sa profession, n'est prouvé; le genre de preuve qu'il en offre
n'est point admissible dans les circonstances de la cause; la profession ne manque, à l'extérieur, d'aucune des conditions essentielles suivant la discipline
de l'Eglise Gallicane & les Loix du
Royaume. Dès-lors il n'y a rien d'abusif
aux yeux des hommes, & le jugement
du surplus n'appartient qu'à celui dont
les regards inévitables pénetrent dans
l'intérieur des ames.....

» De quelle conséquence ne seroit-il
pas pour l'ordre public, d'autoriser une
réclamation telle que celle de René le

Lievre? Elle n'eft appuyée fur aucun
moyen légal; elle ne prend fa fource que
dans l'inconftance de fes penfées, dans
le goût de l'indépendance, dans l'oppofition à fes devoirs, dans le déréglement
de fon imagination & de fes fouhaits.
Lui-même l'a dit : il feroit demeuré
volontiers Chanoine Régulier, s'il eût
pu vivre à fa fantaifie. S'il étoit poffible
qu'il fût écouté, tous les Religieux
tiedes & chancelans, loin de fe faire
une utile violence pour fe vaincre eux-
mêmes, fe livreroient aux penchans qui
les reporteroient vers le monde, & ten-
teroient la même route qui auroit conduit René le Lievre à y rentrer. De là
quel fcandale pour la Religion ! quelle
fermentation dans les monafteres ! quel
trouble dans les familles !

» La condamnation de René le Lievre
fur fes appels comme d'abus, fait tomber en même temps toutes les demandes qu'il avoit formées. Elle entraîne
auffi après elle la néceffité de l'obliger
à obferver les devoirs & les bienféances
de fon état. Rien ne peut le juftifier de
les avoir mis en oubli, jufqu'au point
de vivre pendant le procès hors du mo-

naftere, & de paroître même dans
cette Audience en habit féculier. Il
eft de regle & d'ufage que tout Re-
gieux qui réclame contre fes vœux, demeure, par provifion, fous l'autorité
de fes Supérieurs, & en habit régulier.

» Vainement cherche-t-il à s'excufer
par un confentement tacite qu'il impute à fes Supérieurs ; il ne dépendoit
pas plus d'eux que de lui, de l'affranchir des liens dont il ne peut fortir qu'en
les brifant. D'ailleurs la fommation qu'ils
lui ont fait faire, après la Sentence de
l'Officialité, rejette fur lui, au moins
depuis ce temps, tout le blâme de
l'état fcandaleux où il a perféveré. C'eft
une fuite de cet efprit d'indocilité qui
a fait tous fes malheurs.

» Le plus important des faits allégués par René le Lievre, dit ce favant
& judicieux Magiftrat, & celui dont
l'humanité eft la plus touchée, c'eft celui de ces détentions cachées dans l'ombre du cloître, qui peuvent dégénérer
en d'injuftes & barbares captivités. Cet
inconvénient cependant eft moins à
craindre dans les Ordres dont le régime
fupérieur réfide dans ce Royaume &

eſt ſoumis à, nos Loix , que dans les
Ordres dont les Supérieurs réſident en
des contrées étrangeres & peuvent être
imbus des idées de deſpotiſme , favo-
riſées par les principes ultramontains.
Nous tenons pour maxime en France ,
que le gouvernement des Supérieurs
Religieux doit être un gouvernement
paternel , raiſonnable , évangélique ;
qu'il doit s'exercer ſur-tout par les voies
de la patience , de la douceur , de
l'exhortation ; & qu'autant qu'il eſt poſſible , les voies de rigueur & de contrainte en doivent être bannies.

» Il eſt cependant des occaſions où
elles deviennent indiſpenſables , & où
nos uſages mêmes les autoriſent , pourvu
que l'équité y préſide , & que la charité les tempere. C'eſt ainſi que , ſuivant
nos maximes , il eſt permis aux Supérieurs clauſtraux d'ordonner la priſon
correctionnelle en certains cas , à leurs
Religieux. Ils ſont forcés quelquefois
d'y avoir recours , ſoit pour dompter
les eſprits rebelles à toute diſcipline ,
ſoit pour ôter de leur Communauté le
mauvais exemple de ſujets ſcandaleux ,
ſoit pour prévenir des apoſtaſies , qui

font toujours affligeantes pour la Religion, & qui peuvent caufer divers inconvéniens dans la Société civile.

» Ce terme *prifon correctionnelle* définit affez quelles doivent être ces fortes de détentions. Elles ne doivent jamais être ordonnées à perpétuité; elles doivent ceffer auffi-tôt que le fujet montre quelque amendement. Enfin elles doivent être mefurées de telle forte, qu'elles ne foient qu'une correction, & non pas un fupplice. Avec ces tempéramens, elles ont été autorifées parmi nous de tout temps ».

» Ces quatre captivités de le Lievre, difoit M. l'Avocat-Général, dont la narration a fait une fi vive impreffion, fe réduifent à des prifons correctionnelles, qui avoient une caufe jufte vis-à-vis d'un fujet indifciplinable, qui n'étoient impofées que pour un temps, qui n'étoient point accompagnées de rigueurs exceffives, & qui ceffoient auffi-tôt qu'il montroit quelque réfipifcence.

» A l'égard des quatre autres Chanoines Réguliers renfermés dans les loges de Saint-Jean-aux-Bois, il paroît

que

que ce n'étoit point par forme de punition, mais pour caufe de folie & de
frénéfie... Quant au Frere Henri, qui s'eft
tué en fe précipitant par la cheminée de la
tour de Sainte-Génevieve, il paroît que
c'étoit un fujet déréglé, qui s'étoit évadé
de la maifon religieufe, qui en avoit
quitté l'habit pour errer dans le monde
& y vivre en féculier, & qu'il avoit
été renfermé en vertu d'ordres particuliers, qui enjoignoient à fes Supérieurs
de ne le point laiffer fortir «.

M. de Saint-Fargeau finit par improu-
ver les forties que l'on s'étoit permis de
faire, à l'occafion de la défenfe de le
Lievre contre la Congrégation de Sainte-
Génevieve. Il rappela que le ton de fa-
tire & d'amertume n'eft point le vrai
ton du Barreau, dont tous les Ouvrages
doivent joindre la candeur & la dif-
crétion à la force & à la jufte liberté.
En conféquence il conclut à la fuppreffion du Mémoire qui avoit inculpé de
faits graves un Ordre qui édifie l'Églife
par la pureté de fa doctrine, & par le
maintien d'une difcipline exacte, réguliere, éclairée par la vraie piété ; qui
a toujours donné des preuves de fon

attachement aux vraies maximes du Gouvernement, & n'a jamais pris aucune part à ce fanatisme furieux qui, dans les siecles précédens, a désolé la France pendant un si grand nombre d'années.

Enfin, par Arrêt rendu en la Grand'-Chambre du Parlement de Paris, le 16 Avril 1764, il fut dit, conformément aux conclusions de M. de Saint-Fargeau, qu'il n'y avoit point d'abus dans les vœux de le Lievre; en conséquence, il fut débouté de toutes ses demandes, avec injonction de se retirer, dès le lendemain de la signification de l'Arrêt, dans l'intérieur de la maison réguliere de Sainte-Génevieve de Paris, pour y vivre dans l'observance de la regle, & sous l'autorité de ses Supérieurs; à la charge, par eux, suivant leurs offres, de le traiter charitablement & fraternellement, d'en certifier la Cour de trois mois en trois mois, & de ne le pouvoir transférer dans une autre maison, jusqu'à ce que par la Cour il en eût été autrement ordonné : les Mémoires & autres Ecrits faits contre les Religieux de Sainte-Gé-

nevieve, supprimés. Il fut enjoint à
ces Religieux de se conformer aux Ordonnances du Royaume, Arrêts & Ré-
glemens de la Cour, touchant la forme
des actes de vêture, noviciat & profession, notamment à l'article 26 de la
Déclaration enregistrée en la Cour le 13
Juillet 1736 ; en conséquence, de faire
mention dans chacun desdits actes,
des vêtures, noviciats, professions qui
se feront dans les maisons de leur Congrégation, du nom, surnom, & de
l'âge de celui qui prendra l'habit, ou
fera profession ; des noms, qualités &
domicile de ses pere & mere, & du
lieu de son origine.

Fin du Tome second.

TABLE
DES CAUSES

Contenues dans ce second Volume.

Fin de la Table du fecond Volume.

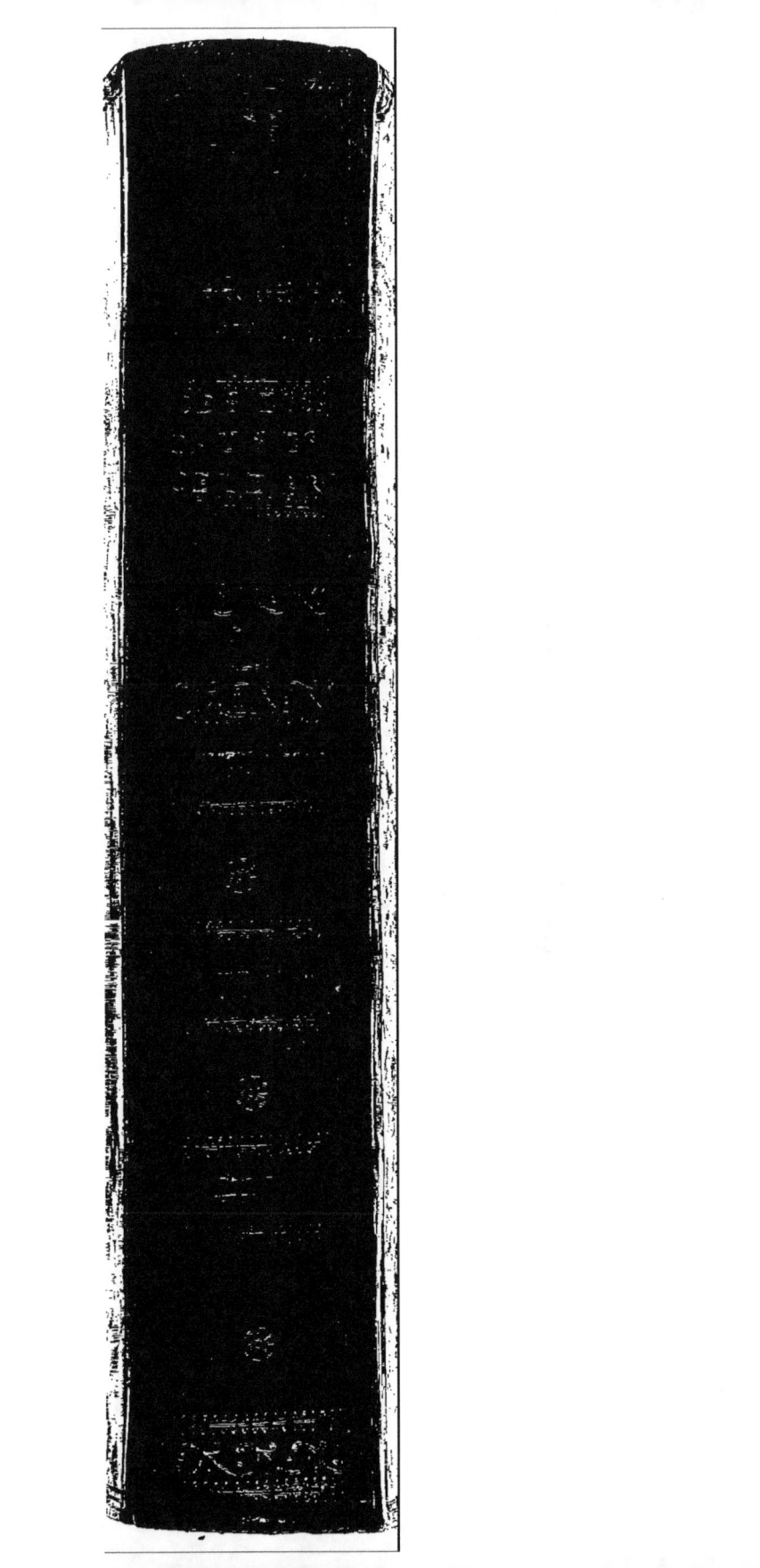

www.ingramcontent.com/pod-product-compliance
Lightning Source LLC
Chambersburg PA
CBHW051520050726
47503CB00014B/237